Ralph Hammerthaler

DER STURZ DES FRIEDRICH VOSS

Ralph Hammerthaler

DER STURZ DES FRIEDRICH VOSS

Roman

DUMONT

Die Arbeit an diesem Roman wurde großzügig gefördert durch ein Stipendium des Berliner Senats. Ferner bedanke ich mich für die Auszeichnung »Burgschreiber in Beeskow« und die Gastfreundschaft von Burgdirektor Tilman Schladebach.

R. H.

Erste Auflage 2010

Umschlag: Zero, München
Gesetzt aus der Adobe Garamond und der News Gothic
Gedruckt auf säurefreiem und chlorfrei gebleichtem Papier
Druck und Verarbeitung: CPI – Clausen & Bosse, Leck
Printed in Germany
ISBN 978-3-8321-9540-3

www.dumont-buchverlag.de

DER STURZ
DES FRIEDRICH VOSS

9. April 1991. Du störst!, stöhnte Carola Voss und blinzelte, Schlaf in den Wimpern, ihren Wecker an, der sich, ausgeschlagen mit der flachen Hand, schon nicht mehr rührte. Sie wälzte sich auf die Seite, angelte ihre Zigaretten vom Nachttisch und zündete sich eine an. Oh, wie ich es hasse, jeden Morgen wieder, wie ich es (sie nahm einen tiefen Zug): hasse. Während sie rauchte, wurde sie wach, leicht angeregt, wie stets um diese Zeit, sich die Besorgungen des Tages ins Gedächtnis rufend und schon nicht mehr ganz so unwillig. Sie streckte den Arm aus und zog mit der Zigarette ein paar Schleifen durch die Luft, dann hustete sie, nicht ohne in Gedanken das Rauchen zu verfluchen. Sie tappte durch den Flur, trommelte im Vorbeigehen mit den Fingern an eine Tür, Friedrich! (ihr Mann), aufstehen!, und dann, als sie sich bereits entfernte, stieß sie mit dunkler, volltönender Stimme nach: guten Morgen! – ehe sie ins Bad verschwand.

Und Martin wartete darauf, dass sie ihn zum Frühstück rief. Zurzeit schlief er im Häuschen nebenan, das er nur seine Hütte nannte, einst vom Vater mithilfe von Leuten, die sich darauf verstanden, im Handstreich errichtet für Gäste. Er war schon auf den Beinen, stand am Fenster, sah hinaus und fragte sich, ob er hinübergehen und sich an den Tisch setzen sollte. Noch nicht, er harrte aus. Und er hätte an seine Frau, die kleinen Kinder denken können, aber im Augenblick dachte er nur an sich. Wie weiter? Ich bin erledigt. Ich weiß nicht, was ich tun, nicht mal, was ich denken soll. Ich weiß es nicht, ich weiß es nicht. Alles hängt mir zum Hals heraus. Wie sie sich alle in den Tag stürzen, jeden Tag wieder hinein in den Tag. Ich lese schon keine Anzeigen mehr, und wenn Mutt sie mir vorliest, hab ich kein Ohr dafür, verlogenes Anzeigengeschmier, wie soll ich je wieder Fuß fassen, ach was!, Fuß fassen, ich weiß gar nicht, was das heißt, ich will es nicht wissen. In der Verwirrung hatte sich Martin ins Haus der Eltern geflüchtet, alle sagten, er solle zusehen, dass er sich erhole, es gebe immer einen Weg. Er drehte die Heizung auf, dann wieder ab, er hätte nicht sagen können, dass er friere.

Als Carola Voss das Zimmer ihres Mannes betrat, fand sie es verlassen vor, das Bett zerwühlt, sie war erstaunt. Friedrich? Sie machte, ohne die Tür zu schließen, kehrt, dann stieg sie langsam die Treppe hinunter und versuchte sich der Worte zu erinnern, die sie am Vorabend gewechselt hatten, sie, die ihn aufheitern wollte, er, der gequält lächelte oder nicht einmal das. Einer neben dem anderen lagen sie im Bett und erzählten sich ein paar Dinge, oder vielmehr, sie erzählte ihm etwas, kann sein, es ging um Martin oder um Martins Bruder, und er brummte zuweilen, als stimme er ihr zu. Sowie sie aufgestanden war, griff er hinter sich: vergiss dein Kissen nicht. Sie hatte ihm einen Gutenachtkuss auf den Mund gedrückt, darauf war sie in ihr Zimmer gegangen, alles wie seit Monaten, seit Friedrich Voss angefangen hatte, sich zu verkriechen. Im Esszimmer stieß Carola auf seinen schwarzen Aktenkoffer mitten auf dem Tisch, daneben die Brieftasche, dann ein Blatt Papier. Es war, beschrieben von oben bis unten, mit Dein unwürdiger Paps unterzeichnet, dazu die Uhrzeit, acht Uhr zwanzig. Er werde sich jetzt das Leben nehmen.

Sie schrie auf, rannte vors Haus und rief nach Martin, der, bereits in Schuhen, herausgelaufen kam. Paps ist verschwunden, wir müssen ihn suchen, schnell, Martin, du musst – wo steckt er? Sie wedelte mit dem Papier in der Hand, und weil Martin vor Schreck die Augen aufriss, drängte sie ihn: los, los, sonst ist alles zu spät.

Martin lief, jeweils ein paar Schritte, erst in die eine, dann in die andere Richtung, halb herum ums Haus, er spähte in den Garten, der an den Stadtwald grenzte, dann nahm er sich das Nebengebäude vor, das Jagdzimmer mit Geweihen an der Wand, Dusche und Sauna im hinteren Teil, nichts und wieder nichts. Er musste vorn in der Garage nachsehen.

Unterdessen stellte Carola fest, dass das Jagdgewehr fehlte, aus dem Spind genommen, die Tür nicht wieder verschlossen. Jetzt befiel sie ein Gefühl, für das sie keinen Namen hatte, kalt und einschnürend. Sie schnappte nach Luft. Stolperte zum Telefon und wählte die Nummer des Krankenhauses, sofort, ja, auf der Stelle müsse sie ihre Tochter sprechen, dringend, ein Notfall.

Im OP herrschte unaufgeregte Routine. Parallel, umgeben von je einem Team, wurden zwei Patienten operiert. Und Kathrin, die einen von beiden in Narkose versetzt hatte, überwachte dessen Befinden, als eine Schwester mit schnellen Schritten eintrat und sie, nicht ohne den Vorfall dem zweiten Anästhesisten zu signalisieren, aus dem OP zog in den Vorraum zum Telefon.

Ja!, ein Abschiedsbrief, sagte die Mutter.

Was?

Ich kann ihn nirgendwo finden. Komm bitte sofort.

Was sagst du? Ein Abschiedsbrief?

Er ist fort. Er hat das Gewehr mitgenommen.

Was?

Auch Ulrich, Kathrins Mann, stand als Arzt am OP-Tisch; sie wurden abgelöst, entledigten sich der Kittel und stürmten, wild durcheinander krakeelend, hinaus auf den Parkplatz. Erst schwiegen sie im Auto, dann aber, als Ulrich von der Ostseeallee in die Strandstraße bog, weg vom Strand und längs des Stadtwalds durch den Ort, murmelte Kathrin eintönig vor sich hin, es kann nicht sein, es kann nicht sein, und immer wieder, es kann nicht sein. In dem Moment, da Ulrich, mühsam beherrscht, nach Trost suchte für sich und seine Frau, da er sich also etwas wie Das würde Friedrich nicht tun, nie im Leben, abrang, fuhr sie ihn aufbrausend an: woher willst du das wissen?, und sie schlug sich die Hände vors Gesicht, es tut mir leid.

Zögernd näherte sich Martin dem Garagentor, dann griff er zu und zog den einen Flügel mit Schwung auf. Er stockte. Hier also, ich hab dich gefunden. Paps? Martin trat nicht über die Schwelle. Du, Paps. Ganz ruhig plötzlich, sah er sich um, vorsichtig mit den Augen. Das Gewehr auf dem Boden, daneben sein Vater, krumm liegend, mit der offenen Hälfte des Kopfes auf dem Beton, nichts zu erkennen, das verbliebene Auge starrte wohin. In Gedanken sah Martin seinen Vater aufbrechen zur Jagd, in Stiefeln und das Gewehr über die Schulter gehängt, so jung, wie er ihn als Kind erlebt hatte, tatendurstig und nicht zu halten bei Vollmond. Bis er bemerkte, dass das verbliebene Auge ihn anstarrte. Panisch drehte er sich um, sogleich geblendet von hellem Licht, ein Sirren im Ohr und ein Rieseln entlang der Kopfhaut, als stellten sich ihm die Haare auf. Elektrisiert hielt er inne, zwei, drei Sekunden, ehe er in Lachen ausbrach, außerstande, damit aufzuhören.

Nachdem Ulrich telefoniert hatte, ließ er den Hörer sinken und drückte ihn auf die Gabel. Sich über die Augen wischend, kauerte Carola auf der Eckbank, umfasst von den Armen ihrer Tochter. Ausgestreckt auf dem Sofa schien Martin zu versteifen, die Augen unbestimmt an die Decke geheftet. Da draußen liegt er, leierte er, da draußen, hört ihr, und keiner will ihn sich ansehen, warum seht ihr ihn euch nicht an? Ulrich räusperte sich. Sei still, sagte er leise.

Da draußen liegt er.

Mit einem Ruck stand Kathrin auf und ging zum Telefon. Hermann, wir müssen es Hermann sagen.

Der arme Hermann weiß von nichts, leierte Martin.

Gefasst fragte sich Kathrin durch, von Abteilung zu Abteilung in der Firma, niemand wusste, wo sich Hermann Voss aufhielt. Erst bei der vierten Verbindung verlor sie, da keiner abhob, die Beherrschung. Verdammte Scheiße!

Lass mich das machen, sagte Ulrich.

Scheiße!

Gerade als Hermann Voss seinen Kulturbeutel in der Reisetasche verstauen wollte, läutete das Zimmertelefon. Er hatte, eigentlich längst durch die Tür, keine Lust abzunehmen. Den Wievielten haben wir heute? Gestern Meeting, vorgestern Meeting, ich finde, ich habe Dortmund gegeben, was ich Dortmund geben kann. Die Rezeption meldete sich, ein Anruf, sie würde ihn durchstellen.

Kathrin sagte: Paps hat sich erschossen.

Der Ärztliche Direktor?

Der ehemalige Direktor, ja, er hat sich das Leben genommen.

Ein sehr guter Arzt, und ein lebensfroher Mensch.

Na hör mal, ein Bonze war das, der hat doch hier in Saus und Braus gelebt, während es uns am Nötigsten fehlte. Mit seinem Tod, sag ich dir, ist auch hier die DDR endgültig untergegangen.

Friedrich Voss hat unser Krankenhaus weit hinaus bekannt gemacht.

Wie auch immer, gut, dass es vorbei ist.

Im Jahr 2008. Ojemine, entfuhr es Hermann Voss, als er eine Gruppe Rentner erblickte, die beim Gehen munter ihre Stöcke schwangen, darauf bedacht, sich untereinander nicht zu verheddern; sie zogen vorüber in Richtung Strandpromenade, mit leisem Klackern auf den Pflastersteinen und johlendem Schwatzen, so sehr schien sie der vormittägliche Ausflug aufzukratzen. Hermann sah, dass der Vorderste an der Kreuzung stehen blieb und einen Stock wieder und wieder hoch in die Luft stieß, bis die anderen aufgerückt waren, beinahe auf einer Linie. Erst dann stieß er den Stock in die Waagrechte, geradeaus, und alle überquerten die Straße.

Es war Vorsaison, die Temperaturen ungewiss, Kälteeinbrüche nicht auszuschließen. Trotzdem stellten Kellner in der Strandstraße Tische und Stühle auf die Terrasse, Verkäufer zogen Kleiderständer, Ansichtskarten und Büchertische unter den freien Himmel, und vor den Eisdielen standen bereits Touristen. Das Städtchen S., ein Ostseebad, rüstete sich für den Sommer, Jahr für Jahr wuchs der Andrang, sie konnten nicht klagen. In diesem Augenblick bimmelte der scheckige Zug, der mit zwei, mal auch drei Waggons auf Gummireifen durch den Ort kurvte, um die Passanten aus der Spur zu scheuchen und weiterhin bimmelnd über die Kreuzung zu ziehen. Hermann mochte den Zug von Anfang an, wegen des Bimmelns und weil er unbeirrbar seine Route verfolgte, er nannte ihn Tschu-Tschu-Train und stieg zuweilen selbst zu mit seinen Kindern, wobei er Stationen ausrief, die es nicht gab, Teufelsschlucht oder Apachenbeach, es war der Western, von dem er träumte.

Kraudzun verrenkte sich den Hals, ohne Hermann ins Gesicht zu blicken. Na dann mal los, sagte er, oder? Hermann trat seine Zigarette aus, fasste an die Griffe und schob den Rollstuhl die Straße hinunter.

Auf der Strandpromenade ließ sich Kraudzun den Wind ins Gesicht wehen und blinzelte gegen die Sonne aufs Meer hinaus. Spaziergänger kamen ihnen entgegen, oder sie überholten sie, selten mit Stöcken, aber manchmal durchaus. Nordic Walking, sagte Kraudzun, da werden alle Muskeln trainiert. In regelmäßigen Abständen flankierten Toilettenhäuschen die Strecke, doch Hermann war froh, dass Kraudzun kein Bedürfnis anmeldete. Seit er ihn ausfuhr, erinnerte er ihn noch im Heim daran, sich zu erleichtern. Er wollte Kraudzun nicht in die Kabine begleiten.

Herr Voss, sagte Kraudzun, ich biete Ihnen das Du an. Wir sind ja Freunde geworden mit der Zeit. Also, ich heiße Jens.

Nein, nein, erwiderte Hermann, ohne zu zögern. Alles gut, wie es ist. Ich will Sie nicht beim Vornamen nennen.

Ich verstehe Sie nicht.

Alles okay. Hermann beugte sich ans Ohr des ihm Anvertrauten: Sie sind für mich Herr Kraudzun, ja!, und ich bin Herr Voss für Sie. Wir wollen uns nichts vormachen.

Wenn Sie es wünschen.

Ich wünsche mir überhaupt nichts. Es ist so.

Von fern pfiff die Dampflok, die das Städtchen mit der Kreisstadt verband, und der Tschu-Tschu-Train bimmelte, während Hermann schlechte Laune bekam; damit er ihr nicht vollends verfiel, dachte er sich neue Stationen aus, Desperado District zum Beispiel oder Lost Valley Imbiss, aber seine Stimmung war dahin.

Nach einer Weile ergriff Kraudzun erneut das Wort, unbekümmert, geradeso als hätte es den Wortwechsel zuvor nicht gegeben. Die Stadt ist schön geworden, nicht wahr?, setzte er an, ich werde demnächst ein Buch über sie schreiben (er wird dieses Buch, sagte sich Hermann, im Leben nie schreiben), einen Fremdenführer beispielsweise (vergiss es), einen Ratgeber für Wassersportler (vergiss es zweimal) oder eine historische Abhandlung, von der Jahrhundertwende über die Weltkriege und die DDR bis zur Wende, ja, mit einem abschließenden Kapitel über die letzten zwanzig Jahre, etwas Großes schwebt mir vor, ein Monumentalwerk (entspann dich, Alter). In mir, lieber Herr Hermann, steckt ein veritabler Schriftsteller.

Vom Pförtner ließ sich Hermann die Liste geben. Was anstand für den morgigen Tag. Als er auf den Namen Kraudzun stieß, überging er ihn rasch und kreuzte Ilse Köstritz an, die alte Ilse, eine quirlige, lustige Person. Sie lud ihn stets auf Kaffee und Kuchen ein, vorausgesetzt, er zog sie, nach hinten gekippt, mit dem Rollstuhl die Treppe hinauf. Von der Terrasse sahen sie aufs Meer. Sie sind mein liebster Euro, lachte sie ihm ins Gesicht, und wenn er bedachte, dass sechs oder sieben 1-Euro-Jobber im Heim beschäftigt waren, dann durfte er sich darauf durchaus etwas einbilden.

Er nickte dem Pförtner zu und lief nicht die Treppe, sondern die Rampe hinunter auf den Vorplatz. Er wohnte um die Ecke, im ersten Wohnblock, vierte Etage. Er hatte schon ansehnlichere Wohnungen gehabt; schon das graukahle, unwirtliche Treppenhaus, die verbeulten, teils schief hängenden Briefkästen, der Gestank von scharfen Reinigungsmitteln und tagtäglich überwürztem, billigem Essen hätten seinen Abscheu erregen müssen, aber diese Wohnung war wie keine andere zuvor sein Zuhause geworden, das Zuhause von Hermann und Maria Voss, das seiner Familie.

Ist Steffen schon da?

Maria sagte: es ist Viertel nach zwölf.

Entschuldige, aber –

Mit einer lässigen, vorgeblich gelangweilten (in Wahrheit provozierenden) Bewegung stieß sich Maria von der Anrichte ab und wandte sich den Kochtöpfen zu; sie rührte um, schmeckte ab, schaltete die Regler herunter. Steffen hat Sport heute, er kommt nicht zum Essen.

Linkisch lehnte Hermann am Türstock und betrachtete sie. Verhalten vorwurfsvoll, wie sie sich gab, die vollen Lippen leicht geschürzt, das stand ihr gut. Noch hatte sie ihn nicht einmal angesehen. Er ließ seine Augen von ihrem aufgesteckten Haar über ihr hübsches, rundes, ein wenig kindliches Gesicht bis zum Ausschnitt ihrer Brüste wandern, deren Wölbung ihm seit je den Atem raubte. Diese Frau ist jeden Euro wert, sagte er sich und grinste blöd, wobei er sich hütete, Maria an die Kosten ihrer ersten Begegnung zu erinnern. Er hatte einiges hingeblättert, bis sie ihm von der Agentur in Stettin an den Tisch geführt wurde. Nach einer Polin hatte er verlangt, nach einer, die Deutsch sprach. Und als er dann feststellte, dass sie bloß ein paar Brocken beherrschte, beschwerte er sich unverrichteter Dinge. Aber wenn sie Ihnen doch gefällt, wiegelte die Agentin ab, wenn sie Ihrem Geschmack entspricht, dann sollten Sie sich nicht daran stören; das gibt sich mit der Zeit. Ja, sie gefiel ihm. Und so ließ er sich von ihr noch am selben Abend mit nach Hause ziehen.

Ich weiß, was es heißt, sich die Kleider vom Leib zu reißen, ich weiß es seit jenem Abend in Stettin. Klar, ich war ausgehungert, ich hungerte nach einem Frauenkörper, aber wie wir dann jäh und ohne ein Wort übereinander herfielen, wie wir uns schmerzhaft ineinander verkrallten, das ist mir nie zuvor passiert. Ich erinnere mich an einen altmodischen Bücherschrank, mit einer Glastür und einer verspiegelten Rückwand. In dem Schrank standen keine Bücher, er war nahezu leer, abgesehen von ein paar Gläsern und zwei oder drei Porzellanfigürchen. Maria wusste es so einzurichten, dass wir unser Treiben im Spiegel betrachten konnten, das Haar hing ihr strähnig und wirr ins Gesicht, bis sie es mit der Hand in den Nacken warf und mich im Spiegel lüstern (und mit einem Anflug von Triumph) anlachte. Schweißnass fielen wir aufs Laken.

Maria sagte: wasch dir die Hände. Worauf sich Hermann Voss vom Türstock abstieß und in Socken über den blauen Teppich schlich. Dieser Teppich lag fast überall in der Wohnung aus, mit Ausnahme von Küche und Bad. Ich mag den Teppich; sage einer, was er will.

Sechziger Jahre. In den Augen der OP-Schwester, sie hieß Dolores (tatsächlich Dolores), verriet sich Unruhe, als suche sie Hilfe in den Gesichtern der Ärzte, die, über die Patientin gebeugt, am Tisch standen. Es war eine knifflige Angelegenheit, eine Grenzstrang-Operation, um eine Durchblutungsstörung zu beheben; die zu entfernenden Knötchen am Nervenstrang lagen tief, und der Operateur bekam sie nicht zu fassen. Obwohl sich Dolores gegen den Eindruck wehrte, hier werde bloß noch herumgestochert, sah alles mehr und mehr danach aus. In diesem Moment betrat Friedrich Voss den OP und nuschelte: alles in Ordnung? Einer murmelte durch die Maske: ich fürchte, das schaffen wir nicht. Voss sagte: Dolores!, meinen Kittel, die Handschuhe. Und dann drang er, ohne zu zögern, ein mit seinem Instrument, drehte einmal kräftig und zog die Knötchen heraus. Alle atmeten auf. Dolores sagte sich, so ist er, mutig, geschickt, sich seiner Handgriffe sicher.

Nach Dolores List, geborene Buder. Ich kannte ihn vom ersten Tag an, es war mein erster Arbeitstag im Krankenhaus, und sein erster war es auch. Auf der Station stellte uns der Chef den

Kollegen vor, Friedrich Voss und Dolores Buder, wie ich damals hieß. Ich erinnere mich gut daran, dass sich plötzlich die Tür öffnete und er forsch in die Küche trat, wo wir versammelt waren, ich hockte, die Finger ineinander verhakt, am Tisch, Friedrich dagegen wirkte locker, etwas Verschmitztes im Gesicht, er wirkte auf mich wie ein großer Junge, noch Jahre später, als er längst Chef geworden war. Er hat dieses Jungenhafte eigentlich nie verloren. Damals in der Küche, nach allseitigem Händeschütteln, berichtete er von einem Missgeschick, das ihm am Morgen widerfahren war, irgendetwas Blödes mit dem Auto, ich weiß es nicht mehr, aber als wir hinausgingen, lachten wir schallend, dass es durch den Korridor hallte. Unter den Chirurgen war er der begnadetste, das wurde von niemandem bezweifelt, nicht einmal dann, als er Züge von Selbstherrlichkeit entwickelte und sich jeden Widerspruch verbat. Ja, er konnte durchaus aus der Haut fahren, wenn er irgendeine Stümperei witterte, Zauderer verachtete er und spuckte auf alle Bedenken, er konnte auch laut werden. Einmal, bei der morgendlichen Besprechung im Kulturraum, machte er einen Kollegen derart herunter, dass dieser kläglich zusammensackte. Und dann stieß er noch nach: Sie sollten lieber Brötchen verkaufen, da hält sich der Schaden wenigstens in Grenzen. So etwas wäre ihm vor seinen Patienten nicht passiert, da war er die Ruhe selbst, sehr freundlich und zugeneigt, ein guter Zuhörer. Er tastete sie ab und erspürte, was ihnen fehlte. Damals gab es ja noch keinen Ultraschall. Friedrich erstellte, den Patienten in Augenschein nehmend, ist er schweißig?, ist er kühl?, ist er trocken?, und die Laborbefunde zurate ziehend, seine Diagnose und handelte danach, und zwar prompt. Ich habe ihn nie herumeiern sehen, von der Art, es könnte dies, es könnte das sein. Er verließ sich auf seine Hände. Und die Patienten vertrauten ihm, sie verehrten ihn geradezu, was nun nichts mit

Göttern in Weiß zu tun hat, ein Wort, das ich nicht mag, nein, aber er hatte so eine spezielle Ausstrahlung, die sie in Sicherheit wiegte.

Das Kind, ein kleiner Junge, brüllte und brüllte, und wenn einer sich ihm näherte, schlug es um sich und strampelte mit den Füßen. Wie sollen wir den Kleinen je auf den Tisch bekommen?, fragte ich mich. Und auch der Chirurg wusste sich nach einigem Gut-Zureden keinen Rat mehr und schüttelte, Zappelphilipp, Zappelphilipp atemlos hervorstoßend, seinen Kopf. Ehe sie das Kind hätten festschnallen und narkotisieren können, lugte Friedrich Voss herein. Das ist sein Auftritt, dachte ich mir. Und als Friedrich dem Jungen behutsam über den Kopf strich und gurrte na, mein Kleiner, da gab das Kind Ruhe und starrte ihn aufmerksam an. Langsam hob es seine Ärmchen, legte sie Friedrich um den Hals und hauchte Papa!

Damit zogen wir ihn tagelang auf, wieso Papa?, welches Schäferstündchen hat denn diesen Balg hervorgebracht?, gibt es auch eine hübsche Mama dazu? Natürlich hatte Friedrich immer ein Auge auf die Frauen, und sie ließen sich seine Avancen gern gefallen, die eine oder andere verfiel ihm auch gern. Er war ein Bruder Leichtfuß. Und ich nehme an, dass er auch in diesen Dingen nicht zauderte. Immer mal wieder wurde auch mir ein Verhältnis mit Friedrich angedichtet, reines Getuschel, nichts davon ist wahr. Gut, er hatte etwas Anziehendes, er war klug, temperamentvoll und unterhaltsam, und er sah auch gut aus. Umgekehrt war ich mir meiner Wirkung auf Männer sehr wohl bewusst, sie geizten nicht mit Aufmerksamkeiten, und ich gestehe, es schmeichelte mir. Aber dass ich mich ihm hingegeben hätte, kam nie in Betracht. Schon deshalb nicht, weil ich Carola, seine Frau, zu sehr mochte, sie war eine wunderschöne Frau mit wunderschönen großen Augen, jeder, der sie erblickte, fühlte sich in ihre Nähe gezogen, sie sprühte vor Lebenslust und zeigte sich imstande, jede Gesellschaft aufzumischen mit aberwitzigen Späßen. Sich zwischen die beiden zu drängen, nein, ich hätte es nicht fertiggebracht. Hinzu kam, dass ich kurz darauf meinen Mann kennenlernte, und peng! die große Liebe, das erste, das zweite Kind, und die Familie ging mir stets über alles. Ich bin nun mal so, treu bis ins Mark.

Gerade als Dolores im Begriff stand, die Treppe zum Krankenhaus hinaufzusteigen, schoss ein Wagen heran, und sie hörte eine Hupe, zweimal kurz gedrückt, ein weißer Lada, Friedrichs Lada, er fuhr gar nicht erst auf den Parkplatz, sondern bremste vor dem Eingang, mitten auf der Straße. Friedrich sprang heraus und rief Dolores!, bitte, kannst du mir die Kinder abnehmen, gib doch ein bisschen auf sie acht. Sie bemerkte, dass alle drei steif auf der Rückbank hockten, Kathrin, Hermann und Martin, alle drei glotzten sie an. Was ist denn?, fragte sie, ist was passiert? Friedrich schnaufte durch, drehte sich zu den Kindern, dann wieder zu ihr, alles halb so wild (sie wusste, dass er log), Carola ist weg, braucht wohl etwas frische Luft, und jetzt steh ich allein da mit den Kindern. Sie sah ihm offen ins Gesicht. Na ja, stammelte er, du weißt schon. Geht es, dass du – Dolores lachte, irgendwie geht es immer, worauf Friedrich die Kinder herauswinkte, und sie, eines nach dem anderen, ausstiegen und sich, eines hinter dem anderen, vor Dolores aufstellten. Friedrich schlenderte zurück zum Wagen: das werde ich dir nicht vergessen.

Sommer 1965. Einstmals ein Kurhaus, stand das Krankenhaus in der ersten Reihe an der Ostseeallee; eng und schnurgerade lief diese Allee an einem Dünenwald entlang, einem sehr schmalen Wäldchen, wenn auch zwei Kilometer in die Länge gezogen, dahinter die Fußgängerpromenade, dann der Strand, dann das Meer. Ein einstöckiger Vorbau war an die Fassade gemauert worden, dort befand sich die Poliklinik mit Zahnärzten, Kinderärzten, Urologen, was sie so brauchten. Über eine Treppe gelangten sie in den Vorbau, und ein paar Schritte weiter, ohne abzubiegen zu den Praxen, standen sie bereits im Treppenhaus des Hauptgebäudes, im ersten Stock schließlich die Rezeption. Krankenzimmer mit Meeresblick gab es auf jedem Stockwerk, und der Richtung nach verfügte selbst der OP über solch einen Ausblick, allerdings durch Milchglasscheiben verwehrt. Außer der exquisiten Lage erinnerte nur wenig an das ehemalige Kurhaus, mit Ausnahme des Giebelzackens vielleicht, der mittig aus dem Dach sprang. Aber das trog. Auf alten, porös verblassten Postkarten fand sich das Kurhaus mit einem nach Art des Jugendstils geschwungenen Giebel versehen, obendrein gekrönt von einem Dachreiter mit gewellter Haube.

Sommers lagen sie am Strand, Ärzte, Schwestern, Pfleger, getarnt durch Badekleidung, teils rauchend und einander zugekehrt im Gespräch, teils ausgestreckt in der Sonne, große Pause von zwölf bis drei. Der Oberzahnarzt, Werner Umbach mit Namen, hatte zig Ideen für den Landkreis, und so redete und redete er, ohne dass er viel Gehör gefunden hätte. Umbach stellte fest, dass Friedrich Voss sich ihm nur halbwegs widmete, vielmehr dahin und dorthin äugte, am liebsten aber, so schien es Umbach, über den ansehnlich gebräunten Körper von Dolores schweifte. Doch er nahm ihm die partielle Abwesenheit nicht übel, auch nicht das gedankenlose, vermeintlich zustimmende Brummen, denn Friedrich war nach kurzer Zeit sein bester Freund geworden, einer, auf den er blindlings baute.

Vor Kurzem hatten sie den 1. Mai gefeiert. Kaum dass die Parade vorüber war, becherten sie, gern auch Wodka, und sie sangen, aber für Friedrich, unruhig und wie aufgescheucht, war das alles nicht genug, er schien darauf aus zu sein, diesem vor roten Fahnen überquellenden Tag noch einen Streich zu spielen, wenigstens jetzt im Dunkeln, da die Fahnen entweder längst wieder eingerollt waren oder schlapp und unscheinbar von den Stangen hingen. Er riss sie alle mit, ausgerechnet vors Rathaus, und nachdem sie die Arbeiterfahne vom Mast heruntergeholt hatten, zogen sie Stück für Stück, unter schlecht verhohlenem Gelächter, eine Beinprothese nach oben. Friedrich freute sich, in die Hände klatschend, wie ein Kind, und Dolores grinste in sich hinein: ein großer Junge. Anderntags empörte sich Gott und die Welt, ein wahrer Aufruhr, und Friedrichs frech gerotzte, zum Glück im geschützten Rahmen vorgebrachte Verteidigung, es handele sich um eine Arbeiterbeinprothese, ein Mahnmal wirtschaftlicher Ausbeutung, machte alles nur noch schlimmer. Es war allein dem Krankenhauschef zu verdanken, dass sie einigermaßen heil aus dem Schlamassel kamen. Dieser ließ, sobald er Voss, dem er sonst mit Wohlwollen begegnete, nach Strich und Faden zusammengestaucht hatte, seine guten Kontakte bis in die Bezirksstadt spielen. Und so beruhigten sich, wie es hieß, allmählich die Gemüter.

Lass uns ins Wasser gehen, sagte Friedrich.

Er schwang sich auf die Beine und stapfte davon, also schloss Werner sich an, bis sie sich, leicht einsinkend, die Füße umspülen ließen von Wellen, nichts weiter. Augenblicklich spürte Werner, dass sie nicht schwimmen würden, dass Friedrich etwas auf dem Herzen hatte, das auszusprechen er sich verwehrte vor dem Rest der Gruppe.

Friedrich sagte: es sieht so aus, als würde ich Chef werden können.

Mensch, Friedrich, das ist ja großartig!

Ja, das ist es. Der Alte wechselt nach Rostock.

Was ziehst du dann so einen Flunsch?

Friedrich blickte auf seine Füße, während das Wasser abfloss. Ich könne es werden, sagen sie, vorausgesetzt, ich trete in die Partei ein.

Und wenn nicht, was dann?, fragte Werner.

Dann nicht, erwiderte Friedrich, so einfach ist das.

Aber du bist doch der Beste, wer, wenn nicht du?

Es gibt Kollegen, wie du weißt, die sind längst drin in der Partei.

Ach komm schon, willst du nun der Häuptling sein oder nicht?

Ich könnte es mir vorstellen.

Na dann –

Ist das dein Ernst?

Im Rücken hörten sie Dolores ihre Namen rufen, dann, resolut, die Uhrzeit. Dessen ungeachtet schwiegen sie noch einen Moment. Als sie sich umdrehten, um den Strand hinaufzustapfen, drückte Werner kurz seine Hand auf Friedrichs Schulter.

Im Jahr 2008. Unvermutet war Kathrin verstummt, und während sie, leicht vornübergebeugt, auf der Ostseeallee heimwärts trotteten, fürchtete Hermann, er habe etwas Unpassendes gesagt, das seine Schwester Schritt für Schritt gegen ihn aufbrächte. Im milden gelblichen Licht der Laternen, die in weiten Abständen die Allee säumten, wirkte die Strecke nur unmerklich erhellt, hell nur dort, wo ein Lichtkreis aufs Pflaster fiel. Wieder und wieder schnitten rastlose Schatten ins Licht, weil zerzauste Zweige nicht aufhörten, um die Lampen zu schlagen. Es war so windig, dass es fast stürmte. Und der

Dünenwald rauschte in einer Weise, dass er sich mit dem tosenden Meer ununterscheidbar vermischte.

Leise ansetzend, dann etwas lauter fragte Kathrin: glaubst du, dass es ihm gut geht? (Sie kamen von Martin, ihrem Bruder.)

Natürlich geht es ihm gut, antwortete Hermann, er hat sich gefangen, jetzt schluckt er dieses Zeug, von dem ich mir nicht merken kann, wie es heißt, aber ja, es geht ihm gut, er sieht gut aus.

Wenn er Christa nicht hätte.

Ja, sie hat immer zu ihm gehalten. Stell ich mir nicht einfach vor. Kennst ihn ja, Martin.

Die Kleine, seine Tochter, hat sich hübsch herausgemacht.

Finde ich auch, sagte Hermann.

Aufwendig renovierte Gebäude, ein Türmchen hier, ein Erkerchen dort, Balkone und Loggien, zogen sich die Allee entlang, und selbst nachts beeindruckte ihre Pracht, größtenteils Hotels und Pensionen. Aber Kathrin und Hermann, versunken in Gedanken, hatten kein Auge dafür. Erst vor zwei großen erleuchteten Fenstern blieben sie stehen, weil sich drinnen eine Runde älterer Menschen zeigte, die sich an den Händen fassten und dann im Kreis tanzten, erst linksrum, dann rechtsrum, offenbar dirigiert von einer Therapeutin (oder einer Animateurin). Weder Stimmen noch Musik waren draußen zu hören, sie erblickten gelöste, heitere Mienen, die still vor sich hinlächelten und, das Kinn reckend, auflachten, sobald die Drehrichtung sich verkehrte. Draußen rauschten der Wald und das Meer.

Über das Päckchen Zigaretten hat er sich maßlos gefreut.

Er hätte mich fast geküsst, bemerkte Hermann trocken, kein Wunder, wo er dauernd um Nachschub bangt, da es ihm vorne und hinten nicht reicht. Eigentlich müsste er aufs Rauchen verzichten.

Das Krankenhaus beachteten sie nicht, als sei ihnen der ruinöse Anblick, inmitten der herausgeputzten Bauten, bis zum Überdruss geläufig, dunkel klaffende Fensterhöhlen, zum Teil eingezackt von noch im Rahmen steckenden Splittern, Haufen von Bauschutt vorm Eingang, alles notdürftig mit Gittern abgesperrt, und vorne aufgestellt ein Plakat mit einer naiven Projektzeichnung, das seit Langem die Entstehung eines Luxushotels verhieß.

Plötzlich behauptete Kathrin: Paps hat richtig gehandelt. Es stimmt so, wie es gekommen ist. Er hätte ja ein völlig anderer werden müssen, stell dir das mal vor, ausgerechnet er. Und wäre er am Leben geblieben, er hätte zusehen müssen, wie das alles hier verfällt, sein Haus, der Abrissbirne preisgegeben.

Das klingt so, als wolltest du sagen, es hätte keinen Ausweg gegeben.

Sie sagte: für ihn nicht.

1956 nach Carola Voss. Ja, es war 1956, ich kann mir Jahreszahlen zwar schwer merken, aber dass es 1956 war, das weiß ich mit Sicherheit. Damals fuhr ich nach Westberlin, um mir etwas Besonderes zu kaufen, ein neues Kleid, sehr schick, dazu einen Lederhut, cognacfarben, ebenfalls sehr schick und natürlich auffällig, auch Pumps nahm ich mit, cognacfarbene Pumps, es passte alles wunderbar zusammen, ich kleidete mich völlig neu ein, als hätte ich geahnt, dass ich bei der Gelegenheit nicht kleckern dürfte, egal, jedenfalls brauchte ich mich nicht zu verstecken, schon gar nicht in Rostock. Um sechs machten wir uns auf den Weg zu einer Tanzveranstaltung, Freitag oder Sonnabend, meine Freundin und ich, tut mir leid, aber ihr Name ist mir entfallen, sie schielte so stark, dass ich sie nie lange ansehen konnte, sie war sehr nett, schloss sich immer gerne an, ohne je etwas zu fordern, der Typ Frau, den sich viele Männer wünschen. Wir gingen häufig gemeinsam zum Tanzen, es gab dort eine Kapelle von drei oder vier Mann, der Sänger hatte etwas Verschlagenes, aber gepflegt und stahlblaue Augen, manchmal, in den Pausen, setzte er sich zu uns an den Tisch, er spendierte ein, zwei Runden, ehe er wieder aufs Podest kletterte und, sichtlich angeheitert, die nächste Nummer ansagte, einmal widmete er uns sogar einen Song, indem er unsere Namen übertrieben ins Mikrofon hauchte, leider ein Schmachtfetzen, nichts für mich. In der Straße pfiffen uns die Jungs hinterher, ich fand das albern, aber insgeheim führte es dazu, dass ich beim Gehen Gewicht verlor, leichter wurde und fast schwebend einen Fuß vor den anderen setzte. Als wir das Lokal betraten, drehten sich die Köpfe nach uns um, weil sich der Sänger nicht scheute, uns schamlos anzustarren, und, als wäre er der Musik zugetan, in eine eindeutige Hüftbewegung verfiel. An diesem Abend lernte ich Friedrich kennen. Er war mit einem Freund gekommen, den ich in der Zeit darauf immer wieder traf, schon weil ich Friedrich traf und dieser Freund ihn wie ein Schatten begleitete, bis er dann, warum und wohin auch immer, auf Nimmerwiedersehen verschwand. Friedrichs Freund hatte ein Gesicht, das sich leicht mit anderen Gesichtern verwechseln ließ, man glaubte, ihn längst zu kennen, dabei sah man ihn das erste Mal, man glaubte, ihn da oder dort unter Menschen zu entdecken, dabei entdeckte man nur ein Gesicht, das seinem zum Verwechseln ähnelte.

Unverwechselbar war allenfalls seine Aussprache, denn wenn er redete, vor allem wenn er laut redete, zum Beispiel um sich bei lauter Musik Gehör zu verschaffen, dann neigte er dazu zu spucken, seine Aussprache war so feucht, dass die Tischdecke gesprenkelt war von seinem Speichel, ehe er sich wieder zurücklehnte. Ich gestehe, dass ich, nicht aus Langeweile, sondern weil ich nicht wie eine treudoofe Kuh an Friedrichs Gesichtszügen hängen wollte, die Tröpfchen zählte und ausnahmslos auf eine hohe Zahl kam. Mit einem Mal standen beide, Friedrich und sein spuckender Freund, vor unserem Tisch und forderten uns, die Damen, zum Tanz auf. Es hatte den Anschein, als wäre Friedrich irritiert, denn seine Augen huschten von mir zu meiner Freundin und dann wieder zurück zu mir und dann wieder zu meiner Freundin, was mir, unter uns gesagt, sauer aufstieß, soll er sich doch bitte mal entscheiden, aber am Ende lastete ich es ihrem schielenden Auge an, dieses Auge musste den Eindruck erwecken, als würde sich meine Freundin ebenso sehr für Friedrich interessieren wie für dessen Freund. Zum Glück fing sich Friedrich im Nu, was sich daran zeigte, dass er meine Erscheinung mit Wohlgefallen musterte, dabei spöttisch grinste, als hätte er schon gewonnen. Na warte, Bürschchen.

Trotzdem gefiel auch er mir auf den ersten Blick, gerade wegen seines spitzbübischen Ausdrucks, seines hinterlistig ironischen Auftretens, und nicht zuletzt, weil er tadellos gut angezogen war, mit einem grauen Anzug, der seinen schlanken Körper wie maßgeschneidert umspielte (wenn auch nicht maßgeschneidert war).

Nein, entschuldigen Sie, ich möchte nicht tanzen, er möge mit einer anderen Dame vorliebnehmen. Was war das? Kam das von mir? So ohne Weiteres wollte ich mich nicht hergeben, und außerdem war ich gespannt darauf, wie er sich aus der Affäre zöge. Unverzüglich ergriff er meine Hand und drohte, er werde diese Hand nicht eher loslassen, als bis ich ihm zu Willen sei (genauso drückte er sich aus), falls ich noch unschlüssig wäre, würde er sich so lange zu mir setzen, aber eben Händchen haltend. So war er, Friedrich Voss. In solchen Momenten, so sah ich es später, offenbarte sich die Kraft (und die Schläue) des litauischen Bauerngeschlechts, aus dem er stammte, er war ja mit Lehrern und der ganzen Schulklasse vor den heranrückenden Truppen aus dem Osten geflohen, aber das ist eine andere Geschichte. Eines Nachts wankte er sturzbetrunken zum Wagen, und als ich darauf beharrte, mich ans Steuer zu setzen, schlug er mit der Hand aufs Dach und zischte, ich gebe mir den Befehl, uns beide nach Hause zu fahren. Ich sags ja, ein litauischer Bauer, und zwar von der halsstarrigsten Sorte. Er tanzte nicht schlecht, stets darauf bedacht, mich zu führen, ich drehte mich für ihn, sowie er es verlangte. Unversehens waren wir in einen rasanten Rhythmus geraten, bei dem sich anschmiegsames Schwofen verbat, ich schob es dem Sänger in die Schuhe, der eifersüchtig über jeden meiner Schritte wachte. Der spuckende Freund entfernte sich mit seiner Partnerin, meiner Freundin, nicht weiter als nötig, doch er schien sie, ungeachtet des Tempos in einem fort palavernd, mit witzigen Einfällen zu besprühen, und ich fragte mich, wieso sie sich nie übers Gesicht wischte, zumindest bemerkte ich nichts davon, wie gesagt, sie wusste sich anzupassen. In der Woche darauf, beim Medizinerball, sah ich Friedrich nur von fern, geschweige denn, dass wir miteinander getanzt hätten, zugegeben, das verdarb mir die Laune, wo er mich doch eigens, und zwar mit einem trockenen Kuss auf die Wange, dazu eingeladen hatte, klar, er wollte, dass ich ihn spielen hörte auf dem Klavier, und er spielte ja wirklich gut, und wenn sich die anderen Musiker vor Aufregung nicht kläglich verspielt hätten, wäre es vielleicht noch ein halbwegs schöner Abend geworden. Ich weiß bis heute nicht, wie Friedrich es nach alldem anstellte, dass ich ihn mit aufs Zimmer nahm, ins Schwesternwohnheim, wo ich den Pförtner, gebeugt vor sein Fenster, mit süßem Lächeln bezirzte, damit er beide Augen zudrückte, jetzt denk bloß nicht, wir hätten es dann gleich getan, so war das damals nicht, Friedrich saß artig neben mir auf dem Bett und streichelte meine Hände, aber ich war es, die ihn das erste Mal küsste, erst dann traute auch er sich, ehe er, vielleicht eine Stunde später, wieder ging. Wochenlang zog sich das hin, er qualmte mir die Bude voll, versäumte aber nie, etwas zu trinken zu besorgen, einmal sogar Wodka, weiß der Teufel woher, ich tat ihm den Gefallen und trank zwei, drei Gläschen mit ihm, wir schäkerten und lachten, und dann zog ich mich einfach aus. Es war Liebe, ja, und Liebe ist es immer geblieben. Nach einem Jahr feierten wir Hochzeit, Kathrin kam auf die Welt, und Friedrich wurde kurz darauf als junger Chirurg nach S. geschickt, hierher nach S., hier fing er an, und hier blieb er, bis sie ihn schmählich hinauswarfen. Ja, so war das mit Friedrich, so habe ich ihn kennengelernt. Er war mein Mann, ich wollte keinen anderen. Obwohl er mich schwer betrogen hat, im Geheimen, dachte er, aber ich habe alles herausbekommen, alles!, was hat er mir nicht alles angetan!, er hielt sich für unwiderstehlich, und er wusste, wie er die Weiber rumkriegte, es machte mich rasend, und ich versetzte ihm Ohrfeigen, dass es knallte, aber ihn zu verlassen – nein, nie.

Frühe siebziger Jahre. Am frühen Abend fuhren sie an den Strand, westlich von S., wo die Nackten unter sich waren. Erleichtert ergatterten sie Parkplätze dicht an den Dünen. Kaum Atem schöpfend, hievten sie Badetaschen, Picknickkörbe, Thermoskannen, Weinflaschen aus dem Kofferraum, und nachdem Carola Voss ächzend den Suppentopf angehoben hatte, rief sie nach Hilfe, Friedrich!, fass mal mit an, aber Friedrich tollte davon mit einem Ball zwischen den Füßen, verfolgt von Hannes, Umbachs Jungen, der sich nicht abschütteln ließ. Also eilte Umbach herbei, Werner, der um Carolas Kochkünste wusste und, ohne den Deckel zu lüpfen, eilfertig lobhudelte. Jeder griff nach einem Henkel, und dann schleppten sie den Topf hinunter, ungelenk trippelnd unter Carolas Vorsicht!-Vorsicht!-Gezeter, aus Sorge, die Kirschsuppe könnte überschwappen, hinzu kam, dass Hermann und Martin, die Kinder, wie riesige, verrückt gewordene Vögel, die Arme zu Flügeln ausgebreitet, um sie herum staksten, ehe sie abschwirrten, um Kathrin mit Grimassen zu ärgern.

Vom Strand winkten Karen und Sören, das dänische Paar, das in den frühen Siebzigern Jahr für Jahr seinen Urlaub in S. verbrachte. Auf Friedrichs Bemerkung hin, wie es der Klassenfeind bloß zuwege brächte, so gut gelaunte, schöne Menschen hervorzubringen, waren sie Freunde geworden. Sören hatte bereits einen Grill aufgebaut, er pustete angestrengt in die Glut, aus allen erdenklichen Winkeln, dabei die Schale umkreisend wie ein Voodoopriester, sich aufbäumend und sich bückend, sein kurzer Schwanz zappelte bei jeder Bewegung.

Der kleine Hannes bockte: ich will mich nicht ausziehen.

Und als Werner ihm das Hemd über den Kopf ziehen wollte, brüllte er viehisch, bis sich Werner, vor Schreck zurückgescheut, seiner wieder annahm, ihm gut zuredete und alle Nacktheit schlichtweg für nichtig erklärte.

Sie werden euch alle bestrafen, unkte Hannes, sie werden euch ins Zuchthaus stecken.

Karen lachte: schlimm, dieses Land.

Wieso ins Zuchthaus?, fragte Werner.

W-w-weil, stotterte Hannes, weil ihr was anhaben müsst, vom Hals bis zu den Knien.

Schon gut, beruhigte ihn Werner, wenn es dir zu heiß wird, dann sag Bescheid.

Ihm fiel ein, dass er neulich mit seinem Sohn über die alte Badeverordnung gesprochen hatte, über die vom Anfang des Jahrhunderts, und insgeheim war er stolz darauf, dass der Kleine so viele Dinge im Kopf behielt, vielleicht sogar zu viele Dinge, aber schaden konnte es nie, allerdings hatte er den Eindruck, dass sich Hannes zurzeit betont neunmalklug spreizte, er zog Bücher aus dem Regal, die ihn nichts angingen, er las jeden Abend vor dem Einschlafen und quetschte seinen Vater mit Fragen aus, auf die dieser keine Antwort wusste. Aus purer Not fragte er zurück: was lest ihr denn in der Schule?, und der Junge erwiderte, nichts, was ich lesen möchte.

Schau dir Friedrich an, sagte Werner, Friedrich spürt kein bisschen Angst, steht da, wie Gott ihn schuf.

Gott?, höhnte Sören und zeigte allen sein krebsrotes Gesicht.

Der Papa hats gemacht mit der Mama, versetzte Friedrich.

Nach einer Weile, dabei Friedrich nicht aus den Augen verlierend, entkleidete sich Hannes, gerade rechtzeitig, ehe Hermann, aufgesammelte Federn in der Faust, obendrein eine Feder schief im Haar, breitbeinig verkündete: Apachenbeach, so weit, wie du siehst: Apachenbeach. Hannes sprang auf, und auch Martin schloss sich an, und so liefen sie, mit der Hand auf den Mund schlagend, heulend die Düne hinauf.

Die Sonne stand tief, eine leichte Brise war aufgekommen und strich ihnen durchs Haar. Sehr langsam stieg Dolores aus dem Wasser, sich ein ums andere Mal umdrehend nach einem Mann, den sie gerade erst, oben auf dem Parkplatz, mit den anderen bekannt gemacht hatte (er hatte ihnen feierlich die Hand geschüttelt). Beide griffen nach ihren Badetüchern und trockneten sich ab, sie küssten einander, und kurz darauf sah Dolores nach den Würstchen auf dem Grill und wendete sie, den Neuling mit ihrem Lächeln bestrickend, mit der Zange.

Carola schöpfte Suppe und schrie nach den Kindern. Kathrin gesellte sich zum Rudel, als käme sie aus einer anderen Welt, sie war in einem Alter, das sie von den einen wie von den anderen trennte, sie war kein Kind mehr, aber noch keine Frau, sie träumte von der Ferne und konnte stundenlang den Horizont betrachten, hätte man sie gefragt, was sie sehe, sie hätte sich verlegen vor einer Auskunft geziert, um schließlich zu entgegnen, nichts, sie sehe nichts, deshalb sitze sie ja hier und suche nach einem Zeichen, einem Zeichen?, ihr versteht mich nicht.

Kaum dass er festgestellt hatte, dass Senf und Ketchup fehlten, löste sich Sören aus der Gruppe und stapfte zum Auto. Karen erzählte von Kopenhagen, wie viel dort gebaut würde und was. Werner kostete von der kühlen Suppe und überschlug sich vor Komplimenten, worauf Carola die Oberlippe kräuselte, du alter Schmeichler. Sie pickten nach Würstchen, als Kathrin ihren Blick auf die Dünen heftete, scheinbar versonnen, sodass Carola sie anstupste, na wovon träumst du? Kathrin aber sagte: seht doch, Sören, zwei Typen haben ihn in der Mangel.

Tatsächlich redeten die Männer, obzwar nicht uniformiert, so doch in einheitlich schlichter Aufmachung, auf den nackten Sören ein, bald der eine, bald der andere, und Sören schielte, Senf und Ketchup im Arm, ratlos herunter. Ach je, stöhnte Friedrich und rappelte sich auf.

Willst du dir nicht deine Hose überziehen?, frotzelte Carola.

Als sich Karen ebenfalls anzukleiden begann, hielt Friedrich sie zurück, warte, es dauert nicht lang.

Von unten betrachtet war das Schauspiel schwer zu entschlüsseln, Friedrichs Auftritt jedoch schien die aufgebrachten Männer, je länger er ihnen mit Worten zusetzte, zu besänftigen, offenbar so sehr, dass sie Sören mit einer unscheinbaren

Handbewegung entließen; danach trotteten sie mit Friedrich zum Parkplatz, der sich den Blicken entzog.

Lass dich nicht einschüchtern von denen.

Nein, nein, Carola, stammelte Sören, ich hab so getan, als verstünde ich nichts, ich Ausländer, Kongeriget Danmark.

Sie haben oben unser Auto gesehen, bedachte Karen, du kamst ihnen gerade recht.

Alles in Ordnung, sagte Friedrich, ihr seid jetzt bei mir gemeldet.

Werner fragte: wo habt ihr euch einquartiert?

Karen lachte. Wir sind doch erst seit gestern hier.

Und wo habt ihr geschlafen?

Am Strand, freute sich Sören, unter den Sternen, sehr romantisch.

Oh, oh, tadelte Carola, das haben sie gar nicht gern, da wedeln sie gleich mit dem Knüppel.

Der kleine Hannes riss die Augen auf: ihr müsst fliehen, sonst bestrafen sie euch.

Ein Wunder, dass euch niemand entdeckt hat.

Friedrich entkorkte eine Flasche Rotwein und schenkte reihum ein. Erst in diesem Augenblick wandten sie sich der roten Sonne zu, ganz still jetzt und in ihren Anblick versunken.

Die Dünen herab, kichernd, glucksend und albern herumfuchtelnd, als fielen sie jeden Moment auf die Nase, stolperten Maggie und Kurt in die Runde. Kollegen aus der Poliklinik, hatten sich die beiden einen zweifelhaften Ruf erworben, nämlich, dass sie sich hemmungslos paarten, und zwar nicht nur miteinander, sondern auch seitwärts mit Mann oder Frau. Dessen ungeachtet strahlten sie ein Glück aus, um das sie viele beneideten. So zweifelhaft also konnte ihr Ruf nicht sein, denn in die argwöhnische Betrachtung mischte sich Bewunderung. Sie liebten einander. Sie pflegten ihre Beziehung mit hingebungsvoller Aufmerksamkeit, und einmal verriet Maggie, dass sie sich über ihre Eskapaden auszutauschen beliebten, detailliert und provozierend, um es hernach umso besessener miteinander zu treiben.

Sobald sich Dolores eine Bluse überzog, jaulten Friedrich und Werner vor Enttäuschung auf, worauf sich Carola, mit gerecktem Hals und rätselhaft anmutig, geduldig Zuneigung erspielte. Martin war, zugedeckt mit Sörens Weste, eingenickt, Hannes kämpfte mit dem Schlaf, Hermann steckte gelangweilt Federn in den Sand, und Kathrin verlor sich in wer weiß was. Trinkend wurden sie laut, mal grölten sie ein Lied. Und als Maggie es zuließ, dass ein anderer ihre Brüste liebkoste, sah Kurt sich unverhohlen um.

Im Jahr 2008. An der Theke lehnte, das Mobiltelefon ans Ohr gedrückt, ein schlaksiger, glatzköpfiger Mann und telefonierte ohne Unterlass. Die Bar des kleinen Kellerlokals war ins Hinterzimmer eingekeilt, so schmal, dass sich die Gäste um die Hocker winden mussten, um am Ende einen Platz zu ergattern. Von der Decke hingen Fischernetze, teils mit Seesternen verziert, an den Holzwänden prangten seltsam mumifizierte Fische mit offenen Mäulern. Hinter dem Tresen hatten sich die alten Wirtsleute, kaum dass das Gröbste geschafft war, die ersten Zigaretten angesteckt, er mit einer Schürze um den dicken Bauch, sie, zierlich und in aufrechter Haltung, in einem schlichten Kittel; während sie, rau, aber freundlich, einen redseligen Trinker mit knappen Bemerkungen anspitzte, steuerte er gleichzeitig drei andere an. Unter Kennern galt der Wirt als begnadeter Komiker, genauer, als Komiker-Imitator, jedenfalls begnadet. Er verstand sich auf Klassiker ebenso wie auf Comedy; das, was er sein Repertoire nannte, kannte er in- und auswendig, und er war bestrebt, es ständig zu erweitern. Unauffällig linste er nach seinen CDs, zog dann entschlossen eine heraus und speiste damit das Gerät. Den Regler aufdrehend, wartete er auf seinen Einsatz, und sobald die Stimme ertönte, bewegte er synchron seine Lippen dazu, so sicher, dass es wie seit Langem einstudiert wirkte, er quasselte, er witzelte, dass sein Gesicht verwegen zuckte, er schlug sich auf die Schenkel und fuhr, kurz vor der Pointe, herum, um sie brüllend preiszugeben. Jetzt klebten alle an seinen Lippen, selbst der redselige Trinker starrte ihn an mit offenem Mund. Lässig verneigte er sich, streckte, Beachtung erheischend, einen Finger aus und stürzte sich in den nächsten Sketch. Aus den Lautsprechern wieherte Gelächter, das sich bruchlos fortsetzte im Gelächter der Gäste.

Er ist so gut, schwärmte Maria, so unglaublich gut. Nachdem sie, in der Tür stehend, ihm eine Weile zugeschaut hatte, kehrte sie, vorbei an einem wie aufgebläht installierten Taucheranzug von der Wismarwerft, an den Tisch zurück; dort saß Hermann und empfing sie mit aufblitzenden Augen. Sie hatten Fisch gegessen, gerade Bier nachbestellt.

Viel zu selten, dass wir ausgehen.

Ach Maria, seufzte Hermann, wie stellst du dir das vor?, Lotto spielen?, Bank ausrauben?

Du musst wieder Arbeit finden.

Versager!, schimpfte der Schlaksige am Tresen in sein Mobiltelefon.

Hermann sagte: morgen ist Kraudzun-Tag, ich hab mich eine Woche lang davor gedrückt, aber er besteht darauf, mich einzuladen auf Kaffee und ein Stück Torte.

Mach nicht so ein Gesicht.

Ich kann ihn nicht ausstehen.

Ja, ja, sprach der Schlaksige ins Telefon, die einen liebt man, die anderen hasst man, so ist das Leben. Mit beiden Ellbogen auf die Theke gestützt, das Bierglas im Blick, setzte er seinen Sermon fort, ab und an stockend, sobald ihn, wie es schien, sein Gesprächspartner zum Zuhören nötigte.

Kraudzun sagt, er will mit mir über alles reden.

Wird aber auch Zeit.

Dieses Arschloch, fluchte Hermann.

Arschloch hab ich nicht gehört, tadelte der Schlaksige, dann sagte er, gut, wir sehen uns, bis dann, ciao, ciao!, und beendete die Verbindung, nicht ohne sogleich eine weitere Nummer einzutippen und ins Telefon zu horchen, ja, Tagchen, ich bin es –

Moment mal, zögerte Hermann, kann es sein, dass die Glatze uns belauscht und nur so tut, als telefoniere sie?

Ist mir nicht aufgefallen, sagte Maria.

Hermann fasste den Typ ins Auge, und obwohl er sich eine Sekunde unsicher war, beschloss er, ihn auf die Probe zu stellen. Vorgeblich Maria zugewandt, versuchte er ihn zu überführen. Weißt du, was ich am liebsten tun würde mit Kraudzun?

Was denn?, fragte Maria.

Ich würde ihm gern in sein zufrieden grinsendes Gesicht spucken, eine ganze Ladung Rotz.

Igittigitt!, entfuhr es dem Schlaksigen, wobei er Hermann verständnislos anstarrte. Danach klappte er das Mobiltelefon zusammen und trollte sich kopfschüttelnd nach draußen.

Hast du gesehen?, er blufft.

Ich mag es nicht, wenn du so redest.

Ich auch nicht. Tut mir leid.

Maria kniff ihn in die Wange und schmiegte sich an seinen Hals, bevor die Tür aufflog und ein Musikant mit einem Schifferklavier das Lokal betrat.

Oh Mann, heute ist echt was los. (Einen Augenblick fühlte sich Hermann wie erschlagen.)

Der Musikant baute sich vor dem Werfttaucher auf und ließ sein Instrument, indem er es aufzog und zuschob, eine Zeit lang atmen. Dabei nickte er, eine Kapitänsmütze auf dem Kopf, forschend in die Runde. Er sang ein Seemannslied, ein zweites, ein drittes, die Gäste klatschten, also sang er ein viertes.

Da überkam es Hermann, das machen wir auch. Und als Maria auflachte, ergänzte er, aber wir machen es besser.

Ich spiele keinen Matrosen!

Nein, nein, kein Seemannsgeplänkel, sagte Hermann, das ist Touristenkitsch, wir suchen uns etwas, womit sie nicht rechnen, wir, wir, wir gründen ein mexikanisches Duo, da werden sie staunen.

Ohne mich, sagte Maria.

Doch, natürlich, ich nenne dich Margarita, und ich heiße Ramón. Ein bisschen Zaster kann nicht schaden. Anschließend führe ich dich zum Essen aus.

Nach dem fünften Lied zog der Musikant seine Mütze vom Kopf und ging von Tisch zu Tisch. Aufgekratzt warf Hermann ein paar Münzen hinein. Der Musikant bedankte sich und verließ das Lokal.

Jedes Mal, wenn ich ihn sehe, bekannte Hermann, verstehe ich, was es heißt, eine friedliche Revolution zu machen.

Maria lächelte.

Er hat überlebt, und er sieht nicht schlecht aus.

Unverhofft lugte der Wirt um die Ecke, tatsächlich ein Komiker, fand Hermann. Na Hermann, kennst du ihn noch? Aber Hermann tat, als habe er die Bemerkung nicht gehört.

Jeder in der Stadt wusste, wer der lustige Musikant mit dem Schifferklavier war, es war der frühere Kreissekretär der SED.

Er umklammerte mit den Händen die geriffelten Griffe und schob den Rollstuhl die Strandpromenade entlang, dieselbe Strecke wieder und wieder, denn die Alten wollten es so, ausnahmslos alle, einerlei, ob sie selbst gehen konnten, ob nicht, sie wollten das Meer sehen, und Hermann hatte, genau genommen, nichts dagegen, weil es auch ihn, obwohl von Kind auf vertraut damit, nach dem Meer verlangte, das Meer nutzt sich nicht ab, sagte er sich, er konnte sich, tief einatmend, nicht sattsehen, selbst heute, da es ruhig und wie geglättet vor seinen Augen lag. Was die Vorliebe der Alten anging, so teilte sie Kraudzun ohne Abstriche, er erwies sich sogar als einer der größten Enthusiasten, mit verzückten Ausrufen, sobald sie den Strand, übersät mit Strandkörben, erreichten, es herrschte Hochsaison, und wohin sie auch blickten tummelten sich welche, die entschlossen Urlaub machten. Der Trubel auf der Promenade schien Kraudzun unentwegt aufzustacheln, sodass er sich ausließ über die sorglos angezogenen Spaziergänger, bissig, mit knorriger Häme, Seniorenextremismus, Krückstockteenager, dralle Kurhausstuten. Zwei Jungs in kurzen Hosen bolzten einen Ball hinüber und herüber, teils waghalsig zwischen die Beine der Passanten zielend, bis ihnen der Ball entwischte und Kraudzun direkt vor die Füße rollte. Er bückte und streckte sich, ohne dass er den Ball mit den Händen zu fassen bekam, er rackerte sich, schwer röchelnd, ab, während die Jungs in sicherer Entfernung ausharrten und auf Erfolg (oder Misserfolg) wetteten. Kraudzun drehte den Rollstuhl linksrum, dann wieder rechtsrum, er fiel mit dem Oberkörper vornüber und machte sich lang, vergeblich. Auch Hermann weidete sich an der sinnlosen Anstrengung, er war drauf und dran, sich eine Zigarette anzuzünden, ließ es aber sein, schließlich langte er nach dem Ball und warf ihn zu Kraudzun, der ihn auffing und ihn sich in den Schoß presste, dabei den Blick starr auf die

Jungs gerichtet. Nichts geschah, sekundenlang. Indem er sich unverhofft aufbäumte, schleuderte Kraudzun den Ball auf den Strand hinaus, worauf die Jungs über die Brüstung hechteten und ihm nachsetzten.

Warum biegen sie ab, lieber Herr Hermann? Wollten wir uns nicht ein Törtchen gönnen?

Ja natürlich.

Geradeaus!, schnurstracks geradeaus! Ich bitte Sie, Herr Hermann, das schönste Café mit der schönsten Terrasse, das ist gerade gut genug für uns beide.

Aber Hermann widerte die Vorstellung an, er sitze mit Kraudzun, bezirzt von der herrlichen Aussicht, auf der Terrasse und stochere behaglich in einem Stück Torte, nicht zu reden davon, dass der Alte, wie angekündigt, sich mit ihm verständigen wolle, und zwar über alles, so hatte er sich ausgedrückt, was nur heißen konnte, dass er an den bislang totgeschwiegenen Vorfall zu rühren gedenke und dass er sich davon etwas verspreche, nämlich Vergebung. Hermann hatte nicht vor, ihm zu vergeben.

Lassen Sie uns umkehren, Herr Hermann, flehte Kraudzun, eine kleine Wende und zurück auf die Promenade, sind wir erst auf der Promenade, geht es immer geradeaus, nicht zu verfehlen, dort, wo Sie mit Ilse Köstritz so gerne verweilen, Ilse ist ja ganz aus dem Häuschen, wenn sie davon erzählt. Sie sind mein Gast, das versteht sich von selbst.

In der Stadt gibt es ein Dutzend Cafés, sagte Hermann, da wird sich etwas finden.

Ja, aber – (Kraudzun sackte zusammen, er verstummte.)

Belebt war diese Ecke, ein Kommen und Gehen, der Tschu-Tschu-Train trudelte über die Kreuzung, Autos fuhren nicht schneller, als die Leute spazierten, ein Fahrer verrenkte sich den Hals (Parkplatz?, Imbiss?, Frauen?), hier ist es gut, sagte sich

Hermann. Als die Kellnerin für jeden ein Stück Torte auftrug, besserte sich Kraudzuns Laune im Nu, Hermann ließ ihn nicht aus den Augen.

Der Alte schlemmte, köstlich, nicht wahr?

Er erzählte eine Begebenheit aus dem Heim, die ihn so sehr amüsierte, dass er sich fast verschluckte.

Hermann schwieg und wartete ab.

Nachdem sich Kraudzun die Lippen abgetupft hatte, entfuhr ihm ein schmatzender Laut, er lachte und nickte Hermann aufmunternd zu. Angezogen von diesem oder jenem, drehte Kraudzun seinen Kopf dahin oder dorthin, er schützte ein Interesse für alles Erdenkliche vor. Sobald er die Kellnerin vor einem anderen Tisch erblickte, riss er den Arm hoch und verlangte die Rechnung. Er gab reichlich Trinkgeld, zu viel, dachte Hermann, viel zu viel.

Auf, auf!, schmunzelte Kraudzun, wenn ich zu spät nach Hause komme, gibt es was auf die Finger.

Hermann sagte: war das alles?

Erneut griff Kraudzun nach der Serviette und führte sie an den Mund, seine Augenlider flatterten, dann aber beugte er sich schalkhaft herüber: noch ein Törtchen?

Späte siebziger Jahre. Erheitert kehrte Carola in die Küche zurück, bin ich wirklich so guter Dinge, dass ich mich biegen könnte vor Lachen?, fragte sie sich, oder spiele ich ihnen was vor?, lüge ich, wenn ich erfreut in die Runde blicke?, ach was, bleib fair, du musst fair zu dir sein, sie kommen nun mal gern zum Essen, wenigstens einmal im Jahr, zu Friedrichs Geburtstag, ein Gläschen Sekt, ein guter Braten, Kaffee und Kuchen, und schon sind wir sie wieder los. Den Langen kann ich eigentlich ganz gut leiden, den Dicken, der leicht schwitzt, weniger, den Gestauchten mit der Fliege am wenigsten, alle sind immer voll des Lobes, was mein Aussehen betrifft und dann meine Küche. Der Dicke kreuzt ja öfter hier auf, ein paar Mal im Jahr, er meldet sich kurz vorher an, und ehe ich mich versehe, steht er vor der Tür, Friedrich ist nie besonders erbaut darüber, aber kaum tritt der Dicke über die Schwelle, wirkt er wie ausgewechselt, als habe er das Beisammensein geradezu ersehnt, sie sitzen dann ein, zwei Stunden beieinander, sie sprechen über dies und das, leise, fast tuschelnd, was ich von Friedrich sonst nicht kenne, und meistens trinken sie ein Gläschen Schnaps, das heißt, sie trinken so gut wie immer ein Gläschen oder zwei. Bevor Friedrich sich niederlässt, schwenkt er die Flasche in der Hand, als handelte es sich um ein Ritual, gut möglich, dass ihm das Trinken diese Begegnung erleichtert, aber in Wahrheit weiß ich nicht einzuschätzen, wie sehr sie ihn belastet und ob überhaupt, ich glaube, er nimmt es gelassen. Jedenfalls hat es den Anschein, als löste sich alles in Wohlgefallen auf, mithilfe von Wodka und Prost auf die Liebe. Nie berichtet Friedrich, worüber sie reden, auch will er nicht, dass ich mich dazugeselle, er hat es mir regelrecht untersagt, dieser Argwohn tut mir weh, aber Friedrich sagt, er mache das schon, verlass dich auf mich.

Als Carola Mokka in die Tassen eingoss, schnupperte der Lange mit der Nase in die Luft, angeregt lächelte er ihr zu, er war allein gekommen, für gewöhnlich saß auch seine Frau mit am Tisch, sie ließ sich entschuldigen, ohne dass jemand erfuhr, aus welchem Grund. Der Lange gab sich leutselig wie eh und je, wobei er jenem Charakter zuneigte, der zwar umgänglich wirkte, aber Redseligkeit, gar Geschwätz tunlichst vermied. Er ist angenehm, sagte sich Carola, ja, das ist er, und sie sah es ihm nach, dass er seine Partei landauf, landab vertrat wie ein

Gläubiger, der, sei er nun, wie er sei, letzten Endes nachzubeten hatte, was andere ihm vorbeteten. Nicht zuletzt legte er, geradezu verlässlich, ein gutes Wort ein für Friedrich, wenn dieser sich etwas geleistet hatte, das ihre Empörung hervorrief, Friedrich nämlich war ihnen nie ganz geheuer, vor allem mit seinem Hang, aus dem Vollen zu schöpfen, und sie fanden, dass er sich mit der Zeit zu viel herausnahm, sie waren ja so unerhört ängstlich.

Friedrich nutzte die Zusammenkunft (ebenso wie jede andere mit dem Langen der Partei) für die eine oder andere Anregung, das Krankenhaus betreffend, verständnisvoll vorgebracht, bar jedes Vorwurfs, was auch immer, der Lange möge sich des Problems annehmen. Und weil der Lange den Chefchirurg seines Kreises schätzte, nicht zuletzt bereits selbst unter dessen Messer gelegen hatte, versprach er Abhilfe. Zustimmend bleckte der Gestauchte die Zähne, doch ehe er das Wort an Carola hätte richten können, entfloh sie lachend in die Küche.

Wann gehen sie endlich? Unruhig überflog Carola Wildbret, Feldkartoffeln, Spargel, Champignons, eingelegte Pfirsiche, Mandarinenscheibchen, zwei Dosen mit Erbsen, Butter, Schmant, die große gläserne Schale für den Geflügelsalat, sogar Ananas – ihre Beute (und die des Jägers, ihres Mannes), die sie in acht Tagen erstanden hatte, darunter vieles, was es sonst nicht gab im Haushalt, sie hatte keine Mühe gescheut und Aale (ja, gegen was noch mal?) getauscht, alles für dich, mein Lieber, zu deinem Geburtstag. Auf der Anrichte reihten sich Flaschen mit bulgarischem Rotwein, in der Ecke auf dem Boden eine ganze Batterie Radeberger Pilsner, sie legte einen Teil davon in den Kühlschrank. Carola rechnete damit, dass sich alle, wie jedes Jahr, das Köstlichste erhofften, eine Tafel, die ihresgleichen suchte, kurz, ein wüstes Schlemmen. Wann gehen sie? Die Zeit verstrich, sie lief Gefahr, in Bedrängnis zu geraten, da die Offiziellen kaum Anstalten machten, sich zu verabschieden. Unabhängig davon ging sie dazu über, die eigentliche, die echte Party vorzubereiten, sie fing an zu schälen, zu schnippeln, zu rühren, und sie schaltete den Ofen ein. Unverhofft stand der Lange, den Kopf geneigt, in der Tür und gab ihr die Hand, sie schenkte ihm ein Lächeln, das ihn, unmerklich errötend, offenbar verwirrte. Kurz darauf waren die Offiziellen gegangen.

Hör mal, Friedrich, lallte Kurt, aber er fing sich gleich wieder, nunmehr bedacht auf klare Aussprache, hör mal, das Sofa, der eine Sessel da, der andere Sessel, diese ganze Garnitur kommt mir ziemlich bekannt vor.

Mir auch, prustete Dolores (und fing sich lange nicht wieder).

Ich, warf Werner ein, ich zumindest saß immer in dem Sessel, in dem ich auch jetzt sitze, bequem, keine Frage, und ich konnte, so wie er früher stand, den ganzen Raum überblicken, genauso wie ich im Augenblick die ganze Gesellschaft im Blick habe, der Sessel hat, das muss ich sagen, auch hier eine gute Position.

Carola und Maggie tanzten ausgelassen, wilder als die Musik. Vom Gespräch hatte Carola nichts mitbekommen, sonst hätte sie mit einer spitzen Bemerkung alle zum Lachen gebracht. Dolores schloss sich den Tanzenden an. Die Schallplatte knisterte in den Lautsprechern.

Na hör mal, Friedrich, sagte Kurt, ist das wahr?

Werner sagte: war es dieser, oder war es jener Sessel?

Ja, Kurt, nichts als die Wahrheit, gab Friedrich zu und schenkte sich sein Glas voll, zurzeit wird der Kulturraum renoviert, im Krankenhaus, du weißt ja –

Besprechungsecke, sagte Werner.

Und da sie die Garnitur ohnehin hinausschaffen mussten, ließ ich sie hierher bringen, zu uns nach Hause.

Sag bitte nicht, dass stattdessen deine alte Garnitur im Krankenhaus aufgestellt wird.

Gut, sag ich nicht, aber es ist so.

Also werden wir uns, wenn die Renovierung abgeschlossen ist, in deinen alten Polstern fläzen jeden Tag.

Besprechungsecke, sagte Werner.

Kaum dass die Schallplatte verklungen war, setzte sich Friedrich an den Flügel und klimperte ein paar Takte; die Tanzenden wiegten sich abwartend in den Hüften, bis Friedrich in einen Ragtime verfiel und sie aufjauchzend anspornte. Maggie zog Werner aus dem Sessel, sodass sich dieser unschlüssig drehte inmitten wollüstig sich schüttelnder Frauen, Hexenragtime, durchfuhr es ihn, lauter scharfe Hexen. Später zwängte sich Kurt neben Friedrich ans Klavier, und indem er sich auf die tiefen Tasten warf, verwies er Friedrich auf die hohen, vierhändig spielten sie sich, einander umgarnend und fordernd, in kontrollierte Ekstase, ehe Friedrich dann wahllos wüste Töne anschlug, Kurt ihm darin folgte und sie gleichzeitig, wie auf ein Zeichen, mit der Stirn auf die Tasten sanken, dadurch einen Klang hervorrufend, der gespenstisch verhallte.

Im Sessel zündete sich Friedrich eine Zigarette an, er nippte am Wein, er rauchte mit stillem Behagen im Kreis seiner Freunde.

Gefallen dir die Sessel, das Sofa, hat Friedrich mich gefragt, und ich habe gesagt, ja klar, sie gefallen mir, darauf Friedrich, gefallen sie dir besser als unsere, und ich habe gesagt, ja, besser als die Möbel zu Hause, darauf Friedrich wieder, na gut, dann tauschen wir sie aus. Carola zuckte mit den Schultern: so war das.

Dolores prustete wieder, aber anders als vorher, das heißt,

nur kurz, dann beherrschte sie sich. Im Gegensatz zu ihr hatte der Mann an ihrer Seite bislang kaum ein Wort verschwendet, aber auch er fühlte sich sichtlich wohl, schon deshalb, weil Dolores sich wohlfühlte, mehr noch, weil sie sich dem Vergnügen hingab, hier, wo sie es konnte, ohne dass jemand Anstoß daran nahm. Sie sagte: stellt euch vor, als wir kamen, wären wir Opitz um ein Haar ins Messer gelaufen, manchmal denke ich, dieser Opitz ist überall.

Der dicke Opitz, nölte Carola, ha!, der Dicke.

Er hat einiges durchgemacht, schaltete sich der Begleiter von Dolores jählings ein, er saß im Knast, ein paar Jahre bestimmt.

Der? Nee!

Friedrich zog mit Genuss an der Zigarette.

Doch, doch, behauptete der Begleiter, es war irgendetwas Politisches, etwas, das sie dir nicht verzeihen.

Der doch nicht! Nie im Leben! Der frisst den Schriftgelehrten doch aus der Hand. Opitz ist treu zu hundert Prozent.

Kann sein, ich weiß es nicht. Vielleicht hat er, um seine Haut zu retten, so werden müssen.

Jesus!, stöhnte Dolores, wie hirnrissig das alles ist.

Als Werner, ganz Ohr, nach einer Reaktion von Friedrich suchte, blies dieser geistesabwesend Rauch in die Luft.

Maggie und Kurt knutschten wie Teenager, sie bekamen nichts mit, dann und wann brachte Maggie ihr Dekolleté in Ordnung.

Der Dicke, bekannte Carola, ist mir nicht geheuer, Friedrich!, sag mal etwas, du kennst ihn ein bisschen.

Friedrich aber rauchte, als ginge ihn all das nichts an.

Ich habe mit Opitz studiert, in Dresden, sagte der Begleiter von Dolores überraschend, er war kein schlechter Kerl, gut, er hatte ein paar Flausen im Kopf, aber wer hatte die damals nicht, dann ist er ins Stolpern geraten wegen einiger Äußerungen in der Universität, und am Ende ist er gestürzt, er verstand sich nicht auf das Spiel von Kritik und Selbstkritik –

Das ist kein Spiel, höhnte Werner.

Wie auch immer, sagte der Begleiter, sie haben ihn aus dem Verkehr gezogen.

Von wem redet ihr eigentlich?, von Opitz?, wunderte sich Carola, der dicke Opitz kommt und geht, wie es ihm passt, er hat seine Ohren an jeder Ecke. Hat er sich in einen anderen verwandelt?

Das gibt es, sagte Friedrich.

Das gibt es? Sonst fällt dir nichts dazu ein?

Friedrich beugte sich vor und zerdrückte im Aschenbecher seine Zigarette.

Späte siebziger Jahre, frühe achtziger (Hermann Voss). Die Band war meine Erfindung, Wahnsinn, die Band!, wir spielten alles Mögliche, und wir hatten zunehmend Erfolg damit, ja, wir machten uns einen Namen in der Region und tingelten umher, aber ein Stück gab es, das alle anderen in den Schatten stellte, und weil sich der Höhepunkt des Konzerts mit der Zeit herumgesprochen hatte, fieberten die Leute dem Moment entgegen, da Martin, mein kleiner Bruder, zu seiner Geige griff und die ersten, sattsam bekannten Takte anstimmte, ich vernahm ein Aufstöhnen; Unruhe und Erregung fuhr in die Menge, dass es sie nicht länger auf den Stühlen hielt und alle auf die Tanzfläche strömten, das Stück hieß Am Fenster, klar, das kannte damals jeder, von City zwar, aber es war unser Hit, jeden Abend wieder, und Martin, der kleine Martin, machte eine ganz große Nummer daraus, er wuchs, sich in der Magie der gebannten Menge wiegend, über sich hinaus, flink die Finger, dabei stoisch in der Haltung, so als spiele er allein für sich, er hatte es raus, ich las es von den Augen der Frauen ab, ein vieläugiges Leuchten, sie jubelten.

Seit ein paar Jahren ging ich aufs Konservatorium, wieder und wieder auf dem Weg in die Kreisstadt, ich stieg mit dem Gitarrenkoffer in den Zug, und während der Fahrt rief ich mir die Noten der geübten Stücke ins Gedächtnis, so stimmte ich mich ein. Eines Tages rief mich mein Vater zu sich und sagte, er habe sich von Werner Umbach das Versprechen abringen lassen, ich würde dessen Sohn, also Hannes, ein wenig Unterricht geben, kurz darauf war Hannes mein erster Schüler (und, wie sich herausstellte, das erste Mitglied meiner Band). Martin stieß dazu, nicht ohne uns eine Sängerin aufzuschwatzen, in die er über beide Ohren verknallt war, aber sie sah nicht nur gut aus, sondern sang auch famos wie ein kratzig röhrender Engel. City, Status Quo, Police hingegen gehörten mir, teils unterstützt von Hannes, der die zweite Stimme sang und sich, obwohl nur Knecht am Bass, unablässig in den Vordergrund zu spielen suchte. Die Instrumente kauften wir uns billig zusammen, auch das Schlagzeug, auf dem der Sohn des Pastors entschieden dilettierte, in jedem Klischee jedoch steckt ein Funken Wahrheit, so auch in der Vorstellung, Pastorenkinder seien musikalisch, er hat es uns allen gezeigt. Geprobt wurde bei uns in der Garage, manchmal, wenn die Eltern außer Haus waren, bei weit geöffnetem Tor, sodass sich Nachbarn beschwerten und einmal sogar die Polizei auf uns hetzten; ohne die Verstärker auszuschalten (sie summten in hoher Erregung vor sich hin), verdrückten wir uns, rasch hinters Haus und dann in den Stadtwald. Zugegeben, am Anfang brachten wir nichts hervor als die jämmerlichste Katzenmusik, aber vielleicht, so kommt es mir vor, war es die beste Zeit, weil wir uns so verwirrend größer fühlten, als wir tatsächlich waren, wie auf dem Sprung ins große Geschäft.

Immerhin wagten wir uns Jahr für Jahr vor die Kommission, die dazu angetreten war, die Musikgruppen im Kreis gewissenhaft einzustufen, und schon im zweiten Jahr wurden wir von der Grundstufe in die Mittelstufe versetzt, das nenne ich Erfolg. Natürlich spielten auch wir lieber vor Menschen, die tanzten und Beifall spendeten, als vor solchen, die, einer neben dem anderen, stumm hinter einem Tisch voll Ordnern und Papier hockten und uns unverwandt anstarrten. Aber so übel waren die Kerle nicht, und es war immer einer dabei, der ungeniert mit dem Fuß wippte. Na ja, sie waren vom Fach, wenn auch gleichzeitig in die Regeln verstrickt. Sieben bis zehn Titel verlangten sie uns ab, und die brachten wir ihnen zu Gehör, getreu dem Verhältnis sechzig zu vierzig, also bloß vierzig Prozent aus dem nichtsozialistischen Ausland. Vor jedem Auftritt erstellten wir dann die entsprechend treuen Listen, aber daran gehalten haben wir uns nie, denn wir waren ja nicht blöd, City war okay, aber mit City allein konntest du keinen Abend bestreiten, wir wollten, dass es rockte, denn wenn es rockte, hatten wir Erfolg. Einmal gaben wir ein Konzert vor fünfhundert sowjetischen Soldaten, der deutsch-sowjetischen Freundschaft galt ja ohnehin alle Pflege und Aufmerksamkeit, doch die Sowjets erhofften sich keine schalen Betulichkeiten, sie erhofften sich Rock 'n' Roll, Rockin' all over the World, dass die Hütte brannte.

So schnell wie möglich machte ich meinen Führerschein. Inzwischen in die Landwirtschaft gezwungen, hatte ich wenigstens darin einen Vorteil, ich fuhr ja längst Traktor feldauf und feldab, später auch Mähdrescher. Am Wochenende besorgte uns mein Vater einen Kleintransporter aus dem Fuhrpark des Krankenhauses, nehmt den Barkas samt Anhänger, da zeigte er sich großzügig, und wir luden die Instrumente ein, Verstärker, die ganze Anlage, um schließlich aufzubrechen, wohin sie uns riefen.

Vor dem Pazifik, so hieß die Diskothek an der Seebrücke, sammelten sich lose Grüppchen, junge Frauen, junge Männer, Feuer schnippte auf für Zigaretten, vorlautes männliches Lachen platzte in die laue Luft. Im Licht der sinkenden Sonne schienen die Körper ein letztes Mal aufzuglühen, vereinzelt ein Frösteln in den überhitzten Gliedern nach einem langen Tag am Strand. Gerade noch auf den Zimmern, um sich zurechtzumachen für den Abend, drehten sich die Jugendlichen flüchtig einander zu, manche glänzten vor aufgeschmierter Creme, andere, bedacht auf die geheimnisvolle Wirkung dunkel getönter Haut, taten, als leuchteten sie von innen. Sie hatten sich herausgeputzt. Mädchen kicherten und leckten Eis aus einer pappigen Waffel, das es in den geläufigen zwei oder drei Sorten an der Ecke gab. Einheimische schlenderten an der Diskothek vorüber, mehrmals hin und her, gerade so, als suchten sie nach einer leichten Begegnung für die kommenden Stunden, und genau genommen hatten sie auch nichts anderes im Sinn. Ein Moped fuhr vor, und während sich der Fahrer unverhohlen umsah nach attraktiven Frauen, knatterte der Motor, und rußige Wolken schossen aus dem Auspuff, ehe das Gefährt aufheulend eine andere Richtung einschlug. Die ersten sonderten sich ab und verschwanden im Lokal. In die Atmosphäre aus träger Entspanntheit mischte sich, zusehends greifbar, eine unbestimmte Erwartung.

Drinnen war es so heiß wie draußen am Mittag, unter dem höchsten Stand der Sonne. Nachlässig bekleidet, bloß im Hemd oder Unterhemd sowie in forsch aufgeknöpften Blusen, wateten schwitzende Körper durch die Schallwellen der Musik, ohne dass bereits einer aufs Tanzen verfallen wäre. Unter der Lichtorgel blitzten Köpfe, Bärte, Muskeln auf, Lippen wie Nacktschnecken und Brüste unter dünnem Stoff. Allein der Betreiber des Ladens, Mister Pazifik, wie er bei allen hieß, glaubte seiner Stellung äußerlich gerecht werden zu müssen, er trug ein Jackett über den schmalen Schultern, das einzige weit und breit, und er rang um eine stets gefasste Miene, um Solidität im Rausch des Vergnügens, dabei gezeichnet von tiefer, übernächtigter und für den, der nichts davon verstand, gräulicher Blässe, ein Geschöpf der Nacht. Sie checkten einander ab, mit Blicken, die scheinbar umherschweiften, dann aber jählings zustachen, sobald das Objekt der Begierde zu entrinnen drohte; insofern setzten sie das Spiel, das sie draußen in der Abendsonne scheu in Angriff genommen hatten, nunmehr waghalsig fort, gestärkt durch treibende Beats und rastloses Blinken. Erste Drinks wurden ausgegeben, für Blond- oder Rothaarige, die sie nie zuvor gesehen hatten, Wodka Cola, Goldbrand, Apfelkorn, es würde sie mehr Geld kosten, als sie ausgeben konnten. Niemand tanzte, noch immer nicht, insgeheim nämlich lauerten sie darauf, dass das Konzert begann, und als die Konservenmusik abrupt aussetzte, abgewürgt ohne einen Gedanken, als kurzzeitig das Licht erlosch, um dann klar und hell durch auf die Bühne gerichtete Scheinwerfer zu erstrahlen, da johlte die Menge und schob sich langsam nach vorn.

Die Musiker standen, mitsamt dem Schlagzeuger, mit dem Rücken zum Publikum, drei Figuren für den Auftakt, doch anstatt auszuharren und Unmut, gar Pfiffe zu ernten, zogen Gitarre und Bass eine Girlande unaufgeregter, ja cooler Klänge auf, so eingängig, dass die Gäste aufstöhnten, zumal die Bassdrum sie im Innersten ergriff und ihre Körper unmerklich beben ließ. Bevor Hermann und Hannes sich umdrehten, erspähten sie beide, in einem Winkel seitlich der Bühne, dass

Martin, sich unbeobachtet wähnend, die Sängerin abknutschte und auch nicht zögerte, sie zu befummeln – in diesem Augenblick fuhren die beiden Musiker herum und zupften, sich mit ausdruckslosen Mienen der Rampe nähernd, ihre Beatgirlanden, every breath you take, every move you make, es lief gut, Hermanns Augen flogen über die Köpfe der Menge hinweg, ehe er bemerkte, dass sich Hannes, der nichts zu singen hatte außer ein paar in den Hintergrund verbannte Begleitwörter, dass Hannes also nach vorne stakste und unverhohlen zwinkernd, Augen verdrehend, verwegen grinsend mit dem Publikum flirtete, obwohl doch Coolness vereinbart worden war. Hannes hatte sich längst eine ausgekuckt, die ihn tatsächlich anzuschmachten schien, eine Blondine, langbeinig, wie er es mochte, wenngleich er ihr ebenerdig allenfalls bis an die Schulter reichen würde, ohnedies, fiel Hermann auf, ist die erste Reihe gut bestückt mit Weibern, es dauerte nicht lange, und er hatte auch eine für sich entdeckt, sehr jung, sehr hitzig, mit lockigem schwarzem Haar, das sie unentwegt mit beiden Händen anhob und über die Schultern stürzen ließ, das sie sich vors Gesicht warf, um es wild hin- und herzuschütteln, I'll be watching you.

Nach dem ersten Set schoss Hannes sofort auf die Blondine zu, und auch Hermann zögerte nicht, die Schwarzlockige abzupassen, sie war zierlicher, als er von oben herab hatte ermessen können, gleichwohl mit einem vollen, hohen Busen ausgestattet; nein, danke, sie wolle nichts trinken, sie lächelte süß, doch Hermann war abgeblitzt. In der zweiten Pause lief es nicht besser, das heißt, für Hannes lief es gut, soweit es Hermann aus dem Augenwinkel erkennen konnte, die Blonde ist haarscharf nach seinem Geschmack, sagte er sich, er sollte sich nicht so viel in die Kehle kippen, wie er sie vögelt, ist mir egal, aber er muss noch imstande sein zu spielen, der beschissene

Bassknecht. Wo ist es hin, das Lockenköpfchen? Hat sie einen anderen aufgegabelt? Enttäuscht verlor er sich in Trübsinn, ohne zu bemerken, dass ihn andere Frauen wohlgefällig musterten, ihn, den in sich gekehrten, rätselhaften Sänger, mit Haaren so kurz wie jene von Sting. Hermann grübelte, ab und zu an der Bierflasche nuckelnd, und gleichzeitig ärgerte er sich darüber, über das Grübeln und über das Nuckeln, wer bin ich denn, wer? Dass ich mir von einer vollbusigen Jungfrau den Abend versauen lasse. Außerdem, bedachte er dann, wieder versöhnlich gestimmt, steht das dritte Set noch aus, die Nummer von City, da wirst du schmelzen, du kleines unverschämtes Luder.

Sie stiegen auf die Bühne. Die Sängerin machte auf gefallenen Engel, auf wüst und reichlich verkommen, sie röhrte sich alles, was nach verzweifelter Liebe schmeckte, buchstäblich aus dem Hals, in ihren Klauen steckte die Trauer und wurde derb zerkratzt, sie mimte, sogar beim zartesten Liebeslied, das Ungeheuer hinter den Schwüren, sodass sie sich selbst für Silly nicht zu genieren brauchten. Aber erst als Martin mit seinem Bogen über die Saiten strich, stockte dem Völkchen der Atem, und Hermann sang Am Fenster, wie er es noch nie gesungen hatte, mit vor Zweifeln gebrochener Inbrunst, er gab vor, allein für sich zu singen (etwa so, wie Martin vorzugeben gewohnt war, allein für sich zu spielen), dabei sang er für sie, für ihr krauses Haar, ihr süßes Lächeln, obgleich er sie aus den Augen verloren hatte, weg und wohin, es wäre müßig zu fragen, wo, sie war nicht mehr da.

Alle tanzten, nun, da der Diskjockey Kassetten spielte und die Lichtorgel Blitze schleuderte. Hermann hingegen verstaute seine Gitarre im Koffer und ließ sie vom fahlen Mister Pazifik ins Lager sperren. Dann trottete er stolz, aber geschlagen hinaus.

Da bist du ja. Sie lehnte am Ausgang und lächelte.

Ach, entfuhr es Hermann.

Gehen wir an den Strand?

Gehen wir.

Unter dem Sternenhimmel brachte Hermann keinen Ton heraus, und weil sie ihm Blicke von der Seite zuwarf, immer wieder und also herausfordernd, blieb er unvermittelt stehen und zündete sich mit zitterndem Streichholz eine Zigarette an.

Mir bietest du wohl keine an?

Er gab ihr seine Zigarette, und dann zogen sie, den Sand hinunterstapfend, abwechselnd daran, bis das Mundstück von Speichel durchtränkt war. Sie waren nicht die Einzigen, die den Einfall hatten, an den Strand zu flüchten. Da und dort hatten sich Paare niedergelassen, auch Grüppchen, und sie sahen Gestalten barfüßig umherwandern; für kurze Zeit tauchten Strandwächter aus dem Dunkeln auf, um ihre Gegenwart ins Bewusstsein zu rufen, danach zogen sie sich wieder zurück. Sie entdeckte einen offenen Strandkorb und zog Hermann mit sich hinein. Aber statt romantisch aufs Meer zu schauen, warf sie sich auf ihn und küsste ihn mit flinker Zunge, bis er sie, sich ihrer erwehrend, ins andere Eck drückte und ihr ebenso leidenschaftlich seine Zunge in den Mund stieß. Hermann wollte etwas sagen, und so beteuerte er, wie sehr sie ihm gefalle, wie sehr er diesen Moment genieße, wie sehr –

Sie aber streifte sich das T-Shirt über ihre Brüste und bot sie ihm schwer atmend dar. Verwirrt vor Schönheit und Glück, suchte Hermann nach Worten, während er sich ungeschickt eine ihrer schwarzen Locken um den Finger wickelte. Doch ihm fiel nichts ein. Was war bloß passiert? Gerade noch obenauf mit Am Fenster, mit einer Stimme, die alle dort unten betört hatte, eierte er nun vor ihrer ungestümen Begierde herum. Schließlich fragte er: woher kommst du?

Aus Berlin, versetzte sie, was ist denn?

Hermann zögerte.

Sie schürzte die Lippen: woran denkst du?

Ihr Drängen, ihr durchtrieben dominantes Spiel überforderte ihn, so sehr, dass er fühlte, wie sein erigiertes Glied schrumpfte.

Macht ja nichts, sagte sie, wodurch sie ihn vollends erledigte. Sie schwiegen eine Weile. Und nachdem sie ihre Klamotten geglättet, dabei mehrmals wie zufällig über ihren Busen gestrichen, ihn zuletzt sacht mit den Händen gewogen hatte, spottete sie: was treibt ihr denn mit euren Mädchen am Strand? Sterne zählen?

So ließ sie ihn sitzen.

Unterdessen schwofte Hannes mit seiner Blondine, bestrebt, sie enger und eng an sich heranzuziehen, ihr klarzumachen, dass sie füreinander geschaffen waren, wenigstens diese Nacht, dass sie also seine Beute war. Er roch ihren Schweiß, und er fand, dass sie gut roch, ihr strenger Geruch erregte ihn. In den Gesichtern ringsum, zumal in den männlichen, nistete verschwitzte Anstrengung, bei aller vorgeschützten Lockerheit, denn es galt, eine vage Sympathie mit anderen Mitteln auszuleben, kurz, es ging um Sex. Die lange Blonde überragte Hannes um einen, nämlich ihren, von verwuschelten Haaren umflossenen Kopf. Aber er machte sich nichts daraus, sein Gesicht an ihren Hals zu schmiegen, A whiter shade of pale, warum nur spielten sie diese göttlichen Schmusesongs immer erst zum Schluss, anstatt sie vorher einzustreuen für nähere Bekanntschaft. So aber drehte es sich in den letzten Minuten stets ums Ganze.

Nein, nicht an den Strand, sagte sie, die Wächter, du weißt schon.

Hannes nahm sie mit nach Hause, und er dankte wem immer, dass sein Vater auf Reisen war. Als sie das Steckmöbelregal erblickte, welches das Wohnzimmer teilte, davor der Esstisch, dahinter der Arbeitstisch, lachte sie auf, das habe sie auch, weil genötigt, mit einer anderen Studentin zusammenzuwohnen. Ohne Begriff für ihre Aufgekratztheit griff Hannes nach einer angebrochenen Flasche Wein und füllte zwei Gläser. Die lange Blonde indes strich an den Möbeln entlang, diesseits und jenseits, ja genau, stellte sie fest, auf beiden Seiten furniert, wie praktisch, meine Sybille. Sybille? Hannes horchte auf. Sie sagte: so heißt das gute Stück.

Sie hatte ein schmales, feines Gesicht mit liebevoll glänzenden Augen. In dem Augenblick, da Hannes in sie eindrang, beschwor sie ihn: nagle mich fest. Er gab sein Bestes, und je härter er sie anfasste, desto lauter schrie sie ihm ihre Lust ins Ohr. Sie umfing ihn mit ihren Beinen, doch ansonsten beschränkte sie sich darauf, sich willfährig hinzugeben und seine Stöße mit Seufzern zu erwidern. Plötzlich stöhnte sie: schlag mich, schlag mir ins Gesicht.

Hannes hielt inne, als habe er sich verhört.

Nur ganz leicht, nur ein bisschen, flehte sie, ich will es.

Er zögerte, doch sowie sie ihn abermals ermunterte, versetzte er ihr einen Klaps, dann noch einen, und weil sie wollüstig erzitterte, holte er aus und klatschte ihr seine Hand auf die Wange.

Das war neu für ihn, sie kam jetzt ungemein auf Touren und entlud sich unter seinen Schlägen. Zu guter Letzt nahm er sie von hinten und knallte ihr bald die eine, bald die andere Hand auf den Hintern, so lange, bis die Backen glühten, ja!, gurrte sie dunkel, ja!, ja!, und er spürte, wie ihm die Überschreitung alle Hemmungen raubte, er riss ihren Kopf an den Haaren nach oben und quetschte ihre Brustwarze mit wie im Krampf erstarrten Fingern, sie heulte auf, da ergoss er sich in ihr.

Du bist zu weit gegangen, tadelte ihn Hermann tags darauf.

Ja, ich weiß, bekannte Hannes, merklich verstört von dem, was vorgefallen war, alles zu heftig, es lässt sich nicht entschuldigen, aber wir haben einander besser kennengelernt, als uns lieb war.

1979. Bei Vollmond hielt ihn nichts zurück. Er stieg in seine Stiefel, griff nach dem Gewehr und ging nach draußen. Der Hund, ein kleiner Terrier, lief herbei, jaulte und kläffte in einem fort, er konnte ihn nur mit Mühe beruhigen. Friedrich Voss entriegelte die Ladeklappe seines Geländewagens, und der Terrier sprang in einem Satz hinauf. Dieser Geländewagen war ein Trabant, umgerüstet zum Jagdfahrzeug, olivgrün getarnt und mit leicht zu öffnendem Verdeck. Er steuerte den Wagen bis vor Werners Haus, und weil Werner schon bereitstand, dann sich ächzend auf den Sitz zwängte, setzte er die Fahrt sogleich fort, durch die Stadt und, kaum an den letzten Häusern vorüber, hinauf zu den bewaldeten Hügeln.

Hast du was zu trinken besorgt?

Als Antwort klopfte sich Werner zweimal auf die Jackentasche.

Wodka?

Werner nickte.

Wollen wir uns einen Schluck genehmigen?

Werner schraubte die Flasche auf und gab sie Friedrich, danach kostete er selbst und steckte die Flasche wieder ein.

Weißt du, Friedrich, sie rücken keine Waffe raus für mich, als sei ich ihnen irgendwie verdächtig. Ich finde das nicht fair. Jetzt muss ich weiterhin zum Stützpunkt latschen und Papiere ausfüllen, und wie ungünstig die Ausgabezeiten für mich liegen, ist dir ja bekannt. Schau mich doch an, ein Jäger ohne Waffe, das ist der blanke Hohn.

Es freut mich trotzdem, dass du mitgekommen bist, sagte Friedrich, und du wirst sehen, alles wird sich regeln, hab noch etwas Geduld.

Nein, gar nichts wird sich regeln, erzürnte sich Werner, ich habe jede Menge Briefe geschrieben, Eingabe um Eingabe gemacht, doch beständig heißt es nein, keine Aussicht auf Freigabe, und zwar ohne jede Begründung. Ich habe mich an den Rat des Kreises gewandt, an den Rat des Bezirks und in meiner Verzweiflung sogar an den Minister.

Tatsächlich? Was hat der Genosse Minister geantwortet?

Der? Werner schnaubte verächtlich. Der hat seinen Forstmeister vorgeschickt, offenbar der Mann fürs Grobe, Generalforstmeister beim Ministerrat, das schmale Kontingent an Erlaubnissen sei erschöpft, dem Antrag könne nicht entsprochen werden, dann eine Bitte um Verständnis, Punkt.

Friedrich lenkte den Kastentrabi auf eine Lichtung, schaltete die Scheinwerfer aus, stellte den Motor ab; der Hund wurde unruhig, er stellte die Ohren auf und winselte, seine Läufe zitterten vor Erregung, aber er würde nicht mitkommen dürfen, das verbat sich.

Friedrich sagte: tut mir leid, Werner, sie wissen nicht, was sie an dir haben, und weil sie allem und jedem ohne Not misstrauen, bekommen sie es sofort mit der Angst zu tun, sobald sie ihre Waffen aus der Hand geben sollen.

Darauf stiegen sie aus.

In der mondhellen Nacht hasteten die beiden Männer hügelan, erklommen eine Stelle, die leidlich Überblick bot, jedoch nicht ausreichend, also gaben sie sie auf, stolperten weiter, bis sie sich, außer Atem, vortrefflich in Stellung gebracht hatten. Friedrich setzte den Feldstecher an seine Augen und überflog die Gegend. Noch war nichts zu entdecken. Erst als aus dem Dickicht Geraschel zu vernehmen war, zog sich ein schiefes Grinsen über sein Gesicht. Dann drückte er Werner den Feldstecher in die Hand und legte seinen Drilling an. Auch Werner fasste das Wildschwein ins Auge, es war so imposant, dass es in der Vergrößerung das Glas vollständig ausfüllte, und es glänzte, bestrahlt vom Mond, am Rücken. Lass mich schießen, stieß Werner hervor und warf einen begehrlichen Blick auf den Drilling, bestes Fabrikat, registrierte er, aus der Suhler Waffenschmiede. Nein, gab Friedrich schroff zurück, das Schwein gehört mir. Kurz darauf knallte der Schuss, und das Schwein raste ins Gesträuch, dann platschte es in einen Teich, und Werner hatte den Eindruck, als schnorchelte es noch einige Sekunden, ehe es ertrank. Sie liefen hinunter, und Friedrich, mit der Hand ins Wasser fassend, zog das Schwein an den Hinterläufen heraus.

Heimgekehrt schnitten sie Herz, Leber und Filets heraus und ließen das Schwein auf der Lade des Wagens liegen. Der Rest wird morgen ordnungsgemäß abgeliefert beim Fleischer, beteuerte Friedrich und scherzte: der Rest ist Volkseigentum.

In der Küche warfen sie die erbeuteten Stücke sogleich in die Pfanne, und da Friedrich zwei Schnapsgläser auf den Tisch stellte, nestelte Werner nach dem Wodka in der Jacke. Waidmannsheil!, sie prosteten einander zu. Mit Genuss verzehrten sie das Fleisch, Friedrich redete schier ununterbrochen, von Frauen, vom Krankenhaus, von den Söhnen, der Tochter, und in den Atempausen stürzten sie Wodka hinunter. Werner, Schwerenöter, der er war, seit seine Frau ihn überstürzt verlassen hatte, sagte sich, das ist das Glück, die Jagd, essen und trinken, die Freundschaft. Gut angeheitert, seufzte Friedrich: ich glaube an dieses Land.

Es geht uns nicht schlecht.

Hör mal, Werner, jetzt mal im Ernst, warum trittst du nicht einfach bei, die Partei braucht Leute wie dich, du bist integer, und du verstehst dich auf dein Handwerk, du bist der beste Zahnarzt weit und breit.

Ach Friedrich, ich –

Sag nicht, dass dir das, was drüben passiert, verlockend vorkommt, dort zählt nichts als das Geld, während es hier bei uns um den ganzen Menschen geht, egal, was er ist und was er hat.

Weißt du, ich –

Klar, auch ich bin mitnichten mit allem einverstanden, vieles, sehr vieles ist verdammt noch mal verbesserungsbedürftig, aber wir müssen Geduld haben, das wird sich geben.

Ja, ja, sagte Werner, das alles sehe ich ja auch.

Überleg mal, wie ich mir den Arsch aufreiße, damit sie uns Medizinmänner in Frieden lassen, alles vorzügliche Leute, zweifellos, aber die einen schielen auf die Verwandten im Westen, die anderen ergeben sich blind der Kirche, Dolores zum Beispiel, die betet lieber, als dass sie sich für die Gesellschaft engagieren würde, und ich muss auf jede Frage eine Antwort haben, glaub mir, sie löchern mich mit Fragen über meine Leute, so sehr, dass es schon zum Lachen ist.

Nein, die Partei ist nichts für mich.

Friedrich schwieg, dann rang er sich ein Lächeln ab.

In Ordnung, ich habe verstanden. Aber du musst wissen, dass du mit dieser Einstellung nie eine eigene Waffe bekommst, es ist im Grunde ganz einfach.

Nein, Friedrich, ich könnte es nicht, ich will mich nicht binden an die Partei, dazu bin ich nicht geeignet.

Gut, ich respektiere es. Und ich werde dich nie mehr danach fragen. Na sdarowje!

Sie kippten sich Wodka in die Kehle.

Keinem von beiden war aufgefallen, dass Carola an der

Schwelle lauerte, erst als sie die Tür ganz aufstieß, blickten sie ihr ins Gesicht. Sie hatte müde, ins Licht blinzelnde Augen, zerzaustes Haar vom Herumwälzen auf dem Kissen, und sie trug nichts als ein Nachthemd. Kaum sah sie sich beachtet, trat sie hoheitsvoll in die Küche, na Männer, habt ihr was übrig gelassen für mich?

Oh Carola, strahlte Werner, bezirzt von ihrer Erscheinung, haben wir dich geweckt?

Im Nu erfasste sie die Lage, Pfanne auf dem Herd, Fleisch im Kühlschrank, sie drehte das Gas auf.

Komm!, Friedrich umfasste sie mit den Armen, setz dich.

Wodka?, fragte Werner.

Bäh!, sie machte ein verdrießliches Gesicht. Dann fuhr sie sich durchs Haar, drehte den Wasserhahn auf und benetzte sich die Fingerkuppen, um sich den Schlaf aus den Augen zu reiben, na Männer, wie seh ich aus?

Göttlich, schwärmte Werner.

Ja, Werner hat recht.

Sie sagte: bald graut der Tag.

Er hatte nicht mehr als drei Stunden geschlafen, und obgleich er mit wenig Schlaf auskam, wirkte er an diesem Morgen gereizt, schon bei der Besprechung knurrte er öfter als nötig, verscheuchte jegliche Bedenken, wischte Einwürfe brüsk vom Tisch und begegnete den Anforderungen des Tages mit strenger Order. Umso mehr erstaunte es ihn, dass sich seines Hauses im Lauf des Vormittags eine spürbare Unruhe bemächtigte, er wusste das Getuschel und Getrippel auf den Korridoren nicht zu deuten, und als er im Treppenhaus auf zwei junge, eilends herabsteigende Ärztinnen traf, hielt er sie an und verlangte nach einer Erklärung. Die Lieferung ist eingetroffen, erwiderten sie prompt, die Lieferung?, hakte Voss nach, ja, eine Ladung voller Kinderkleider, und so ließen sie ihn stehen; unter Umständen nämlich, harrten sie aus bis zum Dienstschluss, würde die Ware vergriffen sein. Es war ihm geläufig, dass sich die Frauen untereinander absprachen, Vertretungen verabredeten, wobei diejenigen, die für ein, zwei Stunden das Haus verließen, nicht nur ihren eigenen Bedürfnissen nachgingen, sondern auch, versehen mit Bitten und Aufträgen, den Bedürfnissen der verbliebenen Kolleginnen. An der Ecke zum OP lief er Dolores in die Arme, sodass er unwillkürlich mit den Augenbrauen zuckte, sie dann, eine tiefe, in die Stirn gegrabene Falte riskierend, verärgert senkte, was?, auch du?, Dolores lachte, natürlich, was denkst du denn?, dass meine zwei Bälger nackt in den Winter laufen?, Friedrich hielt den Atem an, dann polterte er los: soll ich die Kranken jetzt allein versorgen?, bin ich hier der letzte verdammte Mohikaner? Beschwichtigend spielte sie, die sich bloß eine Jacke über den Kittel geworfen hatte, mit den Händen: es dauert nicht lang.

Im Jahr 2008. Seit einigen Minuten starrte der junge Mann mit dem Ziegenbärtchen stumpf vor sich hin, mit glasigen Augen, als verliere er sich in einer unheilvollen Vorstellung; er schien sie nicht mehr wahrzunehmen. Niedergeschlagen kauerte er auf dem Stuhl vor ihrem Schreibtisch, er verzog keine Miene, als sie nach dem Telefonhörer griff, und er ließ nicht erkennen, dass er ihren Worten irgendwelche Bedeutung schenkte, er gab sich den Anschein, als betreffe ihn das alles nicht. Seit einer geschlagenen Stunde saß er bereits in ihrem Sprechzimmer, und von Anfang an hatte er wenig Neigung gezeigt, ihre Fragen zu beantworten; ihre Bemühungen, ihn zum Reden zu bringen, liefen ins Leere. Wenn sie umgekehrt ansetzte, etwas zu erzählen, bewusst jenseits von Krankheit und Medizin, verpufften ihre Worte, ohne dass er sie im Mindesten beachtet hätte. Trotzdem bezweifelte sie keine Sekunde, dass er ihre Gegenwart nötig hatte, besser gesagt, dass er sich unter ihren Schutz stellte; er brauchte Hilfe.

Ich kann Sie nicht allein nach Hause schicken, sagte Kathrin Voss, ich hoffe, Sie haben Verständnis dafür, jeden Moment werden die Kollegen eintreffen, um Sie in die Klinik zu fahren.

Der junge Mann mit dem Ziegenbärtchen drehte sein Gesicht zur Wand, und es sah so aus, als verfinge sich sein Blick auf einer anatomischen Schautafel, ein Mensch ohne Haut und Knochen, nichts als Organe, Muskeln, Gewebe, eingefasst von einer Umrisslinie. Kathrin traf den Entschluss, die Tafel nachher abzuhängen.

Er sagte, die Augen unverändert auf die Wand gerichtet: ja.

Sie stand auf, ging zum Fenster, um es zu kippen. Als sie sich umdrehte, sah sie, dass der junge Mann, leise wimmernd, sein Gesicht in den Händen vergrub. Sie gab ihm ein Taschentuch und drückte ihm tröstend eine Hand auf die Schulter. Worte des Trostes hatte sie nicht, allenfalls die Zusicherung, sie würden sich bestens um ihn kümmern.

Das Wenige, das er, kaum Platz genommen, emotionslos von sich gegeben hatte, beschränkte sich auf seine Not, er habe Angst, sich umzubringen.

Er befinde sich vor sich selbst in höchster Gefahr.

Nachdem sie ihn und die Kollegen verabschiedet hatte, zog sie die Schautafel vom Haken und rollte sie zusammen. Die Assistentin war schon gegangen, also schaltete sie die Lampen aus und schloss die Tür der Praxis von außen ab.

Draußen schlug ihr die Kälte ins Gesicht, der Winter hatte sich in den Landstrich gekrallt und wollte nicht weichen; für gewöhnlich fuhr sie mit dem Auto zur Praxis, aber an diesem Tag hatte sie es ihrem Sohn überlassen, der, seit Kurzem in Besitz eines Führerscheins, keine Gelegenheit versäumte, sich hinters Steuer zu setzen. Sie nahm, den Mantelkragen hochgeschlagen und die Hände geballt in den Taschen, die mittlere Strecke durch den Stadtwald, die als einzige von Laternen gesäumt und beleuchtet war. Niemand kreuzte ihren Weg, nicht einmal ein Spaziergänger, der seinen Hund nach dem Abendbrot ausführte. Auch das Städtchen wirkte, kaum dass die Geschäfte geschlossen hatten, wie ausgestorben, so völlig anders als im Sommer. Manch eine Boutique überwinterte ohnedies hinter verriegelter Tür, und eine nicht unbeträchtliche Reihe von Pensionen und Hotels zeigte sich so lange dunkel und verschlossen, bis wieder mildes Klima herrschen und erste Ausflügler eintreffen würden, im März oder April. Der Stadtwald zog sich, wurde er der Länge nach durchquert, schier endlos hin, doch Kathrin wurde es nicht mulmig, sie hatte die Angst vor dem Stadtwald schon als Kind verloren, ebenso wie ihre Brüder, denn ihre Mutter hatte früher allabendlich Märchen erfunden, größtenteils angesiedelt im Stadtwald, der ja unmittelbar an den Garten des Hauses grenzte und durchaus hätte Furcht einflößen können, diese Märchen aber waren bevölkert von zutraulichen Waldtieren, und wenn sich dann doch ein feindlich gesinntes anschlich, mit einem großen, gefräßigen Maul, griffen die Waldgeister ein, die allzeit bereit in den Wipfeln hingen. Letztes Jahr, rief sich Kathrin ins Gedächtnis, war eine Frau überfallen worden, sie war nachts durch den Wald spaziert, ohne Begleitung, genauso wie sie, aber sie verscheuchte diesen Gedanken, ohne dass er sie ein weiteres Mal behelligte. Hatte sie richtig gehandelt?, ja, beruhigte sie sich, ja, der junge Mann mit dem Ziegenbärtchen wäre ohne Hilfe aufgeschmissen, sie hätte kein Auge zutun können diese Nacht, und sie hätte sich, wäre ihm durch die eigene Hand etwas zugestoßen, Vorwürfe gemacht, sie dachte an ihren Vater, als sie dem Stadtwald entwich und auf eine Straße der östlichen Hälfte gelangte, stets von Neuem dachte sie an ihn, zumal beim Anblick eines durch Verzweiflung gepeinigten Menschen, in diesem Fall, sagte sie sich, darfst du keine Zeit verlieren.

Das Garagentor stand offen, sie erblickte nur den Wagen von Ulrich, noch war ihr Sohn nicht zurück. Im Zimmer der Tochter brannte Licht, ohne dass Vorhänge vors Fenster gezogen worden wären. Unmittelbar nach der Wende hatten sie sich dieses Haus, eingehegt von einem Garten, bauen lassen, es befand sich, etwas abseits von der Küste, in einer ruhigen, hufeisenförmig angelegten Siedlung.

Ulrich lungerte im Sessel vor dem Fernseher. Als sie eintrat, sah er kurz auf und lächelte sie an, dann wandte er sich wieder dem Bildschirm zu. Früher wärest du aufgesprungen und hättest mich in den Arm genommen, sagte sie sich, indes ohne Groll, denn Ulrich war die Liebe ihres Lebens. Früh, schon in der Schule, waren sie einander begegnet, und früh hatten sie geheiratet, hier in S., damals schwang ihr Vater Friedrich eine große Rede vor der Gesellschaft, lässig und aus dem Stegreif, dabei eine Zigarette zwischen den Fingern, dann eine zweite sich ansteckend, fortfahrend, mit Stolz auf seine Tochter, die, im Gegensatz zu den Söhnen, eine Laufbahn nach seinem Geschmack ergriffen hatte. Kathrin betrachtete ihren in die flackernden Bilder versunkenen Mann, sodann die über die dicke Armlehne geklemmte Vorrichtung mit einer Scheibe obenauf, wo ein Teller mit Essensresten lag, sie hatte sich zunächst gegen diese Vorrichtung gesträubt, aber am Ende klein beigegeben, und mittlerweile hatten sie sich daran gewöhnt, dass sie sich, erschöpft nach einem anstrengenden Tag, die Scheibe vor den Bauch drehten und, während der Fernseher lief, im Essen stocherten. In der Küche entdeckte sie einen Topf auf dem Herd, darin eine Portion für sich mit Knödeln, Kraut und Würstchen, sie brauchte bloß den Regler aufzudrehen. Anschließend stieg sie die Treppe nach oben, um ihre Tochter zu begrüßen und zu hören, was der Tag gebracht hatte.

Nach Kathrin Gerber, geborene Voss. Ohne Paps wäre mein Weg anders verlaufen, nicht weniger anders als der Weg von Ulrich. Ich als Tochter eines Arztes, so dachten sie in unserer DDR, sollte ja nicht wiederum als Ärztin in Erscheinung treten. Aber Lehrerin? Nein, danke. Paps nahm mich von Kind auf mit ins Krankenhaus, und ich schnupperte so ausgiebig diese Luft, dass ich mir nichts anderes vorstellen konnte, als solch einen Beruf zu ergreifen, Medizin zu studieren und eben als Ärztin mein Brot zu verdienen. Ulrich erging es genauso, obwohl er, muss ich sagen, immer zur See fahren wollte, trotz (oder gerade wegen) seiner Herkunft aus einer Medizinerfamilie, die See liegt bei uns ja vor der Haustür, also bedeutete diese Neigung mehr als eine romantische Anwandlung, es war ihm ernst damit. Aber auch ihn nahm Paps unter seine Fittiche, gewährte ihm bereits vor dem Studium ein Praktikum und zog ihn mit in den OP; im Grunde machte sich Ulrich dann als OP-Pfleger nützlich. Von Anfang an bewunderte er Paps, dessen Fingerfertigkeit, dessen Sicherheit, und so ist es wohl zum Großteil auf Paps' Einfluss zurückzuführen, dass auch aus Ulrich ein Chirurg geworden ist. Beide studierten wir in Rostock, in einer Horde unzertrennlicher Kommilitonen, von fern erinnerte die Gruppe an Paps' Freundeskreis in S., wir halfen einander mit allem aus, woran immer es mangelte, wir gingen gemeinsam tanzen und natürlich auch an den Strand, wir fühlten uns, einer mit dem anderen verschränkt, gut aufgehoben, und wir vertrieben uns die Zeit damit, die Partner zu tauschen, es hätte ewig so weitergehen können.

Paps konnte jähzornig sein, er brauste auf aus nichtigem Anlass, besser gesagt, er brauchte überhaupt keinen Anlass, um aus der Haut zu fahren, denn er war imstande, aus dem Nichts einen Skandal zu entfesseln; gab es weiches Brot auf dem Tisch, bevorzugte er hartes und umgekehrt, es war, als zischte ein Ventil, durch das der Stress entwich, das gibt Skandal!, pflegte er zu wettern, Skandal war ohnehin sein Paradewort, von uns allen gefürchtet; erdreistete ich mich etwa, meine Tasche nicht schon am Vorabend zu packen, sondern erst am Morgen, kurz vor der Schule, brüllte er wutentbrannt Skandal!, sodass ich mich duckte, es konnte auch gut sein, dass ich eine Ohrfeige einsteckte, genauso wie meine Brüder bei jeder Gelegenheit, und dann rannte ich heulend hinauf in mein Zimmer, was für ein Theater!, aber meistens beruhigte er sich wieder, kaum dass er eine Zigarette geraucht hatte, meine Mutter drängte ihm, wenn er außer sich geriet, die Zigarette regelrecht auf, und meistens, wie gesagt, war dann rasch alles wieder gut, Paps konnte vieles sein, aber nachtragend war er nie, erst flogen die Fetzen, dann versöhnte er sich wieder. Am heftigsten aber flogen die Fetzen, wenn sich die Eltern in die Haare gerieten. Paps hatte Erfolg bei Frauen, das wird jeder bestätigen, und er gestattete es sich auch, mit der einen oder anderen zu verkehren, na ja, mal war es mehr, mal weniger, was ihn in offene Arme trieb, und meine Mutter zahlte es ihm gelegentlich heim. Sie konnten nicht mit-, und sie konnten nicht ohneeinander, darin lag die Würze ihrer Ehe. Paps bandelte leichtfertig an, er galt als charmant und amüsant, und er säuselte nicht lange herum, er zog eine Frau, sich eine Zigarette ansteckend, einfach ins Gespräch und dann fügte sich eins zum anderen. Im Streit waren sich die beiden ebenbürtig, laut auffahrend, sich bekriegend, sie gingen wie Wahnsinnige aufeinander los, und sie prügelten sich ohne Sinn und Verstand, ein unbeschreibliches Theater. Stets schlug ich mich auf die Seite meiner Mutter, als wären wir von Natur aus Verbündete, je älter ich wurde, desto stärker zog es mich zu ihr hin, und heute, würde ich sagen, sind wir wie Schwestern. Vielleicht spürte Paps, dass ich seinem Einfluss entglitt, und vielleicht empfand er es als bitter, umso mehr, als sich die Söhne, meine Brüder, nicht so entwickelten, wie er es sich erträumt hatte.

Einmal bekundete Martin, er habe vor, sich den Grenzern anzuschließen, aus freien Stücken und weil er etwas Nützliches tun wollte. S. war Grenzgebiet, ich glaube, ausgehend von der Küste, vier oder fünf Kilometer ins Landesinnere, irgendwann erging die Order, dass ehrenamtliche Helfer die Grenztruppen nach Kräften unterstützen sollten, und zwar getarnt als Fußgänger, die, sobald es dämmerte, den Strand zu überwachen hatten bis tief in die Nacht, sie wurden geschult und bekamen einen Ausweis, und so wie ich Martin kenne, war er wohl erpicht auf den Ausweis, auf den Respekt, den er dadurch erheischte. Aber ich weigerte mich, mir vorzustellen, wie er nachts auf Patrouille ging, ausgerechnet an dem von uns allen so geliebten Strand, ich fand, das war Scheiße.

Alle halbe Jahre hundertzwanzig Mark, stellte er aufgeregt fest, als wäre das ein Vermögen.

Was für ein Schwachsinn, konterte Hermann, so machst du dich bloß zum Idioten, mein kleiner Bruder scheucht Liebespaare auf und stellt sie grimmig zur Rede, ich fass es nicht.

Paps sagte lange nichts, kein Brummen, kein Knurren wie sonst, um sein Missfallen auszudrücken, er tat, als hinge er abschweifenden Gedanken nach, ehe er sich aufschwang zu einer knappen Erwiderung: kommt nicht in Frage.

Martin sprach nie wieder davon.

Nach dem Studium holte uns Paps an sein Haus, ich muss es so sagen, denn hätte er sich nicht starkgemacht für uns, wären wir in Cottbus versackt oder sonst wo. Sie waren ja allzeit bestrebt, ihre Schäfchen zu lenken. Ulrich Chirurg, ich Anästhesistin im Krankenhaus in S., nichts anderes hatten wir uns gewünscht, und es lief gut, selbst wenn ich von Zeit zu Zeit haderte mit dem Vater als Chef vor der Nase, aber das waren Lappalien, es stimmte, so, wie es war. Nicht ein einziges Mal belästigte uns die Stasi, obwohl jeder wusste, dass wir anders dachten als politisch gewollt. Heute bin ich überzeugt davon und im Nachhinein dankbar, dass Paps sie uns vom Leib hielt.

Kaum dass wir uns von Neuem eingelebt hatten in S., kollabierte die DDR unter dem Ansturm der Proteste, Ulrich und ich, in Rostock auf jeder Demo zugegen, atmeten auf, ohne dass wir für dieses jähe Ende die rechten Worte gefunden hätten. All das ist hundertmal erzählt worden, und ich gestehe, dass ich dieser Erzählungen allzu schnell überdrüssig geworden bin, ich weiß, das ist nicht fair, weil jede Erzählung ihre eigene Note hat, keine gleicht aufs Haar der anderen, und wenn man verstehen will, was vorgefallen ist, dann muss man sich jeder einzelnen aussetzen, als höre man sie zum ersten Mal. Paps sah alles, woran er geglaubt hatte, unter seinen Fingern zerrinnen, überhaupt erkannte ich erst unter dem Eindruck der Wende, wie sehr er sich der kommunistischen Idee verbunden fühlte; verblüfft lehnte er in seinem Gartenstuhl, da haben sie nicht aufgepasst, er wiederholte, sich einbeziehend, da haben wir nicht aufgepasst, und dann fügte er hinzu, esst ihr mal schön euren Joghurt.

Die Ereignisse nahmen die für ihn schlimmste Wendung. Kollegen, die Gunst der Stunde witternd, stießen ihn hinaus, er wurde ausgemustert und stehen gelassen wie ein Trabi am

Straßenrand. Im Angesicht seines Todes, im Affekt, wenn man so will, ohne dass ich auch nur ein Wort davon widerrufen würde, formulierten wir die Anzeige, damit ihnen vor Augen stand, dass wir nicht bereit waren, irgendetwas zu entschuldigen: Die heute Opfer sind, werden morgen anklagen.

Wir klagen sie an.

Danach begann für mich eine schwere Zeit im Krankenhaus, für Ulrich nicht weniger, hatten wir uns doch der neuen Führung anzupassen. Während Ulrich kämpferisch auftrat, bemüht darum, das Erbe von Friedrich Voss in Ehren zu halten, bedrückten mich die Umstände so sehr, dass ich zusehends verzweifelte. Tag für Tag stand ich mit Kollegen im OP, denen ich Schuld zusprach am Schicksal meines Vaters, zumal dem neuen Chef, mit dem ich Seite an Seite die notwendigen Handgriffe verrichtete. Sobald ich in die Küche trat, verstummte das alberne Gekicher der Schwestern, und sie blickten beschämt zu Boden, ich kam mir vor wie gezeichnet, wie mit einem unglückseligen Mal auf der Stirn, der Boden gab nach, ich verlor mich, und eines Tages war ich so weit, dass ich die Qualen nicht länger ertrug und nach einer Flucht aus dem Leben suchte. Doch ich bin, mit Ulrichs Hilfe, davongekommen, ein paar Wochen Klapsmühle, und ich war gerettet, das sagt sich heute so leicht, aber ich möchte das alles nicht noch einmal erleben. Kurz darauf verließ ich das Krankenhaus, ich wurde Notärztin beim Rettungsdienst, dann erledigte ich Schreibkram beim Gesundheitsamt, ehe ich mir ein Herz fasste und meine eigene Praxis gründete, es war eine gute Entscheidung, indes Ulrich standhielt und als Schwiegersohn, für alle sichtbar, die Erinnerung an Friedrich Voss bewahrte.

So hat auch meine Erzählung ihre eigene Note. Am 9. November, als die Grenze sich öffnete, standen wir dicht gedrängt in Rostock, inmitten der aufbegehrenden Menge, und als die

Nachricht die Runde machte, jubelten wir wie von Sinnen, am Abend darauf fuhren wir nach Warnemünde an die Küste, reihten uns ein in die Schlange, bis endlich der Stempel fürs Visum aufs Papier schlug; versehen mit einem Proviantkorb, stiegen wir aufs Schiff, jenes Schiff, dem wir so oft sehnsuchtsvoll nachgeblickt hatten, sobald es auslief Richtung Dänemark, am 10. November also enterten wir die 22-Uhr-Fähre, und als wir den letzten Leuchtturm der Mole passierten, ließen wir die Sektkorken knallen. Bei der Ankunft spät in der Nacht musterte ein dänischer Grenzer argwöhnisch unsere Ausweise, als hätte er dergleichen noch nie gesehen: woher kommen Sie?, fragte er erstaunt. Da warf ich mich Ulrich an die Brust und küsste ihn: wir sind die Ersten!

Im Jahr 2008. Draußen vor der Eisdiele löffelten sie Eis aus üppig gefüllten Kelchen, Sahnehaube obenauf, verziert mit Schokosplittern, die Kinder trugen Spuren von Erdbeere oder Vanille im Gesicht, und Maria, sich eine Spitze Stracciatella an den Mund führend, wischte ihnen nebenbei mit der Serviette übers Kinn, dass die beiden Mädchen belustigt mit den Köpfen wackelten. Steffen, der Große, hatte sich rechtzeitig davongestohlen zum Sportplatz, er war, längst pubertierend, in einer Phase, da er Abstand zu gewinnen suchte von der Familie, nicht generell, aber doch zumindest ab und an, Hermann hatte ihn mitgebracht aus einer früheren Beziehung, oder vielmehr, Steffen hatte sich ihm angeschlossen, denn er verspürte, obgleich Hermann nicht sein leiblicher Vater war, eine innige Bindung an ihn, stärker als an seine Mutter, die wiederum einstmals ihn, den kleinen Balg, in die Gemeinschaft mit Hermann eingebracht hatte. Hermann begnügte sich, die Rechnung im Auge, mit einer Tasse Kaffee, verdammt, sagte er sich, es muss doch noch drin sein, mit der Familie Eis essen zu gehen, ohne ihnen die großen Portionen auszureden, also ließ er sie wählen, was sie wollten, und weidete sich am Anblick seiner Eis essenden Familie. Am benachbarten Tisch hatte sich eine Schar älterer Frauen eingefunden, alle extrem gut gelaunt, jede Äußerung mit Gelächter begrüßend, sie orderten eine Runde Cappuccino, und sowie die Tassen verteilt waren, bestellten sie nicht etwa Kuchen dazu, sondern kramten nach Zigaretten, die eine wie die andere, als folgten sie einer unausgesprochenen Übereinkunft, ausnahmslos jede paffte genüsslich Zug um Zug, dabei nicht die leiseste Nuance der Unterhaltung verpassend, und wenn eine vom Reiz des Lachens überwältigt wurde, hustete sie Rauchwolken aus dem Mund, coole Truppe, vermerkte Hermann.

Gebannt fixierte die ältere kleine Tochter, den Löffel schief im Mund, eine Erscheinung nicht weit weg, so unbeirrbar, dass sich Hermann und Maria den Hals verrenkten.

Ein Eisbär, stellte die Tochter fest.

Tatsächlich tollte da ein Mensch im weißen, zotteligen Kostüm, gekrönt von einem Bärenkopf, herum und schäkerte mit den Gästen eines Cafés, zutraulich hob er die Tatzen und ließ sie wieder sinken, schlenkerte mit den Armen und neigte sein Haupt in Richtung der Kinder, stets darauf aus, eines an der Hand zu fassen und zu sich auf den Bürgersteig zu ziehen, es gelang ihm ohne große Anstrengung, und so posierte er mit zwei oder drei Rotznasen vor einem Fotografen, im Stehen oder auf allen Vieren, dabei einen ungestümen Reiter im Nacken, oder lümmelnd auf der Bank, auf jedem Schenkel ein kreischendes Kind, der Fotograf drückte auf den Auslöser und zog ein Sofortbild aus dem Apparat, das ihm die Eltern auf der Stelle abkauften.

Oh Mann, sagte Hermann, sind die jetzt völlig übergeschnappt?

Maria lachte, ich finde ihn ulkig. (Ulkig?, zweifelte Hermann, gleichwohl davon überrascht, über welch einen Wortschatz Maria inzwischen verfügte.)

Der Kellner schoss aus dem Café und wedelte aufgeregt mit den Händen, er tat alles, um den Eisbären zu verscheuchen, da dessen Anziehungskraft die Gäste davon abhielt, sich in die Karte zu versenken und nachzubestellen, aber der Eisbär ließ sich nicht einschüchtern, sondern drohte dem Kellner mit aufgerichteten Tatzen und wankte angsteinflößend auf ihn zu, bis der Kellner mit einem nassen Lappen nach ihm schlug.

Nein, bitte nicht, flehte Hermann in Gedanken, als er den Eisbären, gefolgt vom Fotografen, auf sich zukommen sah, doch weil seine Töchter fiebrig in die Hände klatschten und auch Maria mit einer anmutigen Geste ihren Körper spannte, übte er sich in Gelassenheit. So, als lauerten nicht auch andere auf diesen Auftritt, begab sich der Eisbär, ohne zu zögern, an den Tisch der jungen Familie Voss. Er tätschelte sanft die Köpfe der Kinder, kurz darauf aber erschreckte er Maria mit einer ruckartigen Bewegung seiner Schnauze; sie schrie auf, und dann bog sie sich vor Lachen, indes Hermann unwillkürlich versteinerte.

Eisbär will Eis essen, brummte der Eisbär, und sofort schoben ihm die Töchter ihre Kelche unter die Schnauze. Nervös suchte der Fotograf nach einem geeigneten Motiv.

Plötzlich erkundigte sich der Eisbär dumpf, aber verräterisch: ist Kathrin schon aus dem Urlaub zurück?

Martin!, stieß Maria hervor.

Pst, ich bin ein Raubtier aus Grönland.

Ja, sie ist wieder da. Fassungslos schüttelte Hermann den Kopf: musst du dich denn für jeden Schwachsinn hergeben?

Ist ein harter Job, dröhnte es dunkel aus dem Schädel des Eisbären, wenn ihr wüsstet, wie ich schwitze.

Klar, geh zurück nach Grönland.

Du siehst gut aus, begeisterte sich Maria, um Hermanns humorlose Bemerkung vergessen zu machen.

Neugierig zupften die Kinder an den Büscheln von Martins Fell, während der Fotograf, kaum dass er die verwandtschaftliche Verknüpfung durchschaut hatte, auf Abschied drängte und also aufs Geschäft, komm, Martin, weiter, du wirst nicht fürs Klönen bezahlt, der Fotograf tänzelte, nach willigen Grüppchen Ausschau haltend, umher und beruhigte sich erst, als eine vorwitzige Alte vom Nachbartisch nach dem Eisbären verlangte, ihn aufforderte, mit der Tatze nach ihrer knochigen Schulter zu greifen, und sich so, die Zigarette im Mundwinkel, mehrmals knipsen ließ unter dem johlenden Beifall ihres Anhangs, sie kaufte, ohne auch nur eines auszuschlagen, alle Fotos ab und gab reichlich Trinkgeld, und die paffenden alten Frauen hatten ihr Vergnügen daran, die Fotos kreisen zu lassen von einer Hand in die andere und sie mit ihrer ausgelassenen Heiterkeit zu adeln.

Auf einen Sprung kehrte Martin zur Familie seines Bruders zurück, er küsste die Kinder tapsig mit seiner dicken Schnauze und zog auch schon weiter.

Find ich gut, beteuerte Maria, dass Martin den Eisbären spielt, du siehst ja, wie sie sich um ihn reißen.

Nee, nee.

Ja was?, nee, nee, du willst doch auch nichts lieber, als dir einen Sombrero über den Kopf zu ziehen und mexikanische Lieder zu trällern.

Der Mexikaner, sinnierte Hermann, das mexikanische Duo mit dir als Mexikanerin, das ist etwas völlig anderes.

Und was soll daran so anders sein?

Ein mexikanischer Liederabend, so trat Hermann der Äußerung entgegen, das ist Kunst.

Eines Abends 1981. Na gut, lenkte Friedrich ein, sie ist ein bisschen naiv, macht aber nichts, denn sie verfügt über eine rasche Auffassungsgabe, ich meine – entschuldige, das klingt, als schriebe ich eine Beurteilung, ich meine nur, sie lernt schnell, und weißt du was?, sie beherrscht die Rechtschreibung aus dem Effeff.

Ach Friedrich, das ist nun wirklich keine Leistung, seufzte Carola, eine Sekretärin, die beim Rechtschreiben murkst, ist keine Sekretärin.

Jedenfalls kann ich mich auf sie verlassen.

Aber vermisst du sie denn gar nicht, die gute alte Frau Mohn, deine treue Seele?

Na klar, vermisse ich sie, aber sie hat sich ihren Ruhestand redlich verdient.

Ich finde es schade, dass sie gegangen ist.

Ja, schade.

Abrupt wechselte Friedrich das Thema: Peter Wald spielt mit dem Gedanken einer B-Promotion, er strebt nach akademischen Weihen.

Und die Neue, beharrte Carola, kocht sie dir wenigstens guten Kaffee jeden Morgen?

Äh, zögerte Friedrich, äh, ja, aber stell dir mal vor, ausgerechnet Peter Wald.

Du hast ihn immer sehr geschätzt.

Fachlich, ja, einwandfrei.

Aber es wird wohl nichts werden, oder?, weil er sich weigert, in die Partei einzutreten.

Da ist er stur, ja, sehr stur sogar, aber irgendwie mag ich ihn, er hat so einen verkniffenen Humor, der mir liegt, staubtrocken, aber immer auf dem Punkt.

Er hat Mutterwitz.

Genau, das ist es.

Aber es wird nichts werden.

Dr. Wald ist versessen auf Forschung, er sitzt zu gerne im Labor und schaut ins Mikroskop. Erinnerst du dich daran, dass er das Haus vor Jahren verlassen wollte?, er hatte schon Kontakt aufgenommen mit der Charité, und hätte ich ihn nicht im letzten Moment überredet zu bleiben, wäre er längst auf und davon. Einen wie ihn aber will ich nicht so mir nichts, dir nichts verloren geben, ich will Peter Wald nicht missen, also habe ich ihm damals versprochen, er könne auch bei uns einen zweiten Facharzt machen, warum auch nicht?, er ist begierig nach Wissen, unentwegt Neues, niemals zufrieden, er kommt nicht zur Ruhe, und heute ist er, wie du weißt, Chirurg und Urologe in einer Person, ja, du hast recht, ich schätze ihn.

Sie sagte: er ist jünger als du.

Zehn Jahre, erwiderte Friedrich, Wald liest alles, was er in die Finger bekommt, er hält sich stets auf dem Laufenden, und es ist mir ein Rätsel, ob er nachts je ein Auge zutut.

Sag mal, deine Sekretärin –

Es ist mir ein Rätsel.

Also, ich meine, die Neue, ist sie nicht ein bisschen zu jung für diesen Job?

Ach Carola, vertrau mir doch, sie hat sich als Praktikantin sehr verdient gemacht, ein anstelliges Wesen, weißt du, ein gutes Händchen für alles, und da habe ich ihr eine Chance gegeben, man muss die Jugend fördern, man muss sie fordern und fördern, oder etwa nicht?

Wieso sollte ich dir nicht vertrauen?

Weißt du, was ich Peter Wald vorgeschlagen habe?

(Sie sagte sich: er weicht wieder aus.)

Dass er, grübelte sie kurz, dass er einen dritten Facharzt machen soll.

(Sie lachten.)

Nein, sagte Friedrich, ich verfiel auf die Idee, dass wir beide die Karriereleiter erklimmen sollten, eine B-Promotion Seite an Seite. Er hat den Drang eines Forschers, und ich habe die Mitgliedschaft in der Partei, so und nur so wird es am Ende gelingen.

Und was hat er darauf gesagt?

Das finde er gut, meinte Friedrich, er hat eingewilligt.

Na, da bin ich mal gespannt.

So und nur so, bekräftigte Friedrich.

(Sie schwiegen.)

Wollen wir zu Bett gehen?

Ja, erwiderte Friedrich, es ist spät.

Warum willst du nicht reden über die Neue?

Aber ich rede doch über sie, und zwar ohne Vorbehalt, habe ich dir nicht längst alles über sie erzählt?

Hast du nicht, behauptete Carola, du redest, und du redest, aber du redest ununterbrochen über Peter Wald, habe ich dich etwa nach Peter Wald gefragt?

Friedrich beteuerte: das ist die Nachricht, die zählt.

Ja, kann sein, trotzdem, wie gibt sie sich denn?, im Alltag zum Beispiel, zeigt sie sich ihrer Aufgabe gewachsen?

Ich sitze bei der doch nicht auf dem Schoß.

Wäre ja noch schöner.

Also gut, sie sichtet die Post, sie notiert Termine, sie vermerkt die Fragen der Kollegen, und sie hält mir, wenn ich beschäftigt bin, diese Kollegen auch mal vom Leib, was eine Sekretärin eben so macht, sie schreibt Briefe, die ich ihr diktiere, sie nimmt Anrufe entgegen –

(Carola stellte sich vor, dass das Telefon klingelt und dass die Sekretärin den Hörer abhebt, dass sie nickt und ja sagt, ja, natürlich, dabei ihre Augen starr auf Friedrich geheftet, der sie seinerseits nicht aus den Augen lässt, eine verschwiegene, innige, gegenseitige Betrachtung, ohne jede Zudringlichkeit, ein Fragen, ein Forschen, vielleicht auch der Hauch einer Offerte, egal was, sie sind, während die Sekretärin telefoniert, voneinander gebannt, so lange, bis die Sekretärin etwas aufs Papier kritzelt und schließlich den Hörer sanft auf die Gabel legt, sie lächelt ihn an.)

Und dann rang sie sich durch zu der Frage, die sie am meisten interessierte: wie sieht sie aus?

Friedrich schmunzelte. Wollten wir uns nicht schlafen legen?

Ja, ja, sobald du mir diese Frage beantwortet hast.

Was willst du von mir hören? Dass sie jung ist, schlank, blond?

Sieht sie gut aus?

Carola, ich bitte dich, sei nicht albern, aber wenn du darauf bestehst, hässlich ist sie nicht.

Sie gefällt dir also.

Ja, sie sieht gut aus. Sonst noch was?

Carola wickelte sich die Sofadecke um den Körper, sie vermummte sich. Nein, sonst nichts, mehr will ich nicht wissen, jedenfalls nicht heute, versprichst du mir, dass du sie nicht anrührst?

Hör auf damit, brüllte Friedrich, was soll der Quatsch?

Hast du dich bereits an ihr vergriffen?

Sitz ich hier in einem Verhör? Werde ich gleich grausam bestraft? In Stücke gerissen? Genug jetzt! Ich will nichts mehr davon hören.

Verschone mich, bitte, mit einem weiteren Fehltritt, du mieser, kleiner Frauenverächter, ich ertrage es nicht, schon die Affäre mit Annette ist mir zu viel, ich begreife es nicht, du hast sie als Ärztin immer respektiert.

Es gibt keine Affäre mit Annette.

Sie hat ein Kind von dir, vergiss das nicht.

Im Jahr 2008. Als Hermann sich umdrehte, war es ihm, als ziehe sich ein hämisch verzerrtes Grinsen über das Gesicht von Kraudzun, aber er täuschte sich, denn der Alte im Rollstuhl, die Beine umwickelt von einer karierten Decke, lächelte ihm aufmunternd zu, nur zu, nur zu, mein Junge, und er wedelte mit der Hand, um seinen Schützling in Bewegung zu setzen. Hermann betrat den Fuß des Turms und kletterte auf der schwarz lackierten Stahlleiter nach oben, bis zur ersten Plattform, dann weiter auf der versetzten Leiter bis zur zweiten Plattform, von dort weiter auf der wiederum versetzten Leiter, bis er durch eine Luke in die Kanzel steigen konnte. Ein dunkel bewölkter Himmel begrenzte die Aussicht, aber egal, er ließ sich nur zu gern überwältigen vom Anblick des Meeres, gerade wenn es düster grollte und unbezähmbar wirkte, als wolle es von nichts und niemandem behelligt werden. Hermann griff nach dem Fernglas, das für Neugierige bereitlag, und suchte den Horizont ab, ohne etwas zu entdecken, kein einziges Schiff. Erst als er auf den Strand schwenkte, erspähte er Spaziergänger, die unverdrossen ihrer Wege gingen, und verfolgte sie eine Weile im Bewusstsein der Indiskretion. Anschließend wandte er sich der gegenüberliegenden Seite zu und suchte in der Stadt, so weit möglich, nach Auffälligem, doch ohne Erfolg. Was auch hätte ihm ins Auge stechen sollen? Er bückte sich und zog eine der Schießscharten unterhalb des Fensters auf, dann eine andere, diese Schießscharten wiesen in alle Richtungen, hinaus aufs Meer, hinein ins Land, was für ein Wahnsinn, sagte er sich. Jählings befiel ihn der Gedanke, durch eine der Schießscharten einen Blick auf Kraudzun zu werfen, und tatsächlich, er sah ihn sitzen dort unten mit aufgerichtetem Gesicht, rastlos sich verrenkend, als erhoffe er sich ein Zeichen von der Kanzel, aber Hermann verspürte keinen Hang, sich zu erkennen zu geben, vielmehr ließ er sich auf dem Boden nieder, nahm abermals das Fernglas und inspizierte seine riesigen Schuhe, das heißt, ein verschwommenes Gemisch von Farben, das er seinen Schuhen zuordnete. Er sollte, so war die Verabredung, für Kraudzun den Turm besteigen, er sollte mit seinen Augen sehen und dann berichten, was Kraudzun nicht mehr selbst in Erfahrung bringen konnte, es sei denn, man zöge ihn mit einer ausgetüftelten Vorrichtung auf die Kanzel hinauf. Ohne zu zögern, hatte Hermann zugestimmt, allerdings nicht, um Kraudzun gefällig zu sein, sondern um sich, zumindest eine Zeit lang, dessen Gegenwart zu erwehren.

Hallo!, tönte es herauf, hallo, Hermann! (was bildet er sich ein, mich Hermann zu rufen?), ist alles in Ordnung?, vergessen Sie mich nicht!, darauf war es still, ehe Kraudzun von Neuem ansetzte, hallo!, hallo!, sind Sie im Himmel verschollen? Oder haben Sie sich der Grenzbrigade Küste angedient?, Kraudzun krächzte vor Vergnügen (was für ein Idiot), hallo!, hallo, Hermann!

In aller Ruhe raffte sich Hermann auf und gab sich der Betrachtung des Meeres hin, in der Gewissheit, dass Kraudzun keine Chance hatte, ihn zu bemerken. Er malte sich den Alltag eines Grenzers aus, das Spähen wieder und wieder, unablässiges Schweifen über das Wasser, in den Nächten streicht der

Strahl eines Scheinwerfers über den Strand und stockt, sobald sich etwas Verdächtiges zeigt, um es gnadenlos auszuleuchten, der Grenzer funkt seine Kollegen an, die sich der Person (oder der Personen) unverzüglich bemächtigen. Warum fängt es nicht an zu regnen?, fragte sich Hermann, erst ein paar Tropfen, dann ein Schauer, ein ganzer Guss, Kraudzun würde ihm schutzlos ausgeliefert sein und würde flehend nach Hermann rufen, während dieser die Leiter, jede Sprosse auskostend, Schritt für Schritt hinunterstiege.

In dem Moment, da er ins Freie trat, war Hermann darauf gefasst, dass ihn Kraudzuns vorwurfsvoller Blick aufspießen würde, doch nichts von alledem, Kraudzun nämlich kauerte zusammengesunken, das Kinn auf der Brust, im Rollstuhl. Am Fuß des Turms war während der kurzzeitigen Öffnung ein Campingtisch errichtet worden, darauf ein Bündel bunter Flyer und eine Büchse für Spenden, Hermann steckte zwei Münzen durch den Schlitz, und ein älterer Mann auf einem Klappstuhl nuschelte, untypisch für die Gegend, vergelts Gott.

Nicht viel los heute, stellte Hermann fest.

Der Mann auf dem Klappstuhl murmelte: mieses Wetter, schlechte Sicht, ich hätte gar nicht aufzuschließen brauchen, na ja, für Sie und zwei, drei andere hat es sich bestimmt gelohnt.

Eine Gruppe Senioren, die zufällig des Weges kamen, konnten nicht widerstehen, sich vollständig in den Turm zu quetschen, aber kaum hatten sie sich von dem abenteuerlichen Aufstieg überzeugt, zogen sie unverrichteter Dinge wieder ab.

Sehen Sie, sagte der Mann auf dem Klappstuhl.

Herr Hermann!, begehrte Kraudzun aus seinem Winkel auf, und da drehte er sich bereits die Räder in Stellung, um heranrollen zu können.

Der Herr hat Sie vermisst.

Herr Hermann, haben Sie mich denn nicht rufen gehört? Ich habe, so laut ich konnte, nach oben gerufen, aber Sie waren wie vom Himmel verschluckt, ja, ich fürchtete schon, es sei Ihnen etwas zugestoßen, ausgerutscht, hingefallen, was weiß ich.

Nein, nein, alles okay.

Erinnern Sie sich?, einst, zu Zeiten der DDR, gab es fünfundzwanzig Grenztürme dieser Art entlang der Ostsee.

Ja, das stimmt, bekräftigte der Mann auf dem Klappstuhl, und er fügte hinzu: bloß zwei davon sind noch erhalten.

Ja, weiß ich selber. (Verschont mich mit euren eitlen Geschichtsstunden.)

Der Mann auf dem Klappstuhl erklärte, er als Bayer habe das alles gewissenhaft studiert, das Unrechtsregime, wenn Sie wissen, was ich meine.

(Ja, kann ich mir denken, und jetzt halt die Klappe.)

Hätten sich das Städtchen und allen voran der Bürgermeister nicht gewehrt, sagte Kraudzun, dann wäre der Turm längst abgerissen worden. Ein Leutnant und sage und schreibe zehn Mann sind angerückt, um uns diese Attraktion, eine Touristenattraktion, nicht wahr, zu zerstören, und zwar im hohen Auftrag des Ministers, des Verteidigungsministers der Bundesrepublik Deutschland.

So ist es, bekräftigte der Mann auf dem Klappstuhl.

Unverhofft fuhr eine Stimme dazwischen: Herr Voss, Hermann Voss, sind Sie es wirklich, ja, Sie sind es, ich grüße Sie herzlich.

Hermann atmete auf: ach, die alte Ilse, meine Rettung, ein 1-Euro-Kollege karrte sie im Rollstuhl herbei.

Frau Köstritz, freute sich Hermann, wie geht es Ihnen, den Töchtern, den Enkelkindern?

Das sind mir zu viele Fragen.

Hermann ist für mich auf den Turm gestiegen, mischte sich Kraudzun brüsk ins Gespräch, und er hat mir von der Aussicht dort oben berichtet, sagenhaft!, das Meer. Er hat für mich durch die Schießscharten gekuckt wie ein echter Grenzsoldat, aber, hat er beteuert, keine besonderen Vorkommnisse.

Hermann sah ein hämisch verzerrtes Grinsen über das Gesicht von Kraudzun huschen, nein, sagte er, ich habe nichts preisgegeben.

Herr Hermann!

Sie sind lange oben gewesen, sehr lange für meinen Geschmack, sagte der Mann auf dem Klappstuhl, überflüssigerweise, wie es Hermann auffasste.

Mich schreckt das Turmmonster ab, bekannte die alte Ilse, heute genauso wie damals.

Man muss sich seiner Geschichte stellen, sagte Kraudzun.

So ist es, bekräftigte der Mann auf dem Klappstuhl.

Ist es so?, fragte Hermann und fasste Kraudzun ins Auge.

Ohne eine Äußerung begab sich der 1-Euro-Kollege in den Turm und erklomm die Leiter.

Die alte Ilse sagte: na, wenigstens sind Sie wieder heil heruntergekommen.

Heil, Hermann!, spaßte Kraudzun.

Oh, es regnet, bemerkte die alte Ilse. Und der Mann auf dem Klappstuhl fuhr hoch, verstaute Flyer und Spendenbüchse in seinen ausgebeulten Taschen, er klappte Stuhl und Tisch zusammen, um sodann nach dem Gast auf der Kanzel zu brüllen, wir schließen!

Hermann fasste nach den Griffen von Ilses Rollstuhl und hatte vor, sie schleunigst ins Heim zu kutschieren, hätte Kraudzun nicht entrüstet widersprochen, Sie, Herr Hermann, Sie sind verantwortlich für mich, ich will sie nicht anschwärzen müssen, nein, ich nicht.

Sommer 1971 nach Friedrichs Schwester. Der Frauenarzt verkrümelte sich, sowie er festgestellt hatte, dass Friedrich die Geburt in seine Hände nahm, er griff ja immer und überall zu, unabhängig davon, ob er sich darin als Experte ausgewiesen sah oder nicht, Kollegen, wie eben den Frauenarzt, scheuchte er mit einer unscheinbaren Handbewegung fort, und ich erinnere mich nicht daran, dass einer je widersprochen hätte, Friedrich war der Chef. Dass ich in S. entbinden würde, stand für mich von vornherein fest, obwohl das Krankenhaus in Wismar keinen schlechten Ruf hatte und mein Mann in Wismar zur Arbeit ging, es hätte also durchaus den einen oder anderen Vorteil ergeben, hätte ich, wie jede vernünftige Frau, Nachwuchs in der Nähe des Zuhauses zur Welt gebracht. Aber so dachte ich damals nicht, ich dachte, dass ich zu Friedrich müsste, meinem Bruder, denn wir verstanden uns blind und pflegten uns zu besuchen, wann immer möglich, wir fuhren nach S., sie fuhren nach Wismar, außerdem bot er mir an, mich in seinem Haus zu erholen, es kann auch gut sein, dass Carola es war, die mich zum Bleiben ermunterte, jedenfalls bin ich dann, ununterbrochen, wie es mir heute erscheint, den Säugling an der Brust, vier Wochen in S. geblieben, im Sommer 1971, damals führten sie ein Leben dort, das ich nicht so ohne Weiteres nachvollziehen konnte, ich bin, im Gegensatz zu Friedrich, überzeugte Christin, ein Kind, genauso wie Friedrich, strenggläubiger Eltern, und ich glaube an den Wert von Ehe und Familie, wohingegen sie in S. einer Leichtlebigkeit frönten, als hätten sie zu viel Westfernsehen gekuckt, ich sag mal, dieses unverbindliche Knutschen, Bettgeschichten, ja, das Sexuelle, meine ich, locker und ohne Verantwortung, die mit dem und der mit wem weiß ich, nicht alle natürlich, nicht die Mehrheit, nein, so weit würde ich nicht gehen, aber dennoch stieß mir dieses Lotterleben unangenehm auf, das Lotterleben in S., und Friedrich war leider kein Kostverächter, er machte unbekümmert mit, wie viele andere auch, vor allem im Sommer, aber ich will jetzt keine Namen nennen, ist ja auch egal, Carola hatte meistens das Nachsehen, ja, klar, sie hatte die Kinder zu versorgen, dabei entschlossen, sich nichts gefallen zu lassen von Friedrich, ach je, ich möchte gar nicht daran denken. Ich prüde?, jetzt hör aber auf, nein, prüde bin ich nicht, nie gewesen; wenn ich meinen Mann nicht plötzlich am Arm gepackt hätte, würde er noch heute mit mir am Strand entlangspazieren und sich vor der Dämmerung fürchten, vor der Nacht, in der er sich bedrängt sähe von meiner Erwartung. Aber die da in S., die trieben es ja wie westdeutsche Hippies, vergriffen sich, sowie sie sich fernab der Angetrauten wussten, an der Nächstbesten, bloß zum Vergnügen, eine Art Zeitvertreib, die pure Lust, sie mussten sich nicht mal übermäßig sympathisch sein, ein bisschen trinken, ein bisschen schmusen, schon legte sich der eine auf die Frau des anderen, ein williges Opfer fand sich immer, ich sag ja, wie die westdeutschen Hippies, kreuz und quer, dafür fehlt mir das Verständnis, das ist mir zu lieblos, wenn du verstehst, was ich meine, so können junge Menschen nicht miteinander umgehen, damals allerdings konnten sie es, ich war entsetzt.

Na ja, vielleicht ist mein Temperament jetzt mit mir durchgegangen, tut mir leid, in der Erinnerung bauscht sich manches auf zu einer Größe, die es seinerzeit nicht hatte, zumal wenn einem die Erfahrung, der man sich einst ausgesetzt fühlte, nicht geheuer vorkam, unverständlich, fragwürdig oder sogar abstoßend, infolgedessen blähen sich die Eindrücke auf, ohne dass man sie wieder auf ein zuträgliches Maß brächte, vielleicht habe ich das Maß verloren und deshalb maßlos übertrieben, vielleicht bin ich ungerecht, sobald mir die Hippies in S. in den Sinn kommen, Erinnerung ist trügerisch.

Während des Aufenthalts in S., vier Wochen mit einem Säugling, wie gesagt, verschaffte ich mir, ob ich wollte oder nicht, Einblick in das Leben der Familie Voss, und ich muss sagen, manches von dem, was ich erlebte, stieß mir auf, es gefiel mir nicht. Von Natur aus hatte ich auf der Seite meines Bruders zu stehen, aber was heißt das schon, es heißt bestimmt nicht, dass mir das familiäre Blut so sehr in den Ohren rauschte, dass es meinen Verstand vernebelte, das wäre ja noch schöner, und so zog es mich auf die Seite von Carola, als Frau auf die Seite einer Frau, ich ertrug es kaum, wie stark sie darunter litt, dass Friedrich, gerade nach Hause gekommen, das Haus sogleich wieder verließ, höchstens dass er, im Stehen in der Küche, eine Stulle mit Wurst verschlang, dann fiel die Tür ins Schloss, ohne dass er sich darüber ausgelassen hätte, wohin und zu wem, ich erkannte, dass sich Carola, ratlos und enttäuscht, in ihre Hausarbeit rettete oder in irgendwelches Spiel mit den Kindern, aber als ich sie fragte, wie es ihr gehe, zuckte sie nur mit den Schultern, na jedenfalls, sagte sie, ist er nicht zur Jagd aufgebrochen, trotz Vollmond und seiner damit einhergehenden Nervosität, das Gewehr hängt im Spind, hat er sich überhaupt verabschiedet? Ich versuchte sie zu trösten, doch sie entzog sich meinem Arm, eilfertiges Mitleid war ihr zuwider. Während sie mit einem Lappen über den Tisch wischte, zischte sie unvermittelt hervor: er kommt und geht, wie es ihm passt, und er schert sich einen Dreck darum, ob es auch mir passt, es ist ihm gleichgültig, ich bin ihm gleichgültig.

Bist du ihm nicht, beeilte ich mich zu widersprechen.

Sie war nicht dafür geschaffen, die duldsame Ehefrau zu spielen, ja, sie verfügte über ein Temperament, mit dem sich meines nicht messen konnte, und so war es nur eine Frage der Zeit, bis sie aufbrauste und schäumte wie eine Furie (sie verstand sich auf rasendes Aufbegehren). In dem Augenblick, da Friedrich zurückkehrte, sprang sie aus dem Bett und stellte ihn zur Rede, sie brüllte ihn an, und er brüllte zurück, sie schlug ihm ins Gesicht, und er riss sie an den Armen herum, um sie dann an den Haaren über den Boden zu schleifen, sie knickte ein, rappelte sich auf, sie schrie vor Schmerz, indes er sie beschimpfte, die Kinder, längst aufgeschreckt aus dem Schlaf, standen hilflos auf der Treppe und zitterten am ganzen Leib, und auch mein Kleines plärrte unausgesetzt, sodass ich es aus der Wiege nahm und, es sachte tätschelnd, zu beruhigen suchte, hört auf!, forderte ich, hör auf, Friedrich, lass sie los! Aber nachdem er seine Hände von ihr gelöst und sich schnaubend umgedreht hatte, trat sie ihm, ein Bein aufschwingend, ins Kreuz, worauf alles von vorne begann, Schlagen und Schreien, sie spuckte ihn an, und er zog sie an den Haaren, ehe sie erschöpft und schwer atmend zu Boden sanken. Friedrich griff nach seinen Zigaretten und entschuldigte sich bei mir und den Kindern, kurz darauf bestieg Carola die Treppe und schob die Kinder, unverständliche Worte flüsternd, in ihre Zimmer.

Hab ich mich gut erholt? Ja, trotz allem. Zum Abschied zauberte Carola ein feierliches Essen auf den Tisch, Fasane, die Friedrich eigens geschossen hatte. Alle herzten wir einander, dass es seine Art hatte, möglicherweise etwas zu dick, aber ich spürte Wehmut aufsteigen und schluckte mehrmals schwer, ohne dass es jemand bemerkt hätte, und so ergab ich mich der allseitigen Zugeneigtheit nur zu gern, während sich das Kleine, in der Wiege schlummernd, nicht im Mindesten stören ließ, das Schönste aber war, dass sich Friedrich und Carola mit Aufmerksamkeiten überhäuften, als seien sie das glücklichste Paar der Welt (und vielleicht waren sie es ja auch).

1977. In der Klasse taten alle, als starrten sie gebannt auf die Tafel, erpicht darauf zu erfahren, welches Wort der Lehrer als nächstes ankritzeln würde (allein, er kritzelte Jahreszahlen an die Tafel, links 1777, rechts 1811), sie gaben sich ausnahmslos so, als könne sich ihre Aufmerksamkeit um nichts in der Welt lösen von der selbstgewissen, locker schwingenden Hand des Lehrers, und höchstens wenn der Kreidestrich quietschte, schauderte manch einer, während die anderen allenfalls mitleidig grinsten; in Wahrheit waren sie müde, teils erschöpft am Ende der fünften Stunde, und alle vorgeschützte geistige Anspannung diente schlicht dazu, sich gegen unliebsame Fragen zu wappnen.

Der Dichter, erklärte der Lehrer, war ein Kind seiner Zeit, zeitlebens uneins mit sich selbst, ob er sich den Umständen unterwerfen oder dagegen rebellieren sollte.

Es war nicht so, dass sich Hermann Voss zu Wort melden wollte, er dämmerte mit offenen Augen vor sich hin, nicht anders als jeder andere auch, aber plötzlich blitzte ein Gedanke auf, und so sprach er ihn aus, eher für sich als für die Klasse, er grübelte laut über das Gehörte nach: Kleist ist gefährlich.

Irgendjemand lachte, rechts von ihm im Rücken, letzte Reihe.

Ja, kann man durchaus so sehen, pflichtete Kraudzun bei, Kleist war gefährlich, auch wenn er nichts so sehr ersehnte, als sich einzufügen in die gesellschaftliche Ordnung. Aber diese Ordnung war von gestern, zum Aussterben verdammt, und so floh der Dichter mangels Orientierung in vernunftlose Raserei, er wurde hitzig, ein Querulant, der die Widersprüche, die sein Leben durchzogen, nicht zu lösen vermochte.

Augenblicks wurde Hermann wach, doch statt seinen Gedanken auszuführen, wiederholte er ihn einfach, obgleich, anders als vorher, klar und bewusst geäußert: Kleist ist gefährlich.

Er war gefährlich, Hermann, er war es, berichtigte Kraudzun und lächelte spitzbübisch. Ein hoffnungsloser Individualist, ein Traumtänzer, der zu keinem Rhythmus fand, er pries die Obrigkeit, und gleichzeitig verachtete er sie, Kleist war maßlos überspannt, ihm war, so hat er sich selbst in einer hellen Sekunde gesehen, auf Erden nicht zu helfen. Heutzutage, in unserer sozialistischen Welt, würden sich seine Überspanntheiten von selber lösen, Kleist würde sie in den Dienst der gerechten Sache stellen, behauptete Kraudzun und zwinkerte lustig mit dem Auge, nicht auszuschließen, dass er eine Lobrede hielte auf dem kommenden Parteitag, stellt euch mal vor, Genosse Kleist im Reinen mit sich und der Welt, allerdings halte ich es für unwahrscheinlich, dass er weiter Anlass sähe zu dichten, sein wüstes Werk ist historisch.

Darauf hielt Kraudzun inne, sein Blick ruhte auf seinem Schüler, und Hermann spürte, dass er etwas entgegnen sollte, umso mehr, als sich ihm auch einige Schüler neugierig zugewandt hatten.

Er ist ein Dichter.

Ja, Hermann, was willst du damit sagen?, fragte Kraudzun mit hochgezogenen Brauen.

Er würde nie und nimmer schweigen, Kleist ist gefährlich.

Vereinzelt wurde Gelächter laut, wie um die Bemerkung vorsorglich zu entschärfen, Kraudzun bleckte die Zähne. Eine Schülerin, die blondhaarige Sabine, platzte heraus: warum sollte sich Kleist heute erschießen?, warum?, nennt mir einen einzigen Grund!

Gute Frage, sagte Kraudzun.

Na ja, grummelte Hermann, der Wannsee kommt ja wohl nicht mehr in Frage.

Da und dort wieder Gelächter, ein paar Köpfe drehten sich um, verständnislos, als suchten sie nach einem Zusammenhang, Kraudzun presste die Lippen aneinander, dann rang er sich durch zu einem nachsichtigen Schmunzeln.

Er fuhr fort: was ist da vorgefallen?, am Wannsee, den heutzutage Westberlin beansprucht, sehr genau gesehen, Hermann, sehr, sehr genau, damals reisten die Berliner in die Natur, um sich zu erholen, auch an den Wannsee natürlich, Kleist aber und seine Gefährtin Henriette Vogel machten sich auf den Weg, um dort zu sterben, an einem Tag im November, eigentlich viel zu kalt, um über die Wiesen zu tollen und sich unter freiem Himmel Kaffee servieren zu lassen, aber ausgerechnet darauf bekamen die beiden Unglücklichen Lust, und während die Serviererin zum Gasthof zurückkehrte, da hörte sie einen Knall, kurz darauf, sie mag wohl fünfzig Schritte gegangen sein, einen zweiten, der Dichter hatte seine Gefährtin erschossen und kurz darauf sich selbst.

In der Klasse war es sekundenlang still.

Hermann schwelgte in Gedanken, wie viel Zeit sind fünfzig Schritte?, bedachte er und sah sich, seine Schritte zählend, über den Hof der Schule gehen, was ging Kleist, die tote Henriette vor Augen, so lange durch den Kopf? Warum zögerte er? Wurde er wankelmütig?

Ohne ein weiteres Wort wandte sich Kraudzun der Tafel zu und schrieb, während der Gong ertönte, die Hausaufgabe an, sie sollten sich eines Textes annehmen, von Kleist, das versteht sich von selbst, Über die allmähliche Verfertigung der Gedanken beim Reden, dazu die Seitenzahlen im Buch.

Nicht wahr, Hermann?, frotzelte Kraudzun, auch deine Gedanken torkeln einher, einzig und allein aus dem Grund, weil sie die Chance wittern, sich beim Reden zu klären.

Dazu fiel Hermann nichts ein.

Trotz des auflodernden Schwätzens, Ranzen auf die Bank knallen und Stifte, Hefte, Bücher verstauen, verschaffte sich

Kraudzun noch einmal Gehör, so schneidend, dass sich seine Stimme mehrmals überschlug: vergesst nicht, heute ist FDJ-Nachmittag, das Sommerfest muss ein Erfolg werden, Hand in Hand mit der Fischereigenossenschaft (bei diesem Wort schlug seine Stimme einen dreifachen Salto), macht unserer Schule keine Schande!

Mit dieser Ermahnung verließ er das Klassenzimmer.

Am Nachmittag fanden sich alle wieder ein, mit Ausnahme einer schüchternen, aber stolzen (nicht besonders beliebten) Schülerin, die sich als einzige der FDJ verweigerte, aus religiösen Gründen, wie sie ein ums andere Mal beteuerte. Die Schüler stöhnten auf, einige murrten hemmungslos, indes Holger, der FDJ-Sekretär, sich Aufmerksamkeit erbat: Ruhe, bitte, Ruhe, je länger ihr meckert, desto länger kleben wir hier fest, ich will mich kurz fassen, kurz und konzentriert, denn wir haben nur einen Punkt auf der Tagesordnung, das FDJ-Sommerfest, wie jedem bekannt, unser Sommerfest im Bund mit der F&G, wer welche Beiträge liefert, in welcher Reihenfolge, solche Fragen, da wir uns ja, das muss allen klar sein, erkenntlich zeigen wollen gegenüber einem Betrieb, der uns als seine Gäste begrüßt, wir zeigen ein bisschen von dem, was wir können, also, am Anfang werde ich einen kurzen Rechenschaftsbericht vortragen –

Find ich gut, fiel ihm die blonde Sabine ins Wort, find ich gut so zum Auftakt.

Ach nee, die Leute wollen feiern, ist doch ein Fest, oder?

Was gibts denn zu trinken?

Die Fischer saufen nicht schlecht, da wird einiges zu haben sein an der Bar.

Das könnten wir allein nicht aufbieten.

Holger sagte: ein Bericht, der den Genossenschaftlern zeigt, dass auch wir unseren Mann stehen und wie Männer trinken können. – Er war schlau, und also suchte er die anderen zu ködern, mit der Aussicht auf Alkohol und Musik; ohne Umschweife fügte er hinzu: Hermann sorgt für musikalische Unterhaltung.

Hey, Hermann!

Gut, sehr gut, aber bitte nicht die ewigen Kinderlieder.

Kinderlieder?

Hermann, sich räuspernd, richtete sich auf: tut mir leid, diesmal muss ich passen, nein, es geht leider nicht.

Es ist unser Sommerfest, empörte sich Sabine.

Was soll das heißen, es geht nicht?, regte sich Holger auf, du bist seit Langem eingeplant, das kannst du jetzt nicht bringen.

Nein, bekräftigte Hermann, diesmal muss ein anderer ran.

Holger pflanzte sich, sich mit den Fingerkuppen auf den Tisch stützend, vor Hermann auf: ich bitte dich inständig, das FDJ-Sommerfest mit deiner Musik zu veredeln.

Er bittet ihn inständig. (Jemand lachte.)

Tut mir leid, Holger, ich kann wirklich nicht, leider.

Macht ja nichts, versuchte eine Schülerin einzulenken, dann spielen wir eben Kassetten.

Hermann, das kannst du nicht bringen.

Ungehalten schnaubte Holger auf, eine verwirrende Zuckung lief über sein Gesicht. Lieber Hermann, setzte er von Neuem, ganz und gar im Guten, an, ich bitte dich, deine Entscheidung zu überdenken.

Diesmal nicht, sagte Hermann.

Merklich rang der Sekretär um Fassung, es zuckte, und es zuckte in seinem Gesicht, und obwohl es ihn allem Anschein nach danach verlangte, Hermann auszuschelten, flüchtete er sich in eine Allerweltsbemerkung: die ganze Klasse setzt ihr Vertrauen in dich.

(Einige lachten, aber sie verstummten sogleich.)

Es tut mir leid, sagte Hermann.

Da schaltete sich Ingo ein, Agitator in der Klasse, er fühlte sich stets aufgerufen, wenn sich einer widerspenstig zeigte, wobei er in der Regel so lange wartete, bis er sich der Unterstützung durch die Mehrheit gewiss war.

So geht das nicht, Hermann, erboste er sich, es gibt überhaupt keinen Zweifel daran, dass du spielst auf dem Fest, du bist verdammt noch mal verpflichtet dazu, weil es unser Fest ist, das FDJ-Sommerfest, einmal im Jahr, und wenn du etwas anderes vorhast, dann ist uns das völlig egal, du wirst deine Gitarre auspacken und deine Liedchen trällern, so einfach ist das, du bist einer von uns, oder irre ich mich?, du wirst singen, jede Wette, trallala, trallala, für uns und unsere Fischer, wenn nicht, so stellst du dich gegen uns und, was schwerer wiegt, gegen die Arbeiterklasse, ist dir das klar?

Hermann hatte genug.

Lass mich in Ruhe, Ingo, lasst mich Scheiße noch mal in Ruhe mit dem ganzen Schwachsinn, du gehst mir mächtig auf die Nerven mit deiner Arbeiterklasse, halts Maul, Ingo, so einfach ist das.

Wer bist du denn, dass du so mit mir redest?

Jedenfalls bin ich nicht so eine Kommunistensau wie du.

Allen stockte der Atem, es war totenstill in der Klasse, einen Moment wirkte die Versammlung wie erstarrt, starr vor Schreck, wie es heißt, aber nur für einen Moment. Dann stand Ingo langsam auf, und obwohl es für Sekunden aussah, als zöge er sich ironisch aus der Affäre, spuckte er affektiert auf den Boden: das ist für dich. Unbeschreibbare Zuckungen entstellten Holgers Gesicht, und es hatte den Anschein, als wollte der Sekretär schlichtend eingreifen, allein, er brachte keinen Ton heraus. Darauf ging Ingo zur Tür, öffnete sie und zog sie leise hinter sich zu.

Das gibt Ärger.

Na ja, beruhigte sich Hermann, das ist mir nur so rausgerutscht.

Kann jedem passieren, tröstete ihn eine Schülerin, aber als sie des feindseligen Schweigens gewahr wurde, setzte sie eilfertig hinzu: du hättest dich beherrschen müssen.

Was heißt hier beherrschen?, ereiferte sich die blonde Sabine, eine solche Unverschämtheit darf man nicht einmal denken, man darf sie nicht zulassen, Hermann (sie zog geräuschvoll Luft durch die Nase), ich bin enttäuscht von dir.

Unverhofft ergriff Holger das Wort: du siehst es ja ein, Hermann, nicht wahr?, du bist doch kein Dummkopf, du weißt, dass du dich hast hinreißen lassen, du wirst es allen erklären.

Ja, sagte Hermann.

Sabine blieb stur: du hast mich enttäuscht, Hermann.

Entschuldige dich, und sie werden dir verzeihen, hoffte Holger.

Plötzlich flog die Tür auf – aber geschah es tatsächlich nach Holgers versöhnlichen Worten?, oder verstrich noch eine Weile, in der sich, während sie schwiegen, eine unwägbare Angst in die Gedanken schlich? Oder löste sich gar, kaum dass Holger sich vermittelnd eingeschaltet hatte, der Bann, sodass sich ein Großteil der Klasse in den üblichen Gesprächen verlor, geradeso, als wäre nichts passiert? So oder so – Kraudzun stürzte herein, auf dem Fuß gefolgt von Ingo, und Kraudzun war es, der Hermann grob am Arm packte, ihn hochriss und ihn, seltsam zischend, aus dem Klassenzimmer zerrte.

Der Gang war lang, sehr lang, und obwohl Hermann anfangs noch protestierte gegen den schmerzhaften Griff und überhaupt, schickte er sich, je weiter sie sich von der Klasse entfernten, scheinbar willig ins Unvermeidliche.

Verflucht, ich bin geliefert, dämmerte es ihm, während er

Anstalten machte, in einen schlurfenden Gang zu verfallen, aber Kraudzun zog ihn vorwärts, und einmal zischte der Lehrer: nimm dich zusammen! Hermann richtete seinen Blick auf den Boden, und er sagte sich, Kraudzun führt mich ab, er hat den Griff eines Häschers, der sich im Besitz unumschränkter Macht wähnt, und am Ende wird er mich in den Kerker werfen und in Ketten legen, bis die Befehlshaber aufkreuzen und mir mit glühenden Zangen ein Geständnis abpressen, Skandal!, Scheiße, wie konnte ich mich so gehen lassen, das alles hätte ich mir lieber erspart, jetzt machen sie Hackfleisch aus mir, ich hab es ja wirklich nicht so gemeint, das heißt, eigentlich schon, weil dieser plappernde Vollidiot von Ingo nichts anderes verdient, erst recht, da er nicht ansteht zu petzen, was für ein freches kleines Arschloch, ich finde, Kraudzun sollte *ihn* abführen, nicht mich, so ein Arschloch nämlich hat, ginge es mit rechten Dingen zu, auf dieser Schule nichts verloren, denn er bringt ja nicht einen vernünftigen Gedanken zustande, aber Kraudzun sieht das alles nicht, weil er es nicht sehen will, er wird das Verräterschwein noch mit einem Orden bedenken, mich wundert nichts mehr, abführen jedenfalls wird er ihn nicht, denn er ist finster entschlossen, mich zur Rechenschaft zu ziehen, dermaßen finster, wie ich ihn selten, nein, gar nie erlebt habe, wo er sich doch aufs Augenzwinkern versteht, auf eine Prise Ironie, die seine Stunden erträglich macht, das unablässig Belehrende, Skandal!, mir ist mulmig zumute, und, ehrlich gesagt, ich könnte mir vor die Füße kotzen, so übel ist mir mittlerweile, ich hab keine Kraft, das Verhör durchzustehen, denn so viel ist klar, sie werden mich verhören, sie werden mir, wenn es darauf ankommt, jeden Buchstaben einzeln herausquetschen, darin sind sie unübertrefflich, warum hab ich nicht meine Schnauze gehalten, warum nicht, es war einfach zu viel, erst Holger, dann Ingo, ich stell mich für die nicht mit dem Rücken zur Wand, ich wünschte mir, ich hätte Ja gesagt, ja, ich bin dabei, wie es sich gehört, schließlich ist es unser Fest, unser FDJ-Sommerfest, dazu noch mit den Fischern, die einen unter den Tisch trinken, bin ich bescheuert?, ich glaube, ja, ich bin es, allein wegen Ankes Geburtstagsparty, wer zusagt, muss sich auch sehen lassen, sie hat sich so gefreut, und ihre Grübchen sind hinreißend, wer würde Anke vor den Kopf stoßen, ich jedenfalls nicht, süße kleine Anke, alles für dich, für dich hab ich –

Ist er das?

In der geöffneten Tür des Lehrerzimmers stand, eine Hand auf der Klinke, ein hagerer, blasser Mann, dessen Erscheinung Hermann von fern vertraut war, es war der Stellvertreter des Direktors, überdies Parteisekretär an der Schule.

Ja, erwiderte Kraudzun, das ist Hermann Voss. (Hermann glaubte, als Kraudzun seinen Namen aussprach, ein Seufzen zu hören.)

So, so, der junge Voss also, da wird der Herr Papa aber Augen machen. Was ist in dich gefahren, hm?, bist du von allen guten Geistern verlassen?, oder wie muss ich mir deine Verfassung vorstellen?

Hermann rief sich Holgers Worte ins Gedächtnis und bekannte kurz und knapp: ich sehe meinen Fehler ein.

Schick ihn nachher zu mir.

Kraudzun nickte, und dann bugsierte er seinen Schüler in ein winziges Zimmer mit einem schmalen Fenster, zu hoch, um hinauszuschauen, eine Neonröhre summte. Auf einen Wink sprang die Sekretärin auf und stöckelte hinaus. Hermann wusste, wo er sich befand, nämlich in der guten Stube, wie es unter Schülern hieß. Lediglich bei ernsten, gar brenzligen Vorkommnissen geriet der eine oder andere in die Not, einer Vorladung zum Einzelgespräch Folge leisten zu müssen, und zweifellos grassierten jede Menge schauderhafter Berichte darüber. Die gute Stube verfügte über einen länglichen Tisch, ein Stuhl davor, ein Stuhl dahinter, darauf ein Telefon, eine Schreibmaschine, ein Bündel loser Blätter, Kugelschreiber, sonst nichts, die Wände waren kahl.

Abgeschirmt durch diesen Raum, gab sich Kraudzun den Anschein, als sei er darauf aus, den Eklat zu dämpfen, aber Hermann fühlte sich außerstande, Vertrauen zu fassen.

Erzähl mir eins nach dem anderen, wie es dazu gekommen ist, dass du deinen FDJ-Agitator eine, eine –

Eine Kommunistensau, murmelte Hermann.

Eine solche Sau genannt hast, eben.

(Hermann erstattete Bericht.)

Und du glaubst, wir lassen dir das einfach so durchgehen?

Nein, glaube ich nicht, ich bin mir meines Versagens bewusst.

Na ja, wenigstens siehst du es ein.

Ja, sagte Hermann.

Was denkst du, dass jetzt passiert?

Ich weiß es nicht.

Er weiß es nicht! Kraudzun schlug die Hände über dem Kopf zusammen und entlud so sein aufgestautes Entsetzen.

(Es folgte eine Litanei über das rechtschaffene Leben im Sozialismus.)

Erschöpft sank Kraudzun in seinen Stuhl zurück.

War das alles?, fragte sich Hermann, und er erblickte einen Funken Hoffnung, ohne dass er imstande gewesen wäre, seine Chancen abzuwägen.

Das Verhängnisvolle ist, beklagte Kraudzun, dass alle es gehört haben, die ganze Klasse weiß Bescheid über deine Lästerung, außerdem bereits ein paar Lehrer, weil Ingo nichts Besseres einfiel, als den Vorfall zu melden, übrigens im Beisein des

Direktors, kaum zu Hause, werden die Schüler es ihren Eltern aufs Brot schmieren, und dann immer so weiter.

Ich werde mich vor der Klasse entschuldigen.

Ja, wenn das mal so einfach wäre, schimpfte Kraudzun, aber gut, du hast es dir selber eingebrockt.

(Hermann bemerkte, dass Kraudzun schwankte, mehr noch, dass er im Begriff stand, sich gegen ihn zu stellen, das anfängliche Bemühen um Entschärfung war vermutlich nichts als eine taktische Raffinesse gewesen, um ihn aus der Reserve zu locken.)

Dies hier ist eine Kaderschule, hörst du, und einem angehenden Kader wird eine solche Lästerung nicht so mir nichts, dir nichts verziehen, selbst wenn du noch so schöne, wohlfeile Entschuldigungen vorbringst, es wird dir nichts nützen, gerade sind in Berlin fünf ansonsten untadelige junge Menschen von der Schule geflogen, und weißt du, warum?, weil sie nichts dabei fanden, mit Spruchbändern zu demonstrieren, ich weiß nicht mal, wofür oder wogegen, aber ich sage dir, Hermann, das alles ist kein Spaß, hast du mich verstanden?

Ja, aber –

Kraudzun hob die Hand und bedeutete Hermann zu schweigen.

Steh auf jetzt, sagte er, der Parteisekretär will noch ein Wörtchen mit dir reden, du darfst dich auf etwas gefasst machen.

(Hermann ließ es über sich ergehen.)

Benommen streunte er durch die Straßen, unfähig, auch nur irgendein Detail wahrzunehmen, Passanten wich er aus, ohne einen Blick zu erwidern, und als ihn ein vom Sport Bekannter beim Namen rief, drehte er sich weg und trottete weiter. Insgeheim zog es ihn an den Strand, und endlich gab er der Neigung nach, er stapfte stumpf am Meer entlang, unbewusst der Sonne entgegen, und erst in dem Moment, da er die letzten Gebäude oben an der Promenade hinter sich gelassen hatte, da nur mehr Wald die Küste säumte und er im Sand, einen Schritt vor den anderen setzend, dahinstapfte, atmete er auf, er blinzelte ins Licht, und kurz darauf hockte er sich auf einen Gesteinsbrocken, seine Knie mit den Händen umfassend.

Unterdessen rief eine Lehrerin zu Hause bei den Eltern an, Carola nahm den Hörer ab, doch später entsann sie sich nicht mehr, welchen Namen ihr die Anruferin genannt hatte, eine Lehrerin jedenfalls, so viel stand fest, äußerte die Befürchtung, Hermann könne sich etwas antun, nach all der Bedrängnis, die ihm widerfahren war.

Ist er denn noch nicht heimgekehrt?

Um Himmels willen, erschrak Carola, was ist passiert?

Am besten, Sie verständigen die Polizei.

Anderntags telefonierte Friedrich Voss mit dem Direktor, alles streng vertraulich, nicht mal Carola wurde in die Einzelheiten eingeweiht, wenngleich sie sich zuversichtlich gab, das sei ja gerade noch mal gut gegangen, nicht wahr, ihr Sprössling werde mit einem blauen Auge davonkommen, sie habe schon das Schlimmste befürchtet.

Zuerst dachte ich, alles verloren, sie werfen ihn von der Schule, ließ sich Friedrich unverhofft herbei.

Doch du hast ihm scharf ins Gewissen geredet. Es wäre ja auch maßlos überzogen.

Der Direktor hat kein Interesse daran, dass die Angelegenheit aufgebauscht wird.

Nee, das schadet ihm am Ende nur, sagte Carola, und außerdem will er sichergehen, dass du ihm gewogen bleibst, für alle Fälle, so als rechnete er damit, schon bald unter deinem Messer zu liegen.

(Aber es kam anders.)

Am Montag betrat Kraudzun mit hölzernem Gesicht das Klassenzimmer. Anstatt mit dem Unterricht fortzufahren, rollte er den Fall von Neuem auf, und zwar in einer Weise, als ließe das zu fällende Urteil keinen Zweifel zu, infolgedessen forderte er die Schüler im Stillen dazu auf, sich seiner Einschätzung anzuschließen, er flüsterte sie ihnen buchstäblich ein, und Hermann überkam, niedergedrückt auf seinem Stuhl kauernd, ein unheilvolles Vorgefühl, das Spiel sei gelaufen. Abrupt brach Kraudzun mitten im Satz ab und erteilte Hermann geradezu feierlich das Wort, er möge sich zu den Vorwürfen verhalten.

Ich will mich entschuldigen, sagte Hermann, bei jedem Einzelnen, den meine Äußerung verstört haben mag, sie fiel im Affekt, was jeder in der Klasse bezeugen kann, ich hatte nicht vor, Ingo zu kränken, bei ihm entschuldige ich mich zuallererst, entschuldige bitte, Ingo.

Ist das alles?, hakte Kraudzun nach.

Alles andere, was Sie mir anlasten, Herr Kraudzun, ist eine böswillige Unterstellung.

Das wird sich weisen.

Ingo sagte: ich nehme die Entschuldigung an.

Dessen ungeachtet verlangte Kraudzun nach Gehorsam. Erst vereinzelt, dann mehr und mehr gingen die Arme in die Höhe. (Warum spielen sie diese Komödie?, fragte sich Hermann, alles ist längst entschieden.) Stur die Arme verschränkt, versteinerte die gläubige Mitschülerin in ihrer Haltung, sie regte sich nicht.

Das gibts doch nicht!, entfuhr es der blonden Sabine, du richtest dich gegen das Klassenkollektiv, und überhaupt, gilt für den Sohn des Ärztlichen Direktors ein Sondergesetz?

(Das vertrauliche Telefongespräch kam Hermann in den Sinn, sein Vater und der Direktor, dann die Tatsache, dass sich sein Vater sogar mehrmals zum Telefonieren zurückgezogen hatte.)

Es ist eine Frage der Moral, behauptete Kraudzun, die sich sträubende Schülerin ins Auge fassend, und wenn der Gott, an den du glaubst, ein moralischer, ein guter und gerechter Gott ist, so gib auch du dein Handzeichen.

Zaghaft reckte die Schülerin ihren Arm. Damit war die Entscheidung einstimmig gefallen.

Hermann muss die Schule verlassen, stellte Kraudzun ungerührt fest. (In Wahrheit unterdrückte er sein Bedauern darüber, dass er seinen besten Schüler verlor.)

In heller Aufregung reagierte Familie Voss auf die Nachricht von Hermanns Schulverweisung. Den Abend lang redeten und schrien sie durcheinander, unterbrochen von in sich gekehrtem Schweigen, langen Pausen des Gewahrwerdens einer unvorstellbaren Niederlage. Vergleichbares hatten sie nie zuvor erlebt, stets hatte sich eine Lösung gefunden, Friedrich zeigte sich zerknirscht und persönlich gekränkt, er rang mit sich selbst und mit allem, was sein Leben und das Leben seiner Familie seit jeher bestimmt hatte, unentwegt darum bemüht, die aufschießenden Zweifel zu zerstreuen, aber vergeblich.

Carola sagte: der Direktor hat uns angelogen, er hat uns regelrecht an der Nase herumgeführt, kein Stil, kein Charakter.

Er handelt auf politischen Druck, gab Friedrich zu bedenken.

Die Partei!, die Partei!, erzürnte sich Carola, die Partei sieht alles, die Partei hört alles, und wenn es ihr in den Kram passt, dann zerstört sie die Zukunft meines Sohnes.

Setz dich, Carola.

Es schnürt mir den Atem ab, ich muss stehen und durchatmen, verzeih, aber ich kann mich nicht setzen. Warum tut uns dieser feige Direktor so etwas an?, ist er nicht ganz bei Trost?, von mir aus hätte er einen Tadel aussprechen können, ein Tadel hätte allen aus dem Schlamassel geholfen, nicht wahr, Hermann?, mit einem Tadel hättest du leben können, aber er stößt dich glatt von der Schule! Warum unternimmst du nichts, Friedrich? Gehörst du nicht selbst zu den Mächtigen der Partei?

Erneut versanken sie in ihr krauses Schweigen.

Ich kann für Hermann nichts tun, stammelte Friedrich, nichts, nichts, absolut nichts.

Warum weinst du?, fragte Carola, jäh befallen von einer fahlen Ahnung, sag warum, Friedrich?, weinst du etwa um deinen Sohn?, nein, ich weiß schon, du weinst um dich, und du hast auch allen Grund, um dich zu weinen.

Verständnislos blickte Hermann von einem zum anderen, dann wandte er sich ab und ging auf sein Zimmer.

Nach Peter Wald. In Berlin?, da hab ich studiert, und da hab ich auch meine Frau kennengelernt, aber eigentlich wollte ich immer zurück an die Küste, hier bin ich geboren, sagte ich mir, und hier will ich leben, glücklicherweise ergab sich damals schnell eine Gelegenheit, und die hab ich ergriffen, ich ging also als Chirurg nach S., ans Krankenhaus, das schon in jener Zeit unter der Leitung von Dr. Voss stand, beruflich ließ es sich gut an, aber sie wiesen uns eine Wohnung zu, die jeder Beschreibung spottete, wir hausten unterm Dach, beklemmend eng für meine Frau und mich, dazu das kleine Kind, hinzu kam, und das war wirklich eine Plage, dass die Bude voller Flöhe steckte, man mag es sich gar nicht mehr vorstellen, es war entsetzlich, meine Frau sah aus, als hätte sie Ausschlag, und so setzten wir alles daran, so bald wie möglich umziehen zu können, ich leistete mir vor dem Bürgermeister sogar die Klage, wir würden hier schlimmer dran sein als in den Slums der westdeutschen Großstädte, damit handelte ich mir tags darauf eine Rüge ein, vom Chef persönlich, Dr. Voss, worauf ich erwiderte, Moment mal, sind Sie etwa der Meinung, dass die sozialistische Presse uns allen etwas vorlügt?, da brummte er irgendwas und ließ mich stehen, tatsächlich aber gaben sie uns nach kurzer Zeit eine größere Wohnung und vor allem eine ohne Flöhe, na gut, die Toilette befand sich außerhalb im Treppenhaus, doch nach und nach bauten wir unsere Bleibe aus, und so wurde sie ein Zuhause. Ich muss sagen, dass ich seit jeher davon träumte, zur See zu fahren, als Schiffsarzt, genau, und aus diesem Grund wurde ich vorstellig beim Seefahrtsamt in Rostock, leider ohne jede Chance, weil mein Chef dazwischenfunkte, nee, Dr. Wald, tut mir leid, ich lass Sie nicht gehen, und dass es ihm ernst damit war, betonte er mit der Beurteilung, die er mir schrieb, es war eine sehr, sehr gute Beurteilung, ich möchte sagen, ausgezeichnet, allerdings schloss sie mit der Bemerkung, Dr. Peter Wald vertrete nicht die DDR, damit zerschlug er alles Vorhergehende, denn es stand außer Zweifel, dass ich, versehen mit derartigen Bedenken, nie und nimmer ein Seefahrtsbuch bekommen würde, sie befürchteten ja ständig, dass einer sich absetzen könnte, kaum dass ein Schiff an fernen Gefilden angelegt hatte, ich fand, dass Dr. Voss ein bisschen zu dick aufgetragen hatte, gut, ich war nicht in der Partei, damals nicht und später ebenso wenig, und vieles, was in dieser DDR so vor sich ging, sagte mir nicht im Entferntesten zu, aber dass er mich als durch und durch unsicheren Kantonisten verleumdete, ging mir dann doch zu weit, wir waren keine Widerständler, meine Frau ebenso wenig wie ich, wenngleich wir uns nicht scheuten, das, was uns gegen den Strich lief, zu missbilligen, in Deckung gewissermaßen, aus der

Distanz, wir mischten einfach nicht mit, wo andere glaubten, mitmischen zu müssen. Mitte der Siebziger trug ich mich mit dem Gedanken, nach Berlin an die Charité zu wechseln, denn es verstärkte sich der Eindruck, dass meine Tätigkeit in S. ausgereizt war, ich sah nicht, wie ich mich hätte weiterentwickeln können, wissen Sie, ich bin ein unruhiger Geist, stets bestrebt, mir Kenntnisse anzueignen, auch zu forschen, ich verbrachte unzählige Stunden im Labor, und da bot mir Dr. Voss kurzerhand an, mich für einen zweiten Facharzt zu qualifizieren, vorausgesetzt, ich ließe meine Pläne fallen, nicht nach Berlin, nicht nach sonst wohin, und ich willigte ein, gar nicht mal zähneknirschend, da es mir im Grunde genommen gefiel in S., ich wurde also zusätzlich Facharzt für Urologie, wir kauften uns ein Haus, und kurze Zeit darauf kam das dritte Kind zur Welt (ach, das zweite Kind hab ich wohl unterschlagen, ich rede und rede, und dann so was, also, der Vollständigkeit halber, wir sind eine fünfköpfige Familie).

Da politisch missliebig, musste ich arbeiten, ich hatte in der Tat alle Hände voll zu tun, während sich mancher Kollege schon kurz nach Mittag verabschiedete, und ich erinnere mich an andere, die ihre Patientenzahlen großzügig auffrisierten, manchmal war es schwer zu ertragen, dass sich diejenigen, die sich unter dem Schirm von Stasi und Partei geschützt sahen, jede Unverschämtheit herausnehmen konnten, und dass es, bei dem Mangel, der überall herrschte, billigend in Kauf genommen wurde, dass die Hälfte der Belegschaft ausflog, dann zum Beispiel, wenn es Kinderwäsche zu besorgen galt, man muss sich, was mit den Jahren zunehmend schwererfällt, in diese Zeit zurückversetzen, dazu zählt auch, dass sich ausgediente Militärs im Keller verschanzten und, damit sie irgendeiner Tätigkeit nachgingen, Briketts zu zählen begannen, sich Aufschluss verschafften über den Vorrat an Braunkohle.

Wie gesagt, ich ließ nicht davon ab zu forschen, und als ich Dr. Voss eines Tages von neuen Erkenntnissen berichtete, zeigte er sich dermaßen erfreut, dass ich sofort Verdacht schöpfte, und tatsächlich, er war so dreist zu behaupten, hiermit sehe er sich in der glücklichen Lage zu habilitieren, Moment mal, widersprach ich, wenn jemand damit habilitiert, dann bin ich es. Damals verständigten wir uns auf ein höchst wackliges Bündnis, meinerseits zähneknirschend, seinerseits in Begeisterung versetzt, wir beschlossen, Seit an Seit den akademischen Grad zu erringen. Lange Zeit hatte Dr. Voss keinen blassen Schimmer, worum es ging in meiner Arbeit, eines Abends aber, ich war seiner Einladung nach Hause gefolgt, setzte ich ihn, unzulässig verkürzt, in Kenntnis davon.

Aber mein lieber Dr. Wald, ich sehe doch auf den ersten Blick, dass die Ausbeute für beide viel zu gering ist, ich will Sie ja nicht brüskieren, aber das Ergebnis Ihrer Bemühungen reicht allenfalls für mich.

Da brüllte ich ihn an, in seinem eigenen Haus.

So läuft das nicht, Herr Dr. Voss, wenn es wirklich nur für einen reicht, dann für mich, weil es schlicht und ergreifend meine Arbeit ist.

Schon gut, Sie vergessen, dass Sie ohne mich keine Chance haben, denn welche Universität würde Sie habilitieren, wo Sie doch nicht in der Partei sind.

(Klar, damit hatte er recht, und damit rief er mir nichts weniger als unseren Pakt ins Gedächtnis, er könnte nicht ohne mich, und ich könnte nicht ohne ihn.)

Folglich gab ich mir alle Mühe, ihn für die entscheidende Stunde zu trimmen, ich übertreibe nicht, wenn ich behaupte, er habe erst kurz vor der Verteidigung begriffen, worauf das Ganze hinausläuft, ich schulte ihn also nach allen Regeln der Kunst, und dann lernte er seinen Vortrag schlichtweg auswendig, kurz und knapp gesagt, wir hatten Erfolg an der Universität Rostock, es reichte für beide, der Pakt hatte sich gelohnt. In der Zeit danach aber ließ er mich spüren, wie sehr ihm die Tatsache, dass nunmehr zwei Ärzte an ein und demselben Haus, und zwar ausgerechnet an seinem, als habilitiert galten, zuwiderlief, und ich gewann nicht von ungefähr den Eindruck, dass er mich loswerden wollte, am besten ins Ausland, Äthiopien?, Nicaragua?, plötzlich bekam ich das Seefahrtsbuch zugeteilt und sah mich unverhofft auf meinen alten Traum verwiesen, ja, ich glaube, dass Dr. Voss darauf spekulierte, dass ich mich bei der erstbesten Gelegenheit davonstehlen würde, ganz falsch jedenfalls lag er damit nicht, denn ich hatte bereits erste Kontakte geknüpft nach Westberlin, zu einer Rentnerin, die sich schließlich bereit erklärte, meine Papiere in den Westen zu schmuggeln, also Promotionsurkunde und Belege meiner fachärztlichen Befähigung, sie trug sie an der Brust über die Grenze (deshalb sind diese Papiere heute so unsäglich zerknittert), zwei Jahre befand ich mich dann nahezu ununterbrochen auf See, mit Fischern vor der Küste Angolas oder da und dort im Nordmeer, dabei immerfort getrieben von dem Gedanken zu fliehen; für den Fall meiner Flucht hatte ich mit meiner Frau einen Satz verabredet, der sie am Telefon in Gewissheit wiegen sollte, dieser Satz hieß: erhol dich gut!, und obwohl ich mit dem Vorhaben spielte, nach gelungener Flucht zu schuften wie ein Kümmeltürke, um letztendlich imstande zu sein, meine Familie freizukaufen, brachte ich diesen ausschlaggebenden Schritt nicht hinter mich. Offen gestanden hatte ich Angst, dass meine Familie über alle Maßen darunter leiden, dass sie, drangsaliert von der Stasi, all die zu erwartenden Schikanen nicht durchstehen würde.

1989, da sich die Bürger anschickten, das Land zu verlassen, und zwar in Massen über die Botschaften der BRD und über

Ungarn, rief mir meine Frau durchs Telefon zu: Peter, du kannst dir nicht vorstellen, was hier los ist, das halbe Volk ist auf den Beinen.

Aber wohin denn?, fragte ich. (Es klickte, und die Leitung war tot.)

Auch die Wende erlebte ich auf dem Schiff, wobei wir zunächst, wie in Quarantäne gehalten, keine Nachrichten empfingen, nicht durch die Funker und nicht durch die Bordzeitung, ich erinnere mich aber gut daran, dass mir eines Tages der Politoffizier auf dem Flur begegnete, stumm und zerknirscht, mit einem Honecker-Bild unterm Arm, das er sich in seine Kajüte schaffte, sie hatten also tatsächlich den Staats- und Parteichef seiner Ämter enthoben, allmählich sickerte alles durch. Beim nächsten Landgang konnte ich mich plötzlich frei bewegen, ohne den Schatten des Politoffiziers, es war ein Gefühl von Glück, ich atmete nicht einfach nur auf, sondern ich atmete hastig wie jemand mit Hang zur Hysterie, ja, es fehlte nicht viel, und ich wäre japsend in Ohnmacht gefallen.

Aber gemach, im Eifer des Redens habe ich etwas Bedeutsames übersprungen, im August 89 nämlich flüchteten meine beiden älteren Kinder über Ungarn in den Westen, und zwar ungeachtet ihres Studienplatzes in Rostock, meine Frau hatte ihnen, ehe sie loszogen, Schmuck umgehängt für die Schlepperbanden, es klappte allerdings erst beim zweiten Versuch. Ich muss Ihnen mitteilen, dass die Kinder nicht zurückkommen, meldete meine Frau Herrn Dr. Voss, und er, ohne Anzeichen von Verwunderung: na, dann rufen Sie mal bei der Staatssicherheit an, Abteilung Inneres. Sodann war sie emsig damit befasst, die Aussteuer der Kinder zu verstecken, im Schuppen unter den Planken oder im Garten unter der Erde, vor allem auch die Abiturzeugnisse und natürlich den Fluchtbrief, weil genau darauf hatten es die Herren von der Stasi abgesehen,

Hauptmann Sirgl erkundigte sich bei jedem Besuch danach, und er forderte meine Frau auf, die Kinder zur Rückkehr zu bewegen, aber zurückkamen dann bloß die Pakete, die sie ihnen schicken wollte, alles, was sich darin befand, verbogen und zerschlagen. Im Monat darauf waren Schüler, ich weiß nicht mehr welcher Klasse, gehalten, Aufsätze über unsere missratenen Kinder zu schreiben, und sie sollten sich über deren unverantwortlichen Starrsinn empören, über deren Unverschämtheit, sich hier in der DDR gratis ausbilden zu lassen, um dann mit dem, was sie erworben hatten, blindlings durchzubrennen. So liefen die Dinge, so übel.

Eines Tages klopfte ich Dr. Voss hämisch, muss ich gestehen, auf die Schulter, sehen Sie, jetzt schaffen wir den Kommunismus ab, keine Ahnung, was er darauf erwiderte, höchstwahrscheinlich gar nichts, ich bin überzeugt davon, dass sich Dr. Voss der Stasi angedient hatte, anders wäre es für mich nicht erklärbar, wie jemand unentwegt Vorteile genoss, als nicht belangbar galt, er paktierte, er pflegte einen sorglosen Umgang mit denen, sie saßen gemeinsam in der Sauna und so weiter, und sogar die Stasi in Rostock schickte ihm, übrigens vertraglich vereinbart, ihre Patienten, ich hielt Dr. Voss in jener Zeit für einen Offizier im besonderen Einsatz, und das behaupte ich ohne Abstriche bis heute, wenn ich auch keinen Beleg dafür anführen kann, sie haben ja die entscheidenden Akten allesamt vernichtet, hektisch zerschnipselt, ehe sie in unbefugte Hände gerieten, bis zuletzt war auf die grauen Männer Verlass, hundertprozentig, und wissen Sie, was ich stattdessen in meiner Akte entdeckt habe?, den Vermerk, ich unterhielte intime Beziehungen zu meiner Frau, na so was, das ist ja ein Ding!, mit diesen Worten aber stellten sie klar, dass über meine Frau nicht an mich heranzukommen war, sie hatte sich natürlich verweigert.

Also gut, ich kandidierte nach der Wende für die CDU im Kreistag, und ich hatte so großen Erfolg, dass ich die meisten Stimmen einheimste, da fällt mir ein, dass es zur selben Zeit eine Zusammenkunft gab mit dem Rotarier-Club aus Neustadt, und dass sich Dr. Voss kurzzeitig darzustellen beliebte als derjenige, der die Westdeutschen mit offenen Armen empfing, bei diesem Treffen bezeichnete er sich als parteilos, ha, ha, ha, dass ich nicht lache, er und parteilos, das Wort vom Wendehals gefiel mir auf Anhieb, ohne dass ich zu sagen wüsste, von wem es stammt, aber wenn Sie mich fragen, wer dieses Wort am besten verkörperte, dann verweise ich Sie, ohne zu zögern, auf den flinken Hals von Dr. Voss, er tat alles, um seine Haut zu retten, aber es hat ihm nichts genützt.

Ich wurde zum Ärztlichen Direktor berufen, und ich trat an in der Absicht, keinen zu entlassen, es sei denn, es hätten sich Verwicklungen mit der Stasi herausgestellt, aber im Großen und Ganzen, toi, toi, toi, lief alles weiter wie gehabt, mit Ausnahme einer Schwester, die ich, das gebot die Obhutspflicht, versetzen ließ. In den Jahren darauf wurde das Krankenhaus in S. gehörig modernisiert, mit einer Summe von vielleicht siebzehn Millionen Mark, neue Geräte, neue Fenster, der OP wurde umgebaut, Pläne für einen Anbau wurden geschmiedet, am Ende vergeblich, denn 1996 zogen wir um in die Kreisstadt, alle Patienten von einem Tag auf den anderen, am 20. Dezember wurde noch in S. operiert, am 21. Dezember dann schon in der Kreisstadt, Stalins Geburtstag, es gibt Daten, die man nicht vergisst, der Betrieb jedenfalls war nicht einen Tag zum Erliegen gekommen. Das alte Krankenhaus an der Ostsee verfällt, seit vielen Jahren schon, es ist nur noch eine Ruine, und ich gebe zu, dieser Anblick schmerzt mich.

Ja, so war das. Hab ich etwas vergessen?

Nach dem Tod von Dr. Voss wurden wir mit Anrufen terrorisiert, bestimmt zwei Wochen ging das so, und es war tatsächlich einschüchternd, auch wenn ich mir unentwegt einredete, das ist ein Irrer, das sind Irre, mulmig wurde es uns doch ums Herz, schon allein wegen der Kinder, und so verständigten wir die Polizei, damit sie eine Fangschaltung installierten, aber als es dann so weit war und wir auf einen neuerlichen Anruf warteten, ihn geradezu erhofften, da tat sich nichts mehr, wir hatten Ruhe.

Die nächste Kugel ist für dich.

Ihr Schweine!

Einen von euch fünfen erledigen wir mit Kopfschuss.

Was soll ich dazu sagen?, ein Irrer, das sind Irre, in der Regel eine männliche Stimme, einmal, vielleicht auch zweimal, eine weibliche, Spaß war das nicht, sie drohten, unbekümmert darum, was sie anrichteten, ja, ich hatte den Eindruck, sie gefielen sich in der Pose des unbekannten Rächers. Genaueres darüber zu äußern, verbietet sich, denn ich habe keine Indizien, welche die Täter überführen würden, allenfalls Vermutungen, und die verweisen auf das Umfeld von Dr. Voss, aber Namen zu nennen, wäre nicht angebracht, nicht weil ich mich scheue, nein, weil ich die Angelegenheit, frei heraus gesagt, zu vergessen hoffe, lassen wir es also gut sein, ein Irrer.

Im Jahr 2008. Langsam stieg Wut in ihm auf, und Hermann spürte, dass sie sich Luft verschaffen und ihn hinreißen würde, wenn er sie nicht im Nu erstickte, er war nicht darauf aus, vor Maria aufzubrausen, bloß weil sie nicht einsehen wollte, dass er alle Gründe auf seiner Seite hatte, um verärgert zu sein. So stand er auf und verließ die Küche, er ging (fast stampfte er), auf dem blauen Teppich ins Wohnzimmer, wo leise der Fernseher lief, aber er setzte sich nicht nieder, immerzu auf und ab, seine Augen schweiften unruhig umher, hinaus auf den Hinterhof und wieder herein, der Fernseher, die Stehlampe, die Couch, sie huschten die Wände entlang, ohne dass er das Geringste wahrgenommen hätte, ehe er jählings innehielt: er zog einen Flügel der verglasten Schranktür auf und knipste darin das Lämpchen an, wie absurd, dachte er und lächelte eine Sekunde spöttisch über sich selbst, immerhin aber hatte er dadurch auch seine Aufmerksamkeit geweckt; schärfer, als sie es verdienten, betrachtete er die Gegenstände, Figürchen, Muscheln, Souvenirs, nutzlose Zier, und dann flog sein Blick zu den gerahmten Fotos an der Wand, Maria, die Kinder, er selbst und seine Familie, daneben ein Porträt seines Vaters, der Vater im OP, der Vater auf der Jagd, kein Foto, das seine Mutter, keines, das Bruder oder Schwester zeigte, was verrät das über mich?, fragte er sich, als Maria, mit dem Brief in der Luft fächelnd, über die Schwelle trat.

Sie sagte: bitte, Hermann, sei nicht so verbockt (sie hatte sich tatsächlich einen imponierenden Wortschatz angeeignet), es ist nur eine Einladung, nichts weiter, und du kannst zusagen oder absagen, wo liegt das Problem?

Dreißig Jahre Abitur, ja, verflucht, grollte Hermann, ein schönes, rundes Klassentreffen, nicht wahr?, aber ich habe dieses Abitur nie gemacht, weil sie es mich nicht haben machen lassen.

Ja, weiß ich doch, aber sie waren jahrelang deine Mitschüler, willst du nicht wissen, was aus ihnen geworden ist?

Ist mir scheißegal, fauchte er, sich sogleich wieder beherrschend, ist mir nicht wichtig, sie haben gegen mich gestimmt, einhellig gegen mich, und du meinst, ich sollte beide Augen zudrücken und so tun, als wäre nie was gewesen?

Sie zog die Einladung aus dem Umschlag, klappte sie auf, in

der Mitte prangte die Dreißig, umrankt von ineinander verhakten Dreiern und Nullen, dazu ein Cartoon mit lustigen Gästen, die tanzten oder schäumenden Champagner tranken, die sich küssten und sich an die Wäsche gingen, bis am Ende ein Funktionär auftrat und zornentbrannt Freundschaft! kläffte.

Sie hat eigenhändig auf die Karte gekritzelt, dass sie sich freuen würde, besonders auf dich, wer ist Sabine Witt?

Ach nee, winkte Hermann ab, nee, nee, nee, du stellst die falschen Fragen, aber umgehend verbesserte er sich: aber ja, du stellst die richtigen, wahrscheinlich hat sie einen gefunden, der sich nicht scheute, sich mit ihr zu verbinden, Witt hieß sie damals noch nicht, die blonde Sabine, Sabine Ahrends, diese unglaublich dumme Person, die sich stets gekonnt in den Wind legte, sie hetzte den Rest der Klasse gegen mich auf.

Vielleicht tut es ihr leid, bedachte Maria, vielleicht will sie sich für alles entschuldigen.

Hermann, wie vor den Kopf geschlagen, fand keine Worte, er rang mit sich, wobei seine Wangen glühten, und er spürte, dass seine Wut kochte, jederzeit in Gefahr, sich zu ergießen, nicht jetzt, flehte er in Gedanken, nicht vor Maria.

Lass uns spazieren gehen, sagte sie, es ist sonnig.

Spazieren?

Im Stadtwald begegnete ihnen kaum jemand, hin und wieder ein älterer Mensch, der sie verhalten grüßte, einmal ein Jogger, sie hatte sich bei ihm untergehakt, und sie drückte sich wieder und wieder an seine Seite, so als wollte sie sagen, ich bin da; sie war für ihn da, zweifellos, und Hermann war sich ihrer Gegenwart bewusst bei jedem Schritt, er dankte wer weiß wem für diese Frau, die er liebte wie nichts auf der Welt. Es war Oktober, und es war kühl, aber die Sonne gaukelte ihnen einen späten Sommertag vor, dabei war die Saison längst verstrichen, und die Touristen hatten sich verzogen, als hätte der Herbst das Städtchen mit Krätze befallen, sie waren wieder unter sich.

Es tut gut, sagte Maria, und kurz darauf flüsterte sie ihm eine scharfe Offerte ins Ohr, sie fuhr ihm mit der Hand in den Schritt.

Hermann lehnte sich an einen Baum, im stillen Genuss, dass die Sonne gerade so einfiel, um ihm das Gesicht zu wärmen. Als Maria den Gürtel seiner Hose löste und hinterher Knopf für Knopf öffnete, bildete er sich ein, all dies geschehe nach einer Laune des Herbstes, der sich Zuneigung erspielte. Aber das war Quatsch. Er spähte in die eine Richtung, dann in die andere, genau wie Maria, aber so weit das Auge reichte: niemand. Sie fasste seinen steifen Schwanz an, sehr sanft, und beide fühlten, dass sie der Umstand erregte, jederzeit ertappt werden zu können, sie schielten dahin und dorthin, dann sagte Hermann: knie dich hin.

Hier in diesen Dreck?

Er zog seine Jacke aus und breitete sie zu seinen Füßen aus, Maria ging auf die Knie und nahm seinen Schwanz in den Mund.

Hermann schloss die Augen, das Gesicht der Sonne zugekehrt, er liebte Marias Schmatzen, wenn sie ihn lutschte, und er liebte ihr dunkles, wohliges Stöhnen, so als läge das Vergnügen ganz auf ihrer Seite, er schrie auf, als er kam, und nachdem ihn Maria ausgesaugt hatte, spuckte sie, ihren Kopf nach links reißend, das Sperma auf die Erde. Sie ausspucken zu sehen wie eine Hure, entlockte ihm ein verwegenes Grinsen, wenngleich er seit je der Vorstellung anhing, eine Frau müsse schlucken, als Zeichen ihrer rückhaltlosen Hingabe. Aber auch das war Quatsch.

Als sie ihren Weg fortsetzten, zitterten ihm die Knie, er fischte ein Bonbon aus der Tasche und steckte es ihr in den

Mund, sie schwiegen, während er sich im Gehen an sie klammerte, dann stockte er plötzlich, um sie an seine Brust zu ziehen – und sie zu küssen wie eine unbekannte Frau.

Als der Summer ertönte, drückte er die Tür auf zur Praxis. Aufs Neue staunte er darüber, wie geschickt sein Zahnarzt die Zeit einzuteilen verstand, sodass kein langes Warten vonnöten war, es gab hier auch kein Wartezimmer, höchstens drei oder vier Stühle in der Diele, locker aufgestellt vor der Anmeldung, er entsann sich nicht, dass die Plätze je vollständig besetzt gewesen wären, auch nicht, dass er je länger als zehn Minuten gewartet hätte, alle Achtung, sagte er sich und ließ sich nieder, er besah sich die bunten Zeitschriften, die verstreut auf dem Tischchen lagen, ohne sich eine zu nehmen, er verschränkte die Arme und erwiderte das Lächeln der Sprechstundenhilfe, reine Routine, tröstete er sich, hoffentlich findet er nichts an meinen Zähnen. Sowie der soeben behandelte Patient aus dem Sprechzimmer trat, löste Hermann seine Arme aus der Verschränkung und presste, allzeit bereit, seine Hände auf die Schenkel, und dann wurde er auch schon aufgerufen, nicht von der Assistentin, sondern vom Zahnarzt persönlich, er stand auf und ging hinein, sah, dass Umbach sich die Hände wusch über dem Becken und sie anschließend abtrocknete, na Hermann?, na Werner?, irgendwelche Beschwerden?, nein, Werner, alles bestens, aber ich warne dich, tu mir nicht weh.

Werner Umbach, obzwar in die Jahre gekommen, wirkte so drahtig wie eh und je, er hat etwas Zähes, stellte Hermann nicht ohne Anerkennung fest, er hat in seiner ruhigen, höflichen Art etwas Unbeugsames. Werner tänzelte umher, blickte auf die Karteikarte, rückte das Besteck zurecht und richtete die Lampe aus, und während er Hermanns Gebiss begutachtete, erkundigte er sich, jeden einzelnen Namen aufzählend, nach der Familie, auch nach Carola, der Mutter, und den Geschwistern. Hermann, den Mund weit aufgerissen, stieß unentwegt kehlige Laute hervor, die Werner als Zustimmung wertete, es geht ihnen also gut, und gerade als Hermann zu verstehen geben wollte, wie sehr ihm diese Befragung zusetzte, weil er ihr hilflos ausgeliefert war, verhakte sich das Instrument des Zahnarztes, sodass Hermann nicht mehr nur den Mund, sondern auch die Augen weit aufriss, ja, was haben wir denn da, sagte Werner, ein klitzekleines Löchelchen, er nannte der Assistentin eine Zahl, und kurz darauf wurde ihm der Speichelsauger eingehängt, dann pustete ihm der Zahnarzt mit dem Luftspray in den Mund, oder willst du dir dafür eine Spritze geben lassen?

Eine Spritze?, nuschelte Hermann.

Nein, das geht auch so.

Was schlimmer war, hätte Hermann nicht entscheiden können, der leichte, aber beharrliche Druck des Bohrers auf seinem Zahn oder das auf- und abschwellende Sirren, das der Bohrer von sich gab, dazu das Röcheln des Speichelsaugers, er atmete flach mit zugekniffenen Lidern.

So, einmal ausspülen, bitte. (Hermann spuckte aus.)

Und? Hab ich zu viel versprochen?

(Was hat er mir versprochen?, fragte sich Hermann.)

Werner sagte: das schaffst du auch ohne Betäubung.

Nachdem das Loch mit einer Füllung versehen worden war, ging ihm Werner abermals mit einem Spiegelchen im Mund herum, und Hermann fürchtete schon, der Zahnarzt würde ein weiteres Mal fündig werden, doch Werner gab sich zufrieden, abgesehen davon, dass er ihm zur Zahnreinigung riet, einmal im Jahr ist in deinem Fall zu selten, lass dir am besten einen Termin geben.

Bei der jungen Frau aus der Zahnklinik?

Die hat dir gefallen, was?

Hermann richtete sich auf, aber er blieb sitzen, genauso wie Werner, der auf seinem Hocker unmerklich hin- und herrollte.

Hermann sagte: so oft bist du nicht mehr hier.

Na ja, hör mal, der Jüngste bin ich auch nicht mehr, und ich habe die Praxis, wie du weißt, in gute Hände übergeben, es läuft längst ohne mich, was bleibt, sind Urlaubsvertretungen und dann und wann ein paar Patienten, ältere Herrschaften zumeist, die mir ihr Vertrauen schenken.

Irgendwann wirst du dich ganz zurückziehen.

Natürlich, spätestens dann, wenn ich zittrig werde.

In diesem Fall lass ich mir eine Spritze geben.

(Sie lachten.)

Hermann, jedes Mal, wenn du in meine Praxis kommst, muss ich an Friedrich denken, deinen Vater.

(Hermann nickte.)

Er ist, kurz vor seinem Tod, noch einmal hier gewesen, und ich habe ihn kaum wiedererkannt.

Ja, er muss sich in kürzester Zeit entsetzlich verändert haben.

Er war nicht mehr der, den ich von früher kannte, bedrückt, apathisch, wie eingekerkert in seinen Gedanken.

Damals war ich pausenlos unterwegs, häufig in Westdeutschland, sagte Hermann, aber alle haben ihn nachher so beschrieben, wie du sagst.

Nach der Behandlung blickte er mich an wie einen Geist, ja, so als stammte ich aus einer anderen Zeit, und er fragte mich, ob er auch in Zukunft zu mir kommen dürfe, als hätte er alle Achtung vor sich selbst verloren.

Mein Vater war am Ende.

Einige Sekunden lang horchten sie ihren Worten nach, dann rutschte Hermann vom Stuhl und verabschiedete sich.

Vor dem Gebäude sah er Werners Auto stehen, rubinrot,

sehr schick, und er malte sich die Praxis aus, die er gerade verlassen hatte, jeden Winkel, eingerichtet auf dem höchsten Stand, es fehlte an nichts; seitdem sich Werner, todesmutig, wie er unermüdlich betonte, in die Selbstständigkeit gestürzt hatte, florierte sie, jedenfalls konnte er sich über einen Mangel an Patienten nie beklagen. So viele Wege, dachte Hermann, führten in das neue Land, und du, Paps, hast nicht einen einzigen gesehen, du hast dich schlicht aus dem Staub gemacht.

Frühe achtziger Jahre. Es kam vor, dass sich ein hoher Gast ankündigte mit dem Wunsch, in den Wäldern vor S. zu jagen. In solchen Fällen schaltete sich die Kreisleitung der SED ein, wenn nicht die Bezirksleitung, jedenfalls mit der ausdrücklichen Weisung, dass die Jagdgesellschaft vor Ort die entsprechenden Vorkehrungen treffe, das heißt, für den Erfolg des Jagdausflugs Sorge trage; natürlich wusste der Oberförster über seinen Wildbestand sehr gut Bescheid, und er wusste auch, zumindest ungefähr, wo welches Wild in der Regel anzutreffen war, er konnte, ohne zu zögern, diejenige Kanzel nennen, von der aus ein treffsicherer Schuss zu erzielen war, aber der sowjetische Generalkonsul zeigte keine Neigung, auf eine wie auch immer beleumundete Kanzel zu klettern und womöglich ewig lang auf seine Chance zu warten, nein, ihm war nach Dramatik und Gesellschaft zumute, er bevorzugte eine Drückjagd, die ihm den stärksten Bock oder Keiler, am besten den stärksten Hirsch zuspielte, und der Oberförster stieg darauf ein, nur zu gern, denn er war sich seines Hirsches sicher, eines edlen Exemplars in seinem Revier. Als der Generalkonsul, eskortiert von zwei Wagen mit Personal, das sich nicht zweifelsfrei zuordnen ließ, auf der Lichtung eintraf, erwartete ihn bereits die gesamte Jagdgesellschaft von S., an die fünfundzwanzig Mann, darunter Offiziere aus der nahe gelegenen sowjetischen Garnison. Friedrich hieß den Generalkonsul willkommen, auf Russisch, das er nahezu fließend beherrschte, es war ihm, damals in Litauen, durch eine Magd mit in die Wiege gelegt worden, und er hatte nie aufgehört, sich in dieser Sprache zu üben; nicht dass er russische Bücher, gar literarische Werke gelesen hätte, aber er pflegte seit jeher regen Umgang mit Russen, schon als Student, später als Arzt, Russen waren seine Patienten, und Russen gingen mit ihm auf die Jagd, er hegte eine Vorliebe für dieses Volk, und er verstand sich darauf, mit ihnen zu scherzen und zu trinken, was umgekehrt den Russen Respekt einflößte.

Im Voraus war alles so eingerichtet worden, dass der Generalkonsul anstandslos zu seinem Jagdglück kommen würde, er würde den für ihn vorgesehenen Hirsch mit dem ersten Schuss erlegen, und falls nicht, so war ihm der beste Schütze an die Seite gestellt, der gleichfalls, und zwar kurz darauf, feuern würde, sodass sie die Trophäe dem hohen Gast in jedem Fall zusprechen könnten; außerdem verfiel der Oberförster auf die Idee, mithilfe seiner Jäger einen Zwangswechsel zu inszenieren, also das vorher eingelappte Wild dem hohen Gast vor den Gewehrlauf zu treiben, und so geschah es, wenngleich allzu überraschend für den Generalkonsul, der mangels Vertrautheit mit der Waffe keinen einzigen Schuss abgab, weshalb sich auch der ihm zugeteilte Schütze zügelte. Dessen ungeachtet schoss ein anderer Jäger, den schier das Fieber gepackt haben musste, und er schoss so gut, dass er den Hirsch zur Strecke brachte, tja, dumm gelaufen, dumm auch deshalb, weil der Generalkonsul nicht anstand, sich darüber zu empören und unverrichteter Dinge abzuziehen mit seiner Entourage, ohne dass ihn Friedrich noch hätte umstimmen können, nicht einmal mit der Aussicht auf ein rauschendes Fest in der Jagdhütte. Betrübt senkten sie die Köpfe, denn allen war klar, dass das verpatzte Ereignis ein politisches Nachspiel haben würde, der voreilige Schütze würde zur Rechenschaft gezogen werden und auf alle Zeit, so befürchteten sie, in Ungnade fallen – obwohl sich Friedrich ein lobendes Wort nicht versagte: ein ausgezeichneter Schuss.

Erst in der Jagdhütte verlor sich die Beklemmung. In kleiner, aber fröhlicher Runde feierten sie den Tag, der, obzwar missglückt, so, wie er gewesen war, niemals wiederkehren würde, zwei Russen aus der Jagdgesellschaft gesellten sich dazu, auch Maggie war da, außerdem eine Mulattin, von der keiner wusste, woher sie kam, wenngleich sie sich ohne Scheu einfügte und über jeden unbeholfenen Witz lachte, mit dem die Männer versuchten, sie zu ködern. (Werner tippte auf Kurt, wer, wenn nicht Kurt, sollte die Mulattin für das Beisammensein gewonnen haben? Kurt war es auch, so zumindest kam es ihm vor, der sich um ihr Wohlergehen in besonderer Weise sorgte, er fischte für sie die besten Stücke vom Rost, und er achtete darauf, dass ihr Glas stets gefüllt war.) Allmählich entspannte sich selbst der Oberförster, er war ein guter Trinker, mit jedem Schluck wurde er lockerer, und er dachte sich die blödesten Trinksprüche aus. In dem Moment, da sich Friedrich an das alte Klavier setzte, fing der Oberförster an, von den Mühen zu reden, die er einst mit einem polnischen Diplomaten hatte, ja, beim Jagen, wo sonst? (warum nur schicken sie uns in einem fort diese verkniffenen Diplomaten?, fragte sich Werner, was treibt einen Diplomaten zur Jagd?, klar, er will wenigstens einmal im Leben scharf schießen, wo er doch auf seinem Parkett zum Maßhalten und Lavieren gezwungen ist). Dieser polnische Diplomat, sagte der Oberförster, erschien im dunklen Zwirn zur Jagd, da hab ich ihm erst mal meine zweite

Garnitur verpasst, dazu ein Paar Gummistiefel mit neuen Rosshaarsocken, und dann sind wir aufgebrochen zur einträglichsten Kanzel, die ich damals zu bieten hatte, geduldig erklärte ich ihm meinen Drilling, ich ließ ihn das Zielfernrohr für sein Auge einstellen und den Abzug probieren, und dann hab ich ihm auch noch das Gewehr geladen; als der Rehbock aus dem Röhricht kam, war die Entfernung günstig, narrensicher, keine fünfzig Schritt; das Gewehr auf die Brüstung gelegt, zielte er, wobei er, offen gestanden, ziemlich lange zirkelte, ich hörte ihn schnaufen, jetzt war er erregt, und ich beobachtete den Bock durchs Fernglas, zunehmend mit Ungeduld, könnt ihr euch denken, endlich knallte der Schuss, und der Bock schlug mit beiden Hinterläufen hoch aus, flüchtete sich aber ins Schilf; unten, im hohen, nassen Gras stellte ich zwar fest, wohin sich der Bock gerettet hatte, ohne aber dass ich Spuren von Schweiß entdeckt hätte, kein Schnitthaar, keine Knochensplitter, ich musste handeln, also ließ ich den Botschaftsrat auf der Kanzel zurück, fuhr mit dem Motorrad nach Hause und holte meinen Jagdterrier. Wieder zurück, dauerte es keine fünf Minuten, und ich vernahm ein jämmerliches Klagen, ich stürzte ins Schilf und sah, dass mein Hund an der Drossel des Bocks hing, der sich vergeblich abrackerte, auf die Läufe zu kommen, denn mein Hund zog ihn nieder, wieder und wieder, ich zögerte nicht, den Bock mit einem gezielten Schlag zu töten, und der Diplomat war es zufrieden, wir rauchten jeder eine Zigarette, dann verstauten wir unsere Beute im Rucksack, den ich meinem Gast auf den Buckel wuchtete, ich selbst hängte mir den Drilling um und das Fernglas, und so stiegen wir aufs Motorrad, den Terrier gewagt auf dem Tank balancierend.

Bravo, sagte Friedrich, ein echter Diplomatenbock.

Und dann sang er ein russisches Volkslied, die beiden Russen grölten kräftig mit.

Ach unsere Hütte, lallte der Oberförster und seufzte, lasst uns trinken, Kameraden, auf – auf das Holz. Er rauchte, einen Aschenbecher auf dem Schoß, ununterbrochen; im Begriff, sich eine Zigarette anzustecken, bemerkte er, dass schon zwei im Aschenbecher lehnten, lang und glimmend, na schön, dann eben drei.

Da fiel kalte Luft herein, Maggie zog die Tür hinter sich zu. Draußen sind Leute, versteckt hinter Bäumen, sie huschen um die Hütte herum.

Mädchen, ich versteh dich nicht, lallte der Oberförster.

Friedrich trat vor die Hütte, aber weil es längst dunkel war, konnte er nichts erkennen, erst nachdem er lange genug in den Wald gespäht hatte, nahm er eine geduckte Gestalt wahr (oder täuschte er sich?), dann eine andere (ohne Zweifel), die sich, scheinbar unbesorgt, von einem Stamm zum anderen trollte. Sie wollen uns zeigen, dass sie da sind, wir haben mit ihnen zu rechnen.

In der Hütte wurde ein Lied angestimmt, und unwillkürlich zog es ihn zu den anderen, aber ehe er umkehrte, ergriff ihn die kalte Wut, haut ab!, rief er in den Wald, schert euch zum Teufel! Und dann, über die Schulter nach hinten gerichtet: Werner, bringst du mir mal meinen Drilling?

Kurz darauf ging er in die Hütte zurück.

Und?, fragte Maggie.

Ja, du hast recht.

Als er den neugierig gewordenen Russen von der Belauerung berichtete, sprengte einer von beiden hinaus und stieß einen gewaltigen Fluch aus, Friedrich grinste, ohne das Gehörte zu übersetzen, der Russe spuckte dreimal auf die Erde und schlug, wieder drinnen, die Tür zu.

Exzellent, sagte Friedrich, mit Russen haben sie nicht gerechnet, jetzt schlottern ihnen die Knie.

Der Oberförster drückte zwei seiner Zigaretten aus: hast du dir die Hütte eigentlich genehmigen lassen?

Wir wollten eine Jagdhütte haben, und so haben wir uns eine gebaut.

Ja, pflichtete ihm Werner bei, so war das.

Ach, unsere Hütte.

Friedrich sagte: seht euch diese wunderbare alte Tür an, verziert wie ein Holzschnitt und mit schmiedeeisernen Beschlägen, die hat Werner irgendwo aufgetrieben und dann herbeigekarrt.

Die Mulattin räkelte sich: ihr seid so schrecklich ernst.

Kurt schenkte ihr nach, Friedrich setzte sich ans Klavier, einer beteuerte: wir doch nicht.

(Wer ist diese schöne dunkle Frau?, fragte sich Werner.)

Er schäkerte mit Maggie, und als er sich dann erneut der Mulattin zuwandte, sah er, dass sie sich ausgezogen und splitternackt auf der Matratze ausgestreckt hatte (hab ich etwas verpasst?, bin ich betrunken?, träum ich?), zunächst lag sie unbewegt, als posierte sie für einen Maler, dann fing sie an, ihren Körper zu streicheln, mit langsamen, geschmeidigen Bewegungen, sie zog ihre Beine an, schwang sich auf die Seite, fuhr sich mit der Hand zwischen die Schenkel, womit sie allen den Atem raubte (ist nicht wahr, oder?), sie fixierte Kurt mit großen, heißen Augen, und Kurt fand nichts dabei, sich seiner Kleider zu entledigen und sie zu besteigen.

(Sie ist eine Hure, schoss es Werner durch den Kopf, Kurt hat eigens für sie bezahlt.)

Maggie fasste nach seiner Wange und drehte sein Gesicht in ihre Richtung. So als liefe das Fest weiter wie bisher, erzählte sie ihm aufgekratzt von einer Begebenheit, an die er sich später nicht mehr erinnerte, da er seinerseits abschweifte in Gedanken, nicht in erotische Fantasien, sosehr ihn das leise Stöhnen auf der Matratze verstörte, sondern in ein Jagderlebnis, meiner Jagd, sagte er sich, denn das ganze Treiben war allein auf mich ausgerichtet, was haben sie mich damals gefoppt, oje, es war nämlich so, dass ich lange Zeit als glückloser Jäger galt, und genau genommen war ich das auch, zwar war ich immer dabei, aber ich stand nie recht in der Gunst, einen Bock zu schießen oder wenigstens ein Wildschwein, es war wie verhext, und ich bekam bereits den unverhohlenen Spott der Kameraden zu spüren, bis sie dann eine Verschwörung anzettelten gegen mich, sie besorgten sich ein Hausschwein und pinselten es schwarz an, sodass es täuschend echt wie ein Wildschwein aussah, es war ein Läuferschwein, mager und hoch auf den Läufen, wie geschaffen für ihren niederträchtigen Spaß, und der Oberförster hatte die Frechheit auszurufen, weißbunte Sauen seien in jedem Fall, weil Artverderber, zu erlegen. Hunde bellten, Schüsse knallten, Rufe schollen, und da endlich entdeckte ich das mir zugedachte Schwein, störrisch, irgendwo seitab, ich zielte und streckte es nieder mit dem ersten Schuss, aber mein Glücksgefühl zerstob, als ich des allseitigen Gelächters gewahr wurde, sie hatten es offenbar nur mühsam gebändigt die ganze Zeit, erst aus der Nähe erkannte ich die Bescherung, was seid ihr doch für üble Kerle, ein Hobbydichter widmete mir ein paar hämische Zeilen, aber böse sein konnte ich ihnen letztlich nicht, umso weniger, als ich nach meinem ersten erfolgreichen Treffer später gleich wieder ins Schwarze traf, dieses Mal echtes Wild, und dann wieder, es war, als hätte sich ein Bann gelöst.

Nachdem er ein paar Suiten gespielt hatte, rund, erlesen und unaufdringlich, höchstwahrscheinlich von Bach, ging Friedrich unversehens in einen Marsch über, als wollte er Kurt beim Vögeln anspornen, es war ein Sexmarsch, aber von der grotesken Sorte.

(Ich weiß, dass ich mir alles nur einbilde, sagte sich Werner.)

Als Friedrich sich auf den Rand der Matratze kniete, griff Maggie nach dem Arm von Werner: ich will das nicht sehen. Und dann küsste sie ihn, überaus leidenschaftlich (was für ein Kuss, sagte er sich).

Einige Wochen danach stand der Geburtstag jenes Jägers an, der den sowjetischen Generalkonsul um den Hirsch gebracht hatte. Fahren wir hin?, fragte Kurt am Telefon, aber natürlich, sagte Friedrich, wie jedes Jahr, und so machten sie sich mit ihren Frauen auf den Weg. Vor dem Haus parkte kein einziges Auto, anders als in den Jahren zuvor, und nachdem sie an der Tür geschellt hatten, öffnete ihnen ein zunächst verdutzter, dann aber freudig überraschter Mensch: das vergesse ich euch nicht.

Im Jahr 2008. Der tanzwütige Alte wechselte nach jedem Tanz seine Partnerin, er war ein begehrter Tänzer, und so hoffte jede ältere (oder auch alte) Dame, dass sein Auge auf sie falle, darf ich bitten? Erst tröpfelten, dann strömten sie in den Saal, manche nur, um sich umzuschauen und wieder zu gehen, die meisten indes erpicht darauf, einen Stuhl zu ergattern an einem der Tische, das Heim hatte seine Türen weit geöffnet für Gäste, woher auch immer, einige, kaum dass sie sich hingesetzt hatten, bückten sich und zogen ihre Tanzschuhe aus knisternden Plastiktüten, doch selbst sie, verrenkt und mit dem Kinn fast auf der Tischplatte, zögerten nicht mit der Antwort, sobald die Sektfrage sie traf, herb oder lieblich?, auch Wein wurde getrunken, Bier sowieso, mitten am Nachmittag, da sie sich zum Tanztee versammelten, junge Kellnerinnen mit hitzig geröteten Wangen drehten sich wie aufgezogen von einem zum anderen, ohne je auch nur einen Hauch ihrer Liebenswürdigkeit einzubüßen. Auf der Bühne, errichtet mittels zweier Podeste, ließ sich der Alleinunterhalter zu überschwänglichen Posen hinreißen, er wirkte jung, beklatscht von Grauköpfen, und sein weißer Anzug war so geschnitten, dass er seine stämmige Figur, selbst die nach vorn gebogenen Schultern, trickreich verbarg, er hatte ein freundliches, wenn auch gedunsenes Gesicht; als er nach dem Mikrofon griff, hörte er auf zu tänzeln: schauen Sie jetzt, meine Herren, ihrer Tanzpartnerin tief in die Augen und raunen Sie ihr zu, du bist so heiß wie ein Vulkan.

Wie es geschah, blieb Hermann ein Rätsel, doch Kraudzun war es gelungen, sich an seinen Tisch zu drängen, im Rollstuhl schräg gegenüber. Immerzu starrte der ehemalige Lehrer herüber, darauf aus, Aufmerksamkeit zu erhaschen, aber Hermann ignorierte ihn, nicht ohne Weiteres, denn Kraudzun las unentwegt in seinem Gesicht, zumal dann, wenn der Alleinunterhalter einen Spaß zum Besten gab, Kraudzun forschte nach einer Reaktion, wie würde sich Hermann dazu verhalten?, und er zwinkerte (oder täuschte sich Hermann?) verschwörerisch mit dem Auge.

Maria fragte: gehen wir uns umziehen?

Es eilt nicht.

In dem Augenblick, da die Musik verklang, richtete sich die alte Ilse auf und rief wie bestellt in den Saal: Ronnie Klipp kann auch tanzen! Worauf sich Klipp, so hieß der Alleinunterhalter, spontan zur Diskothek begab und eine Scheibe auswählte, um sein Können zu beweisen. Dann stieg er vom Podest und sah sich im Nu umringt von Alten, die rhythmisch in die Hände klatschten, er angelte sich eine Dame nach der anderen, um mit ihr je ein paar Takte zu tanzen, auch die alte Ilse wurde kurz im Rollstuhl gedreht, und nachdem er die letzte Partnerin in den Kreis entlassen hatte, kletterte er wieder zurück aufs Podest. Alle applaudierten, sodass sich der Alleinunterhalter seines Erfolgs gewiss sein durfte, ohne auch nur einen Gedanken daran zu verschwenden, dass ihm der tanzwütige Alte fast die Show gestohlen hätte, dieser Alte nämlich hatte sich erdreistet, stets nach jener Dame zu greifen, die Ronnie Klipp aus seinen Fängen freigegeben hatte, um ihr, im Schatten des Alleinunterhalters, ein weiteres Tänzchen zu schenken.

Unbeeindruckt davon kicherten sie an einem Tisch links von der Tür, sie ließen eine Digitalkamera von einer Hand in die andere gehen, knipsten sich gegenseitig, und da und dort nestelten sie ein Mobiltelefon aus der Tasche, um über spezielle Funktionen zu fachsimpeln. Die Technik hielt sie in Atem, sie amüsierten sich gut.

Hermann sagte: die könnten uns gefährlich werden.

Dann stand er auf und zog Maria mit sich in die notdürftig eingerichtete Garderobe.

Die Maskerade, mit Poncho und Sombrero, entfesselte einen Jubel, dass es Hermann die Sprache verschlug, er war außerstande, die einstudierten spanischen Worte zur Begrüßung zu stammeln, stattdessen trat er versehentlich gegen den Papp-Kaktus, sodass dieser umkippte und er ihn, so gut es ging, erneut aufstellte. Bei all dem Durcheinander war ihm nicht entgangen, dass unablässig Fotos geschossen wurden, vor allem aus der Richtung des Tisches links von der Tür, die Alten rissen ihre Mobiltelefone hoch, und auch die Digitalkamera kam mit Blitzlicht zum Einsatz. Sie verwechseln unseren Auftritt mit einer Klamotte, ärgerte sich Hermann, und noch mehr ärgerte er sich, als Kraudzun, anders als beim Alleinunterhalter, bis vor die Bühne rollte, direkt unter seine Augen, schau einfach über ihn hinweg, flüsterte Maria – ja gut.

Als Hermann die Saiten seiner Gitarre anschlug und Maria mit dem Schellenring rasselte, platzte Kraudzun hemmungslos heraus: Fiesta, fiesta mexicana. Er hatte, das musste man ihm lassen, das Stück auf Anhieb erkannt. Und sobald die Stimmen von Hermann und Maria erklangen, geriet er schier in Verzückung, er warf sich hin und her in seinem Rollstuhl, geradeso als erlitte er einen epileptischen Anfall, dann ließ er seinen Kiefer hängen, als käme er aus dem Staunen nicht heraus, Hermann und Maria sangen unbeirrt weiter.

Sie sangen Fiesta, fiesta mexicana (und beim Refrain sangen alle mit), sie sangen Ja so ein Tango mit Fernando (und beim Refrain sangen alle mit), sie sangen Hasta la vista (und beim Refrain sangen alle mit).

Nach dem dritten Lied, mitten in der Stille, machte der alte Kraudzun einen schalen Witz, der den ganzen Saal zum Lachen brachte, er rief: vergesst Speedy Gonzales!, die schnellste Maus von Mexiko heißt Maria Voss! Arriba, arriba! Ándale, ándale!

Dass ihm Hermann in diesem Moment nicht an die Gurgel sprang, war einzig und allein der alten Ilse zu verdanken, die sich zum zweiten Mal an diesem Nachmittag aufrichtete, diesmal in der Absicht, Kraudzun bloßzustellen, ganz einfach, indem sie wütend brüllte: halt die Schnauze, Verräterschwein!

Das saß – so sehr, dass Kraudzun an seinen Tisch zurückrollte.

Hermann nutzte die Verblüffung, um einen anderen Ton anzustimmen, ruhig und melancholisch, er zupfte die klassischen Weisen eines Boleros, und sowie er die ersten Takte hinter sich gebracht hatte, fing er an zu singen, voll und mit unverstellter Inbrunst, er sang auf Spanisch, nicht den Wörtern, sondern den Lauten nach, so wie er sie einer CD abgelauscht und dann notiert hatte, mit jeder Zeile, so hatte es den Anschein, verwandelte er sich weiter in einen Mexikaner, trotz der grotesken Kostümierung, nach der zweiten Strophe griff Maria zu ihrer Trompete, sie hatte Trompete gelernt in Polen und dort auch in einem Orchester gespielt, und nun blies sie ein Solo, das den Alten ans Herz rührte, es wurde still, und selbst Kraudzun starrte mit offenem Mund auf die Bühne, die dritte Strophe sangen Hermann und Maria gemeinsam, sie schmachteten einander an, und sie sangen füreinander, so als gäbe es keine Welt mehr da draußen, und jeder, der sie hörte, versank in Empfindungen, die nicht dazu geeignet waren, sie mit anderen zu teilen, zumindest nicht in großer Gesellschaft, das ist es, durchfuhr es Hermann, das ist es, was uns die Mexikaner voraushaben, eine Stimmung, wie sie das Trio romantico in jedem x-beliebigen Lokal erzeugt, Maria und ich, wir sind euer Duo romantico, ihr entkommt uns nicht, weil ihr euch selbst nicht entkommt, noch einmal blies Maria auf ihrer Trompete, sehnsuchtsvoll mit geblähten Wangen, und kurz darauf war das Stück zu Ende, der letzte Akkord klang nach, bis Hermann die Saiten dämpfte.

Niemand regte sich, nicht mal ein Räuspern, die Alten wirkten wie bestürzt, einige weinten und kramten nach Taschentüchern, am Tisch links von der Tür versenkte sich jeder in sein inneres Bild.

Dann klatschten sie irritierend wild.

Artig verbeugten sich Hermann und Maria, danach zogen sie sich zurück, wobei sich Hermann verstohlen über die Augen wischte.

1980. Armin Töthke unterrichtete Kunst in der Schule, beliebt bei den Schülern, von Kollegen indes misstrauisch beäugt, da er sich das eine oder andere offene Wort herausnahm, geradeso als schütze ihn die Aufschrift Kunst vor Nachstellungen und unerwünschten Folgen, er sonnte sich in der Vorstellung, nicht so sehr ein Kunstlehrer als vielmehr ein Künstler zu sein, sie würden ihm jede Äußerung, und sei sie noch so verquer, nachsehen, seit Jahrhunderten nämlich wurde einem Künstler solche Freiheit zugebilligt, zumeist mit einem schiefen Lächeln auf den Lippen, wenngleich sie ihn insgeheim, davon war Töthke überzeugt, alle beneideten. Er war schlank und wendig, von eher kleinem Wuchs, und er hatte bereits schütteres Haar, was ihn über Gebühr schmerzte, für gewöhnlich zog er sich einen Parka über, und er trug, was er brauchte, in einer zerknitterten Plastiktüte in die Schule, jeden Tag dieselbe zerknitterte Tüte, was nicht der Erwähnung bedürfte, wäre die Tüte nicht eine Tüte aus dem Westen gewesen, überdies mit einem bekannten Slogan versehen, einem Werbeslogan, der in den Augen der anderen nicht nur für die Ware warb, sondern auch für den Westen allgemein. Aber sie durften Töthke nicht unterschätzen, ihn gar als verschrobenen Typ belächeln, der, alles in allem, nicht für voll zu nehmen war, denn er schien politisch gut informiert zu sein, und er machte aus seinen Ansichten keinen Hehl, am wenigsten im Unterricht, kurz, er stand unter Beobachtung.

Eines Abends war er einer Einladung der Familie Voss gefolgt, genauer, Carola hatte ihn gebeten, zum Essen zu kommen.

Unruhig, das alles, sagte er, wenn du mich fragst, ich möchte in Polen sein, da tut sich etwas.

Ja, überlegte Carola, da, wo was los ist, da muss man hin.

Sie saßen am Esstisch, Carola und Armin, daneben die Kinder Kathrin, Hermann und Martin, obzwar dem Kindesalter längst entwachsen, junge Erwachsene. Noch hatte Carola nichts aufgetischt, sie warteten auf Friedrich, der versprochen hatte, pünktlich zu sein.

Als er endlich erschien, sprang Carola auf, wich aber jählings zurück und protestierte: bäh, du stinkst nach Alkohol. (Warum ist sie aufgesprungen?, fragte sich Hermann, sie springt schon lange nicht mehr auf, wenn Paps hereinkommt. Ist sie, wer weiß, für Armin aufgesprungen?, um ihm vorzugaukeln, dass sie glücklich ist?)

Friedrich schüttelte Armin die Hand.

Kathrin half ihrer Mutter beim Auftragen. Das Auge isst mit, sagte Friedrich, und Armin pflichtete ihm nickend bei.

Sie tranken bulgarischen Rotwein, außer Martin, der auf Saft bestand.

Find ich blöd, sagte Hermann, dass du uns so lange hast warten lassen. Aber keiner nahm Notiz, sie aßen, und sie lachten, Friedrich redete, und dann redete Armin, erst der eine, dann der andere, teils auch umgekehrt, sie redeten gern und ergingen sich in Abschweifungen, doch am Ende setzte jeder, in die Runde strahlend, eine Pointe, sodass sich Carola fast verschluckte an einem Bissen, während Martin von weit her auf seine Familie starrte und auf Armin, ihren Gast.

In Polen, Friedrich, sagte Armin, da müsstest du dabei sein, da nämlich bricht jetzt alles auf, du wirst schon sehen, die bräuchten Leute wie dich, Leute, die sich nicht in die Hose machen.

Ach, hör auf damit, flehte ihn Friedrich an, was soll das jetzt mit Polen, glaubst du etwa, die zetteln einen Aufstand an?, weil das Fleisch zu teuer geworden ist?

Immer dasselbe, historisch gesehen, behauptete Armin, erst wenn es ans Eingemachte geht, macht sich der Ärger Luft.

Mach mal halblang, Armin, Revolution war gestern, das weißt du so gut wie ich, und unsere Gesellschaft, auch die der Polen, ist längst eine andere geworden, wohin stürzen wir denn, wenn wir einen Umsturz herbeiführen?, zurück?, das hieße Konterrevolution.

Er hob sein Glas und sagte Na sdarowje!, doch Armin ging nicht darauf ein, er ließ sein Glas stehen. Friedrich nahm einen kräftigen Schluck.

Die Fleischpreise, ja, die Fleischpreise, na und?

Das werden sie sich nicht bieten lassen.

Du träumst, Armin. Friedrich lächelte nachsichtig: du bist seit jeher ein Träumer gewesen. Du siehst ja das Volk schon auf den Barrikaden.

Es macht mir Angst, wie ihr redet, bekannte Kathrin.

Siehst du, sagte Friedrich, du machst ihr Angst.

Alle auf der Uni, sagte Kathrin, reden von Polen.

Wer heute nicht von Polen redet, sagte Carola, der muss mit Blindheit geschlagen sein.

Ruhe!, erzürnte sich Friedrich, was soll der Unsinn?, sie werden die Fleischpreise senken, und alles geht wieder seinen gewohnten Gang.

Armin zischte: Solidarność ist eine neue Kraft.

Papperlapapp, solidarisch sind wir alle, höhnte Friedrich, selbst wir hier in der DDR, wir sind solidarisch mit unserer Regierung.

Das ist ja das Übel, sagte Carola, wir halten alle brav die Schnauze.

Wie, bitte?

Ich finde, brachte sich Hermann ein, ich finde, sie hat recht.

(Friedrich nippte an seinem Wein.)

Armin sagte: Solidarność hat der Regierung einundzwanzig Forderungen gestellt, entweder, sie werden erfüllt, oder der Streik wird fortgesetzt.

(Friedrich steckte sich eine Zigarette an und rauchte ein paar Züge mit unverhohlenem Genuss.)

Er sagte: wenn ich das schon höre, einundzwanzig Forderungen, warum können es nicht zwanzig sein?, sie sind uneins, ja zerstritten, wollen wir uns von Wirrköpfen den Staat kaputt machen lassen?

(Feindselig schwiegen sie sich an.)

Marsch, marsch, ins Bett, versuchte sich Friedrich zu retten, habt ihr nicht gehört?

Langsam, nicht ohne zu murren, standen sie auf, Kathrin, Hermann und Martin.

Stillgestanden!

(Sie wollten sich nach oben verziehen.)

Stillgestanden!, befahl Friedrich, scharf und unduldsam.

Du hast getrunken, besänftigte ihn Carola.

Still-ge-stan-den!

Widerwillig reihten sie sich auf, einer neben dem anderen, mit den Händen an der Hosennaht.

Friedrich ließ sich, die Aufstellung betrachtend, ausnehmend lang Zeit.

Abtreten!

Kurz danach verabschiedete sich Armin Töthke, und weil ihn Carola allein zur Tür begleitete, blickte er ihr offen ins Gesicht: ich bitte dich, dass du mich in so was nie wieder hineinziehst, ich will deine Kinder nicht strammstehen sehen wie in der Kaserne.

Schon gut, sagte sie, er ist betrunken.

Nach Martin Voss. Manchmal nachts, wenn ich den Fernseher ausgeschaltet habe, bleibe ich noch eine Weile sitzen, hier auf dem Sofa, und ich versetze mich in die Zeit zurück damals in Berlin, überhaupt waren diese Berliner Jahre meine schönsten, ich stelle mir zum Beispiel vor, wie ich damals, zusammen mit meiner Frau, unterm Fernsehturm saß, jeder mit einem Eisbecher vor sich, das dürfte so 1988 gewesen sein, alles war irgendwie gut, eine Spur von Glück. Hätte sich da eine Wahrsagerin an unseren Tisch geschlichen, um mir aus der Hand zu lesen, und hätte sie dann aufgezählt, was in der Zukunft tatsächlich eintreffen sollte, ich hätte schallend gelacht und ihr ein paar Münzen in die Hand gedrückt, damit sie sich trollt und ihren Unsinn anderswo verzapft.

Herr Martin Voss, Ihr Leben wird von Grund auf umgewälzt, machen Sie sich auf alles gefasst.

Ha, ha, ha, entspann dich, Alte.

Dieses Land wird untergehen, Sie werden Ihre Arbeit verlieren, Ihr Vater wird sich erschießen, Sie werden in der Klapsmühle landen, Ihre Mutter wird einen Schwarzen heiraten, Sie werden sich mit Ihrem Bruder zerstreiten –

Scher dich zum Teufel, du altes Weib!

Als ich nach der Wende arbeitslos wurde, starrte ich stumpf auf eine weiße Wand, ohne einen Begriff für das, was geschehen war, ich bekam Panik, weil ich die Erfahrung, keine Arbeit zu haben, nicht kannte, aber ich hatte auch schon vorher Probleme, ich glaube, es fing an bei der Armee, acht Mann zusammengepfercht auf einer Stube, das ständige Gekläff der Vorgesetzten, ich stand wie unter Schock, so was war ich nicht gewohnt, ich bin ja stark geprägt von meinem Vater, er hatte einiges erreicht, alle sprachen sie gut von ihm, er hatte einen Fahrer, einen Dienstwagen, auch ich hätte Arzt werden wollen, für den Stumpfsinn in der Kaserne war ich nicht geschaffen.

In der Schule war es für mich nach der achten Klasse zu Ende, obwohl ich sehr gute Noten hatte, trotzdem war es zu Ende, dank einer Art von sozialistischer Sippenhaft, ja genau, weil Hermann seinen FDJ-Sekretär als Kommunistensau verhöhnt hat, wahrscheinlich hatte er sogar recht, ich weiß es nicht, aber damit war es auch für mich zu Ende nach der achten, das hat uns aus der Bahn geworfen, mein Bruder flog von der Schule, und mein Vater bekam Angst um seinen Job, er rauchte eine Zigarette nach der anderen, die aber haben sich dummdreist gestellt, Friedrich, hieß es, schick deine Söhne in die Landwirtschaft, das war dann wirklich das Primitivste in der DDR, ich wundere mich noch heute darüber, dass mein Vater nicht abgehauen ist, also, wenn die so mit meinen eigenen Kindern umspringen würden, dann – na ja, ich weiß nicht, aber ich könnte nicht damit leben, jedenfalls haben sie uns alles versaut, sieh dich doch um, unterstes Niveau, fünf Monate lang mussten wir zu dritt, meine Tochter lebt ja noch hier, mit vierhundertachtzig Euro im Monat auskommen, kein Geld mehr für Zigaretten, schöne Scheiße, jetzt aber rauche ich wieder, weil meine Frau wieder Arbeit gefunden hat, zum Glück; ich selbst gelte als behindert, seelisch krank, ich bin Frührentner, Tabletten jeden Tag, meine Nerven, weißt du, haben einfach nicht mehr mitgemacht, es war zu viel.

Ich hab es nicht lange durchgehalten, die Schufterei auf dem Land, Mähdrescher fahren, hämische Blicke; hier, wo sie meinen Vater kannten, wäre das alles nicht so wild gewesen, aber dort, in Neubrandenburg, war ich ein Niemand, und sie ließen es mich spüren, einmal erlaubten wir uns den Spaß, die Schönste im Dorf zu entführen, da haben wir dann mächtig eins auf die Schnauze gekriegt, das kannst du ruhig wörtlich nehmen, gnadenlos, ich hatte mich weit, sehr weit, von meinen ursprünglichen Plänen entfernt. Beim Erntefest durfte ich am Tisch des Direktors sitzen, dazu ein paar hohe Kader, wie es eben so war, es hatte sich offenbar herumgesprochen, dass mein Vater ein Bonze war, jedenfalls saß ich mit denen zusammen und kippte mir einiges hinter die Binde, und weil sie über einen Kollegen herzogen, den ich mochte, wandte ich mich dem Direktor zu und stieß ungebremst hervor: *Sie* müsste man entlassen, Sie zuallererst! Das fanden die gar nicht lustig, und nachdem zwanzig Sekunden kein Wort gefallen war, warfen sie mich hinaus. Heulend rief ich meine Eltern an, sie sollten mich abholen kommen.

Gerettet hat mich meine Frau, sie ist überhaupt das Beste, was mir im Leben passiert ist, es ist ja so: normalerweise ziehen die Frauen an einem vorüber, und bei einer bleibt man dann hängen, eigentlich ganz einfach. Auf dem Land aber, unter all den rotwangigen Bäuerinnen, gab es keine, die mich wirklich anzog, also grübelte ich zusehends nach, welche ich von früher her kannte, und dann fiel sie mir wieder ein, sie, die ich vom Musikmachen her kannte, sie, die von allen begehrte Sängerin, ich suchte sie auf in Berlin, was solls, denn was hatte ich schon zu verlieren, und da hat es dann das zweite Mal gefunkt, so richtig gefunkt hat es da, ja, sie hat mich herausgezogen aus dem Sumpf, und ich bin ihr nach Berlin gefolgt, nach Marzahn, und als das erste Kind auf die Welt kam, wiesen sie uns eine schöne kleine Wohnung zu, in einem der drei Hochhäuser in Springpfuhl, ziemlich weit oben, damit begann die gute Zeit, ich werde sie nie vergessen, klar, ich hatte dann, zuständig für Sicherheit und Ordnung, erneut mit den Mächtigen zu tun, das galt ja seit jeher als etwas anrüchig, und zur Zeit der Wende hätte ich gar nicht sagen können, wo meine Akte hing, ob bei den Tätern oder ob bei den Opfern, nein, nein, es war, wie es war, und ich war schlicht beauftragt, für Gesundheits-, Arbeits- und Brandschutz zu sorgen, Feuerlöscher zu kontrollieren, solche Dinge, glücklicherweise kam ich in ein Kollektiv, das nichts zu wünschen übrig ließ, hatte jemand Geburtstag, stand ein Blumenstrauß auf dem Tisch, alle waren stolz darauf, ihren Beitrag zu leisten, dass hier eine Vorzeigestadt entstand, Kaufhalle, Turnhalle, Schwimmhalle, nichts, was uns fehlte, ich fühlte mich, offen gestanden, wie in einer anderen Welt, und ich fing an, mich abzugrenzen von der Vergangenheit, nicht von der Familie, aber doch von der Gegend, aus der ich stammte, ich nahm meinem Vater nichts übel, warum auch, er schützte uns dadurch, dass er sich einließ auf die Politik, und ich war ihm dankbar verpflichtet; wenn ich an Pommes herankam, lieferte ich sie zu Hause ab. Als mir selbst angeboten wurde, in die Politik zu gehen, genauer, in die Kreisleitung der SED, lehnte ich ab, weil ich eher praktisch veranlagt bin, ich scheute das ganze Gelaber, wahrscheinlich sind sie auf mich gekommen, weil ich gute Arbeit machte als FDJ-Sekretär, ich zögerte nicht, in die eigene Tasche zu greifen, wenn Geld fehlte in der Kasse, und so waren alle stets zufrieden mit mir, aber ich interessierte mich mehr für Autos, für die Antriebsaggregate beim Trabant und beim Wartburg, mithilfe von VW sollte bei laufender Produktion alles umgebaut werden, auch aus Italien wurden Maschinenteile importiert, das alles zog mich in seinen Bann, wie Autos gebaut wurden, wie sie am Band hingen, wie es vorwärtsging in unserem Land, der Viertakter sollte den Zweitakter ersetzen. Eines Tages brachen wir auf zu einer Reise nach Polen, um uns auszutauschen mit der dortigen Autoindustrie, ich bastelte am Programm, ein bisschen Agitation, aber am Ende erwiesen sich die Parolen als stark geliftet. Von mir aus hätte es ewig so weitergehen können, ich hatte mich mit allem nur zu gern arrangiert. Morgens, in der Kantine, gab es Kaffee und Brötchen, ich las in der Zeitung, dann folgte eine Versammlung in der Werkzeugmaschinenfabrik, oder sie hatten vor, einen Schornstein zu sprengen, und mir fiel die Aufgabe zu, das Gelände abzusperren. Mittags hatten wir ausgiebig Zeit, manchmal, wenn es nichts zu tun gab, hockten wir gemütlich zusammen, bis Feierabend war, also, ich konnte nicht klagen, auch nicht über Parteiversammlungen, immer montags, gesellschaftliche Arbeit, das schadet ja keinem, ich hatte den Eindruck, dass es voranging, Marzahn wuchs und wuchs, und hätte das Volk nicht anders entschieden, ich säße heute noch dort.

Gerade mal siebenundzwanzig, wurde ich auf die Straße gesetzt. Im Sommer 90 kam mein Sohn auf die Welt, in S., wo sie meine Frau teils kaltschnäuzig behandelten, die Stimmung war umgeschlagen, und es kam mir so vor, dass sich jetzt, da mein Vater im Urlaub war, alles gegen ihn verkehrte. Das, was sie ihm danach antaten, wurde ihm allein von Ostdeutschen angetan, von früheren Kollegen, darunter Dr. Wald, Paps' geschätzter Zögling, dieser Dr. Wald spielte den Königsmörder, es fällt mir schwer, darüber zu reden, denn ich weiß wirklich nicht, was ich davon halten soll, manchmal habe ich Lust, bei einer kriminalpsychologischen Deutung Zuflucht zu suchen, wonach sich ein Mensch, kaum in eine günstige Lage versetzt, als ein anderer entpuppt, plötzlich kalt und rücksichtslos, wie er nie zuvor gewesen ist, ist es Gier?, ist es das Verlangen, Macht über jemanden zu gewinnen, ihn zu treten und zu demütigen, um ihn dann kläglich verrecken zu sehen?, eines Tages besuchten uns meine Eltern in Berlin, ich erinnere mich nicht daran, wann genau es gewesen ist, jedenfalls nachdem sie Paps rausgeschmissen hatten, es gab da ein Treffen mit den Kommilitonen von einst, und ich hab meinen Vater dorthin begleitet, lange Zeit saß er stumm in der Runde, so lange, bis ihn einer beim Namen rief und ungeniert aufforderte, von sich zu erzählen, er stieß einen elenden Seufzer aus, und für einen Moment hatte es den Anschein, als wolle er dem nichts hinzufügen, aber wider Erwarten raffte er sich auf und sagte: ihr könnt euch nicht vorstellen, was für ein Hieb mich getroffen hat, ich glaube, ich steh nicht mehr auf. Das war alles. Es folgten die üblichen aufmunternden Worte, ein Klaps auf die

Schulter, jemand prostete ihm, Kopf hoch, alter Knabe, zu, und schon verlor sich die Gesellschaft wieder in unverbindlicher Heiterkeit. Sehr gut entsinne ich mich eines Beisammenseins bei Paps auf der Terrasse, irgendwann im Herbst, er, mein Bruder und ich, und ich weiß auch noch genau, dass wir Schnaps tranken und dass Paps uns abwechselnd ins Gesicht blickte, kuck mal an, sagte er, kaum ist der Westen da, sind wir arbeitslos, und zwar alle drei.

Das Schlimmste ist, dass er kalt gestorben ist. Dass wir uns nicht noch einmal umarmt haben. Ich wäre ja da gewesen.

Ich wusste mir keinen Rat, wie ich ihm hätte helfen können, wir alle waren überfordert damit, er saß bloß rum und grübelte, tagein, tagaus, was passiert mit einem Menschen, der sich jahrzehntelang Kenntnisse angeeignet hat, der sich geachtet und gebraucht fühlte, wenn plötzlich keiner mehr nach ihm verlangt, um sein Wissen, seine Fähigkeiten abzurufen?, dann drehen sich die Gedanken im Kopf, ohne jedes Ziel, der ganze Körper wie gelähmt.

Ihr Mann war völlig am Ende, sagte Dr. Wald einmal zu meiner Mutter, offenbar in der Absicht, sie zu trösten. Ja, ja, dieser Dr. Wald, er war ein guter Arzt, auch ein guter Operateur, und weil Urologie sein besonderes Fach war, suchte ich ihn einstmals auf, in der Zeit nach der Armee, da ich unter Erektionsstörungen litt, das alles hat sich schnell wieder gegeben, war wohl eine Art psychischer Defekt, auch mein Bruder wurde bei ihm vorstellig, wenn ich das so sagen darf, und zwar aus demselben Grund, Erektionsstörungen, doch auch in seinem Fall war es nichts Ernstes, das heißt, ernst durchaus, wenn auch nicht von Dauer, irgendwie komisch, nicht wahr, die Voss-Söhne bei Dr. Wald, in der Bedrängnis, dass sie keinen mehr hoch kriegen, aber so war das. Fast täglich läuft mir Dr. Wald, inzwischen in Rente, über den Weg, oder vielmehr, er weicht mir aus, ohne zu grüßen, oder er grüßt so beiläufig, dass es nach einem Gruß gar nicht mehr aussieht, mir scheint, er hat Angst vor mir, ich glaube, es ist so, weil er mich verdächtigt, ich hätte ihn und seine Familie am Telefon bedroht, die nächste Kugel ist für dich, solchen Quatsch, na ja, er verdächtigt auch andere, aber er hat kein Gewissen, das ihn quält, kann ich mir nicht vorstellen, er hat lediglich Angst.

Mir ging es nicht gut, ganz und gar nicht, und da befiel mich die Idee, es beim Arbeitsamt in Marzahn zu versuchen, aber nicht als Arbeitssuchender wer weiß wo, sondern als Arbeitssuchender beim Arbeitsamt, ich sah ja, wie sie kaum nachkamen bei all dem Andrang, und tatsächlich, sie stellten mich ein, im Februar 91. Was da vor sich ging, hätte ich mir nie träumen lassen, Warteschlangen bis ins Treppenhaus, gehässiger Tumult, sobald sich einer der Angestellten auf dem Korridor zeigte, und es kam vor, dass die Tür zu meinem Büro aufsprang und einer brüllte, der Kühlschrank sei leer, er habe nichts mehr zu essen, er schlage jetzt, sofern er kein Geld bekomme, alles kurz und klein, und dann fing er an, die Akten herauszuziehen und auf den Boden zu knallen, ich verstand seine Wut, ich verstand sie nur zu gut, aber mulmig wurde es mir trotzdem, und so war ich erleichtert, als er sich allmählich beruhigte, ohne dass ich das Pfefferspray zu zücken brauchte, mit dem sie uns für den Notfall alle ausgerüstet hatten.

Eines Morgens las ich in der Bild-Zeitung die Schlagzeile: Stasi raus aus dem öffentlichen Dienst!, eine Hetzkampagne, zweifellos, sie gossen mutwillig Öl ins Feuer, damit der Hass lichterloh aufloderte, bei meinem Chef zum Beispiel, früher bei der Fahrschule, da riefen aufgeputschte Stimmen an von morgens bis abends und brüllten Stasi!, Stasi!, sie haben ihn sofort entlassen, und wenn ich in der Früh das Amt betrat, tuschelten welche, das ist auch so einer!, worauf mich Panik ergriff, als könnte ich ebenfalls vor die Tür gesetzt werden, okay, sagte ich mir, du warst zuständig für Sicherheit und Ordnung, aber ich hab ja nichts Krummes angestellt, ich hab keinem geschadet, und da läuft jetzt so ne Kampagne gegen alle, die irgendwie dabei waren, obwohl doch jeder selbst weiß, ob er sich etwas hat zuschulden kommen lassen oder nicht – ob er sich ducken muss. Genauso gut könnten sie behaupten, dass jeder, der Mitglied in der FDP ist, Kinder vergewaltigt, was für ein Blödsinn, in diesem Fall traut sich keiner mehr ohne Polizeischutz auf die Straße, doch viele von uns krochen wie gestaucht herum, mit tief gebogenem Kreuz, auch junge Menschen, ich sag dir, das ist die Hölle gewesen in Marzahn, und dann, fix und fertig, erlitt ich einen Nervenzusammenbruch, noch in der Klinik war ich mir sicher: sie verfolgen mich, sie wollen mir an den Kragen, und als ich einen der Ärzte ins Vertrauen zog und ihm einbläute, sie würden auf mich schießen, ließ er mich umgehend einweisen, ja, darauf schloss sich dann die Tür in meinem Rücken, was soll ich mehr dazu sagen, es ist wie ein Fluch, den du nicht abschütteln kannst, der Fluch, in der Schusslinie zu stehen, dein ganzer Kopf ist beherrscht davon, das wirst du nicht los.

Widerwillig nahm Hermann mich und meine Familie bei sich auf, er hatte sich einen Hof gekauft, den er nach und nach ausbauen wollte für Ferienwohnungen, leider wurde nichts daraus, und er musste das Gebäude, das er jahrelang gehegt hatte, wieder abstoßen, in jener Zeit aber verfügte er über Zimmer ohne Ende, und er hatte einen gut bezahlten Job, ein Glückspilz, ehe auch er vom Pech eingeholt wurde, jedenfalls bestand er darauf, nicht sofort, dann aber energisch, dass ich Miete bezahlte, wofür ich angesichts meiner misslichen Lage kein Verständnis aufbrachte, nein, ich weigerte mich schlichtweg, und dann entbrannte ein Krieg zwischen uns, Bruder gegen Bruder, bis er uns letztlich hinauswarf mit Sack und Pack. In den folgenden zehn Jahren wechselten wir kein Wort miteinander, mittlerweile hat sich das Verhältnis wieder entspannt. Ich glaube, ihm war gar nicht klar, was er mir und meiner Familie antat, er raubte uns das Zuhause, und wir waren gezwungen, uns in eine heruntergekommene Asibude zu flüchten, ich hatte nichts mehr, was mir gehörte, wir hingen völlig in der Luft, und mir fiel nichts anderes ein, als zu fressen wie ein Schwein, um wieder Gewicht zu haben, einen Standpunkt. Zwei Jahre später zogen wir hierher, in diese Wohnung, kurzzeitig jobbte ich als Betreuer in einer Behindertenwerkstatt, dann ließ ich mich umschulen, leider ohne Erfolg, ich stand stundenlang am Fenster und schaute hinaus, oder ich irrte umher wie ein Bekloppter, drinnen in der Wohnung oder draußen, ich griff nach jeder Autotür und prüfte, ob sie verschlossen war, wenn nicht, setzte ich mich hinein, ich setzte mich unaufhörlich in irgendwelche Autos und hoffte darauf, dass ich eines davon geschenkt bekam, ein Fall für die Klapsmühle, dort kam ich wieder zu mir. Erst im Jahr 2000, würde ich sagen, ging es langsam aufwärts, ich rang nicht vergeblich um ein bisschen Stabilität, mein Schicksal sind diese Tabletten, aber gut, ich kann damit leben, es ist nun mal so, bloß das Politische regt mich immer noch auf, manches bringt mich zur Weißglut, die Rechthaberei der Wessis, der ungebremste Elan, uns jeden Dreck überzustülpen, wie konnten sie unser Land nur so niederschlagen!, aber ich will fair bleiben, es gibt solche und solche, es gibt auch welche, die bestrebt sind, sich einzulassen auf das Land, das ja eine eigene Geschichte hat, und sie trachten danach, indem sie herumstochern im Müll, der die DDR gewesen ist, etwas Bemerkenswertes zu finden. Ja –

Eine verdammt kaputte Zeit liegt hinter uns. Die Leute waren drauf und dran, durchzudrehen. In den Jahren nach der

Wende haben sich im Landkreis mehrere Männer erhängt, weil sie spürten, dass es vorbei war für sie. Einmal las mich ein früherer Kumpel am Straßenrand auf, ich stieg, benommen von Tabletten, zu ihm ins Auto, und plötzlich zückte er ein Messer und drückte es mir an den Hals, du warst damals gegen mich, stieß er hervor, du hast mich abgefüllt mit Schnaps und furchtbar ausgelacht; nein, so war das nicht, stellte ich klar, immerfort auf die Klinge linsend, du hast mit Sigi gewettet, dass du die Flasche austrinkst, und als du völlig besoffen warst, war ich es, der dich auf dem Schlitten nach Hause gezogen hat; du lügst!, zischte er, und deshalb murks ich dich jetzt ab; so ging es eine Weile hin und her, ehe wir uns darauf einigten, zu Armin zu fahren, Armin Töthke, unserem damaligen Lehrer, damit dieser den Streit schlichte. Bei Armin zu Hause klärte sich das Missverständnis ohne Umschweife auf, aber kurz darauf fasste mich der Lehrer streng ins Auge und berichtete von den Drohanrufen bei Dr. Wald, so was tut man nicht, hörst du, schimpfte er, er hatte glatt angenommen, dass ich der Übeltäter sei, doch ich suchte ihn zu besänftigen.

Gedämpft durch Tabletten, habe ich nicht wirklich erfasst, wie sie hier reagierten auf den Tod von Paps, ich muss sagen, es hat mich auch keiner darauf angesprochen, und überhaupt, wer teilt schon das Leid mit einem anderen?, aber gut, ich habe ihn gefunden in der Garage, er lag da mit halbem Kopf auf dem Boden, aber auch diesen, seinen letzten Handgriff hat er, wenn ich es zynisch ausdrücken darf, sauber ausgeführt, der halbe Kopf nämlich war so auf den Boden gefallen, dass ich nicht hineinschauen konnte, das verbliebene Auge war offen, es starrte mich an.

Ich wurde verrückt.

Genauso gut hätte ich das Gewehr an mich reißen, mich ins Auto setzen und losfahren können, um das Schwein abzuknallen, da ich ja wusste, wie alles gekommen war, wer diese Tat ausgelöst hatte.

Aber nein, ich wurde verrückt.

Langsam schloss ich die Garagentür, und ich weiß noch, dass ich dachte: ach du Scheiße, was ist denn hier passiert?, ich lachte auf und lachte weiter, und dann stellten sich die Haare auf, als schwelle mir ein Kamm auf dem Kopf.

Frühe achtziger Jahre. Ungeachtet der Freuden am Strand fingen die Gäste an, an allem herumzunörgeln, geradeso, als hätten sie Anspruch auf sorglose Ferien, jenseits der üblichen Misslichkeiten in der DDR. Sie beschwerten sich über das enttäuschende Angebot in den Geschäften, sie beschwerten sich über exklusive Gaststätten und Ruhetage während der Hochsaison, und sie beschwerten sich über mangelhaften Service in jeglicher Hinsicht, ohne sich einsichtig zu zeigen vor den Nöten der Stadt. Denn dass Hotels und Gaststätten händeringend nach Arbeitskräften suchten, konnte jedermann erahnen, sofern er auch nur einen Blick auf die gehetzten Kellnerinnen und Kellner warf, das ständige Dahin und Dorthin, allenfalls gedämpft durch ein Lächeln, das sie sich, scheinbar unverdrossen, abrangen. Dabei war es vorherzusehen, dass nicht wenige von ihnen, darunter auch einige Köche, das Weite suchen würden nach diesem Sommer in S., der sie über die Maßen strapazierte. Aber die Gäste rümpften die Nase, es stinkt!, schimpften sie und beklagten den überquellenden Müll in Containern, der nicht rechtzeitig entsorgt worden war, und auf dem Campingplatz ekelten sie sich vor Schmutz und schmierigen Anlagen, insgeheim vor der Masse von Campern, die sich auf dem abgezirkelten Areal tummelten.

Im Krankenhaus hingegen fühlte sich die Belegschaft einigermaßen gewappnet vor dem Ansturm jedes Jahr, umso mehr, als sie sich durch Urlauberärzte verstärkt sah, die jeden Schmerz, auch jedes Wehwehchen, auf die Schnelle behandelten. Vor Jahren hatte Direktor Voss dem angrenzenden Stadtwald eigenmächtig einen Garten abgerungen, er ließ Bäume fällen hinterm Haus und von Pfeiler zu Pfeiler einen Zaun ziehen.

Wo hast du diese Pfeiler aufgetrieben?

Grenzpfeiler, sagte er, für gewöhnlich dienen sie dazu, die Grenze zu sichern.

Ach so, Grenzpfeiler.

Wenig später ließ er im Garten zwei kleine Bungalows errichten, mittels vorrätigen Materials, keine Bauten für die Ewigkeit. Doch dadurch konnte er den seinerzeit dringend benötigten Urlauberärzten eine Unterkunft gewähren, weshalb diese der Einladung nach S. auch anstandslos folgten; darüber hinaus nutzte er die Bungalows im Sinne der Tauschwirtschaft, du versorgst mich mit diesem oder jenem, und ich biete dir einen Monat lang Familienurlaub an der Ostsee; in der Regel klappte der Handel ganz gut, bloß einmal, da gab es Stunk, weil er, ausgerechnet in der Hochsaison, einen Bungalow vergeben hatte, mit der Folge, dass der angeheuerte Arzt mit einem unwirtlichen Zimmer vorliebnehmen musste; Voss vermochte das Dilemma nicht zu lösen, denn er hatte die Lieferung von Fliesen, für die Küchen im Krankenhaus und den Waschraum vor dem OP, nicht gefährden wollen.

Als er, noch in T-Shirt und kurzer Hose, beabsichtigte, sein Büro zu betreten, hielt ihn die Sekretärin zurück, sie legte einen Finger auf ihre Lippen und flüsterte: das Zimmer ist besetzt, Schwester Dolores wird verhört.

Was heißt hier besetzt?, wieso verhört?

Keine Ahnung, sie sind gekommen, um ihr ein paar Fragen zu stellen.

In meinem Büro?

Schwester Dolores hat sich geweigert, das Haus zu verlassen. Ohne dein Einverständnis würde sie sich nicht von der Stelle bewegen.

Das wäre ja noch schöner, höhnte Friedrich Voss, wer sind denn, wenn ich fragen darf, diese Leute, die sich in meinem Büro einzunisten belieben?

Von der üblen Sorte, entfuhr es der Sekretärin.

Aha, sagte Voss und stürzte hinein.

Alle starrten ihn an, zwei Herren mittleren Alters und Dolores, die Anstalten machte aufzustehen, dann aber sitzen blieb. Der eine hatte es sich hinterm Schreibtisch bequem gemacht, der andere stand reglos im Zimmer, geradeso als sei er auf frischer Tat ertappt worden.

Hätten die Herren die Freundlichkeit, mir zu erklären, was Ihnen das Recht gibt, mein Büro in Beschlag zu nehmen?

Ohne zu zögern (oder gar sich zu räuspern), antwortete der Herr am Schreibtisch: leider müssen wir der Kollegin ein paar Fragen –

Sie müssen gar nichts, unterbrach ihn Voss, und schon gar nicht in meinem Büro. Nicht in meinem Haus!

Ja gut, in Ordnung, aber die Kollegin erwies sich als derart widerspenstig, dass sie nicht dazu zu bewegen war, mitzukommen.

Das hat sie gut gemacht, sagte Voss, denn es ist ihre Pflicht, hier zu sein, in wenigen Minuten beginnt die erste Operation, sie ist meine rechte Hand, sie ist unabkömmlich.

Leider müssen Sie –

Ich muss gar nichts. Was soll der Aufstand? Hätten Sie die Güte, mich ins Bild zu setzen?

Dolores sagte: es geht um meine Gruppe in der Kirche, sie haben die Friedensgruppe im Visier.

So, so, die Friedensgruppe, knirschte Voss, seien Sie froh, dass sich überhaupt jemand um den Frieden kümmert, darf ich fragen, was Sie für den Frieden tun?, das zumindest wäre eine Arbeit, die uns allen nützt.

So einfach ist es nicht, sagte der andere im Stehen.

Aha, es ist also kompliziert, warum denn?

Wenn Sie uns jetzt mit der Kollegin allein lassen würden –

Geräuschvoll zog Voss Luft durch die Nase: ich bitte Sie, mein Büro zu verlassen, und zwar auf der Stelle.

Dann sehen wir uns gezwungen, die Kollegin andernorts zu befragen.

Ausgeschlossen, Schwester Dolores wird mich in den OP begleiten.

Hören Sie, sagte der Herr hinterm Schreibtisch und stand gebieterisch auf, Sie wissen ja nicht, was Sie reden, diese Person kommt jetzt mit uns, das ist ein Befehl.

Darauf versteht ihr euch, hm?, spottete Voss, ein bisschen einschüchtern, ein bisschen drohen und zu guter Letzt der hohe Befehl.

Ich habe es nicht nötig, mich von Ihnen belehren zu lassen.

Sie irren sich, sagte Voss.

Der eine gab dem anderen ein Zeichen, sodass dieser nach den Armen von Dolores griff und sie mit Gewalt vom Stuhl zerrte; Dolores schrie auf.

Es reicht!, brüllte Voss, und dann rief er sich eine Telefonnummer ins Gedächtnis und sagte sie, ohne zu stocken, auf.

Die Herren hielten vor Schreck den Atem an.

Wenn das so ist, sagte der eine, wenn das so ist, dann guten Tag. Damit gingen sie hinaus.

Puh, stöhnte Dolores, was war das für eine Nummer?

Egal, meinte Voss, immerhin sind wir sie los.

Im Vorzimmer küsste ihn Dolores auf die Wange und hauchte: danke. Aus der Ecke vernahmen sie ein Seufzen, dann fragte die Sekretärin: sehen wir uns heute Abend?

Tut mir leid, entschuldigte sich Friedrich, heute Abend geht es nicht.

Oktober 1984. Eines nach dem anderen plätscherten die Referate dahin, teils illustriert durch auf Folien gebannte Schaubilder, die sich mittels eines Projektors groß auf die Leinwand werfen ließen, keiner überzog die für ihn vorgesehene Redezeit, alles lief nach Plan, auch die Fragen schossen nie über die einkalkulierte Spanne hinaus. Es war ein grauer Tag in Wien, und der Kongress gefiel sich im Kreis der Experten. Nach jedem Vortrag applaudierten sie höflich, schon deshalb, weil sich jeder Einzelne einen ebenso höflichen Applaus erhoffte. Voss griff auf Thesen zurück, die er unlängst an der Universität Rostock vorgestellt hatte, er sprach klar und routiniert, ohne dass er sich ins Umständliche verfranzt hätte, und so klatschten sie Beifall in der Überzeugung, etwas erfahren zu haben, das zu wissen sich lohnte (während sie sich allenfalls insgeheim darüber verwundert zeigten, dass sich auch die Medizin der DDR wissenschaftlich zu begründen suchte). Unabhängig davon überkam Voss ein vages Unbehagen, er las in den Gesichtern nicht nur gastfreundschaftliche Neugier, sondern auch, wenn auch nur dann und wann, kaum verhohlenes Misstrauen; die Delegation, der er angehörte, schien auf vertrackte Weise isoliert, in den Pausen blieben sie zumeist unter sich, und Voss selbst sah sich nicht veranlasst, auf die andere Seite zuzugehen, ebenso wenig wie jeder andere in seiner Gruppe. Am Abend gab es für alle einen Empfang im Prunksaal der Nationalbibliothek.

Unerwartet kurz fasste sich der Wiener Professor, dessen Einladung sie gefolgt waren, er trat ans Mikrofon und sagte nicht viel mehr, als dass sie sich gut unterhalten sollten, gut trinken und gut essen, wobei er sich aus unerfindlichen Gründen hütete, das Buffet zu eröffnen, weshalb die Versammelten, da und dort an Stehtischen oder sonst wo im barocken Saal, weiterhin mit Sekt oder Sektorange oder einem süßlichen Aperitif vorliebnehmen mussten. Unter bestrahlten Deckenfresken bewegte sich eine schwer überschaubare Gesellschaft, merklich herausgeputzt und entschlossen, sich zu amüsieren, die Kongressteilnehmer waren in Begleitung ihrer Ehefrauen erschienen, die raren Teilnehmerinnen traten im Bund mit ihren Ehemännern auf, bloß die Delegation der DDR entbehrte ihres Anhangs, weil ohne diesen auf die Reise geschickt; der Wiener Professor schüttelte, jeweils ein paar Worte wechselnd, eine Hand nach der anderen, auch die Chefhand des Kollegen aus der DDR, gleichfalls Professor, und zwar an der Charité, beide im Mitteloval vor der Statue des Imperators. Voss traute seinen Augen nicht, als der Wiener Professor, sich bereits abwendend, dem Berliner kumpelhaft (und offenbar aufmunternd) auf die Schulter klopfte.

Unterdessen hatte sich ihm eine Dame genähert, sie reichte ihm ihre Hand wie zum Handkuss, aber der Eindruck mochte, leichtfertig eingebildet, täuschen.

Wie gefällt Ihnen Wien?, fragte sie, langsam und zerdehnt, nach Art einer Wienerin.

Gut, sagte Voss, sehr gut, obwohl er noch nichts gesehen hatte von der Stadt.

Wien ist Scheiße. (Voss lachte, weil er ihre Äußerung nicht zu deuten wusste.)

Ha!, Sie spotten, schmunzelte sie, kann es sein, dass Sie ein bisschen überheblich sind, ein bisschen arrogant? Das gefällt mir. Woher kommen Sie?

Nein, nein, ich mach mich bestimmt nicht lustig über Ihre Stadt, wie könnte ich? (Er schielte aufs Buffet, dann schweifte sein Blick über die Gesellschaft, und er war erleichtert, dass er keine Brille trug, keine von diesen dicken Hornbrillen seiner Delegation, die vereinzelt hervorstachen, schließlich sah er ihr ins Gesicht.)

Na, sagen Sie schon.

Von der Küste, sagte Voss, von der Ostsee.

Oh, wie schön. Kiel? Flensburg?

Voss zögerte eine Sekunde, dann stieß er hervor: ich komme aus der DDR.

Ach Sie Ärmster. (Sie gluckste mehrmals.)

Versteh ich nicht, scherzte Voss, was soll so schlimm daran sein?

Hören Sie, mein Lieber, da muss Wien für Sie ja ausschaun wie das Paradies.

(Voss sagte nichts.)

Aber Wien ist Scheiße, sagte sie, lassen Sie sich nichts vorgaukeln.

Darauf tippte sie ihm auf die Nasenspitze und zog, sich elegant entziehend, weiter.

Voss blickte ihr nach, länger, als es sich schickte, und dann überkam ihn eine jähe Sympathie für die Hornbrille, wo immer er eine entdeckte, für ihre Prägnanz, die sich gegen die schicken Metallbrillen, wenigstens nach seinem Ermessen, tapfer behauptete. Mitten im Getümmel stand der Professor von der Charité Rede und Antwort, er ließ sich ein auf sämtliche Fragen, die zu stellen ein junger Journalist nicht müde wurde. Nach dem Interview ging der Professor eilends hinaus, wohingegen der Rest der Delegation sich rund um zwei Stehtische gruppierte.

Sie waren wieder unter sich.

Ich bin enttäuscht, bekannte Wald, ich dachte, Sie zögen die gnädige Frau in unsere Runde, sie würde uns schmücken, nicht wahr?, uns graue Männer aus dem Gelobten Land.

Gnädige Frau, gnädige Frau, äffte Voss.

Ja, so sind sie, die Wiener.

Voss sagte: Wien ist Scheiße.

Scheiße hab ich nicht gehört, empörte sich Wald und lachte; die anderen lachten mit.

Dafür, dass Peter Wald die Delegation begleiten durfte, hatte Voss sich starkgemacht, zumal er sich leicht vorstellen konnte, wie viel dem jüngeren Kollegen ein solcher Auftritt bedeutete, Luft schnuppern auf dem internationalen Parkett. Ihm selbst hingegen lag wenig daran, er reiste selten, und wenn, dann notgedrungen; er fühlte sich in S. verwurzelt, und er scheute sich vor unbekanntem Terrain, womöglich in der Sorge, sein in S. unangefochtener Rang könnte andernorts unbemerkt bleiben. Aber darüber redete er nicht, darüber redeten höchstens die anderen.

Das Buffet ist wohl nur zum Anschauen da.

(Alle pflichteten bei, so als hätten sie die ganze Zeit an nichts anderes gedacht.)

Gehe ich recht in der Annahme, dass auch Ihnen das Wasser im Mund zusammenläuft?

(Geziert gesprochen, dachte Voss.)

Ich hab Appetit, ja, sagte der Kollege aus Leipzig, wie soll ich mir von den paar Westkröten ein Abendessen leisten?

Muss ja noch Geld für Geschenke bleiben.

(Etwas Schönes für Carola, dachte Voss, etwas aus Wien.)

Kurzzeitig verstummte das Gespräch, und alle lauerten darauf, dass sie sich bedienen konnten; aber es tat sich nichts. Schon kam es ihnen vor, als würde die ganze Gesellschaft verhöhnt, selbst wenn es nur einer Unachtsamkeit geschuldet war; der Wiener Professor hatte schlicht vergessen, die Gäste an die Tafel zu bitten. In diesem Augenblick stürzte der Delegationsleiter zurück in den Saal und begab sich umgehend ans Buffet, geradeso als gelte es, bereits Geschehenes nachzuholen, und niemand hinderte ihn daran, sich dies und das auf den Teller zu legen, im Gegenteil, jeder sah sich aufgefordert, es ihm gleichzutun, und so bildete sich schnell eine Schlange. Voss war keinesfalls erstaunt darüber, dass seine Kollegen mit überbordenden Tellern an die Stehtische zurückkehrten und sich die eine oder andere Stulle mit Servietten umwickelten, um sie ins Hotel mitnehmen zu können. Er machte es genauso.

Ende 2007. Wo steckt Maria?

In Polen, sagte Hermann, mitsamt den Kindern, Marias Mutter hat ein Haus in Stettin, und wir fahren sie alle paar Wochen besuchen, immer mal raus hier, ich bin gern in Polen, und eines Tages ziehen wir vielleicht mit Kind und Kegel dorthin, aber davon träumen wir schon seit Jahren, kann also gut sein, dass ich gar nicht fortwill von hier, wie auch immer, diese Ausflüge möchte ich nicht missen, und nur weil du angekündigt hast zu kommen, bin ich diesmal zu Hause geblieben, du bist ja nicht mehr so oft in der Gegend.

Ein-, zweimal im Jahr, entgegnete Hannes.

Nicht mehr so oft.

Viel zu tun.

Vermisst du unser Städtchen überhaupt nicht?

Ich bin jedes Mal gern auf Besuch.

Na ja, ich meine, kannst du dir nicht vorstellen, wieder hier zu leben?

Nee, wie das denn? Bin schon zu lange fort, und es geht mir ja gut dort in Köln, hab mich eingelebt, es läuft. Wie du weißt, hab ich mein Herz ans Theater verloren, wo sollte ich arbeiten in S.?, niemand da, der mich bräuchte.

Lass uns eine Firma gründen, irgendwas Tolles.

Das musst du selbst auf die Beine stellen.

Nicht ganz einfach im Augenblick, aber mir wird schon was einfallen. Sie haben noch mit mir zu rechnen.

(Hermann brach in irres Gelächter aus.)

Dann sagte Hannes: schade, ich hätte Maria gern gesehen, sie ist eine von den Frauen, die du ansiehst, und schon fühlst du dich besser, wie versöhnt mit dem Leben, sie verbreitet so ne Stimmung, der du dich gerne hingibst, ich weiß nicht, wie ich sagen soll –

Sag nichts, ich weiß, was du meinst.

Gut, also nichts.

Sie ist, was du nicht suchen, nur finden kannst.

Klingt mir zu gedrechselt.

Ist aber so.

Gut, ist so, da kann ich nicht mithalten.

Hast du keine Geschichte auf Lager?

Geschichten gibt es immer. Wenn du eine hören willst, dann erzähle ich dir die mit der Schauspielerin, seit Kurzem bei uns im Ensemble, ich war, ehrlich gesagt, sofort auf sie scharf, ich schlug ihr dieses vor und jenes, aber leider, sie hatte stets schon etwas vor (oder keine Lust, mich zu treffen), eines Abends lädt sie mich dann tatsächlich zu sich nach Hause ein, dieses zarte, unglaublich sinnliche Geschöpf, SMS und bums!, steh ich vor ihrer Tür, sie hat sogar Spaghetti gekocht mit einer Soße wie beim Italiener, dazu süffigen Rotwein, alles vom

Feinsten, wir schäkern ein bisschen miteinander, und plötzlich küsst sie mich auf den Mund, ich bin schon drauf und dran, das Geschirr wegzuräumen und sie auf dem Küchentisch zu vögeln, da aber fragt sie, ob es mich stören würde, wenn sie sich andere Klamotten anzöge, nee, wieso? (wieso andere Klamotten?), und während sie sich also umzieht, benutze ich ihr Badezimmer, stell dir vor, da sind sämtliche Wände, die Tür sowieso, beklebt mit Fotos von nackten oder halbnackten Frauen, verschnürt und gefesselt, die meisten auf den Knien, die Hände im Rücken verknotet und am Strick nach oben gezogen, dicke Titten, wohin du auch blickst, einmal eine haarige, männliche Hand, die das Kinn einer Brünetten forsch umfasst, um ihr ein hündisches Winseln zu entlocken, jedenfalls nach meinem Eindruck. Im Schlafzimmer sah es nicht anders aus, dieselben Motive, aber vergrößert, auch Ausschnitte, ein rot bemalter, weit geöffneter Mund, eine in Riemen gequetschte Titte, wo bin ich nur gelandet? Sie empfängt mich in einer Lederkorsage, in Strapsen, aber bereits ohne Höschen, alles penibel rasiert, sie sieht gut aus (ich bin ja nicht so leicht einzuschüchtern), sie sagt, sie stehe eigentlich auf Frauen, aber nicht ausschließlich, heute würde sie eine Ausnahme machen, zieh dich aus, Hannes, befiehlt sie mir in gar nicht zimperlichem Ton, und ich bin noch so frei, dass ich ihr anbiete, sie zu fesseln, aber da lacht sie nur trocken, wie die Hexe in einem schlechten Märchen, sie spiele nie das Opfer, klärt sie mich auf, sie spiele die Herrin, und sofern ich etwas von ihr erwarte, müsse ich mich ihr fügen wie eine willig geknechtete Frau, ich werde dich ans Bett ketten, Hannes, und wenn du nicht tust, was ich von dir verlange, dann setzt es Schläge.

Und? Hat sie dich geschlagen?

Offen gestanden, ja. Sie zog mir mehrmals eins über, mit einem Kabel, das sie vorher aus dem Computer stöpselte.

Und du hast dich nicht gewehrt?

Wie kommst du darauf? Ich konnte mich ja nicht mehr bewegen. Leider bestieg sie mich dann nicht einmal, das war das eigentlich Enttäuschende, wozu also der ganze Firlefanz?, immerhin hat sie ihn mir gelutscht, die schmerzhafteste Lutscherin, die ich je erlebt habe.

Das war es dann wohl.

So gut wie. Ich hab sie noch, aus purer Neugier, in einen Bondage-Club begleitet, aber da tummelten sich zu viele Frauen, das machte sie nervös, und ich hatte nichts mehr zu melden.

(Hermann kicherte.)

Ja, ja, lach nur, solche Spielchen musst du nicht über dich ergehen lassen.

Hör mal, Hannes, Maria und ich, wir spielen unentwegt miteinander, wie sonst würde die Lust überleben? Ich habe Lust auf sie jeden Tag, und sie hat Lust auf mich.

(Hannes starrte ihn an.)

Es gefällt mir, dass du sprachlos bist.

Nein, find ich gut.

In der Regel ist es umgekehrt.

Ich hab dich noch nie sprachlos gesehen.

Als du damals abhautest, Hannes, Hals über Kopf, da habe ich, glaube ich, auf Anhieb begriffen, weshalb du es tatest, du hattest zu viel gelesen, als dass es dich noch gehalten hätte in diesem kleinen, spießigen Land, dein Vater, der Ärmste, ist fast zerbrochen daran, ich aber habe dich verstanden, genau so hat es kommen müssen, und trotzdem hast du mich enttäuscht, und zwar deshalb, weil du mich nicht ins Vertrauen gezogen hast, schließlich war ich damals dein bester Freund, du hast mich aber nicht eingeweiht in deine Pläne, erklär mir das, bitte.

Darüber haben wir nie ein Wort verloren.

Deshalb reden wir jetzt darüber.

Ich wollte dich damals nicht damit belasten.

Ach so, Freundschaft in guten Zeiten ist gut, in schlechten Zeiten schlecht; wenn es brenzlig wird, handelt jeder für sich.

So war das nicht gemeint, ich wollte dich nicht gefährden, ebenso wenig, wie ich mich selbst gefährden wollte.

Warum hast du mir misstraut?

Ich habe dir nicht misstraut, niemals.

(Sie schwiegen.)

In der Kellerkneipe erklang das Gespaße eines Kabarettisten, deutlich hörbar, sodass sie den Eindruck hatten, der Künstler gebe leibhaftig eine Darbietung, nebenan an der Bar. Aber sie waren mit der Nummer vertraut, sie wussten, dass sich der Wirt, die Lippen synchron bewegend zum Sketch auf einer CD, in seiner vorzüglichsten Marotte erging. Sie sahen einander an, dann klatschten sie hingerissen in die Hände.

Die achtziger Jahre nach Armin Töthke. Gerade noch Lehrer, und schon kein Lehrer mehr, so abrupt verkehrten sich die Dinge in unserem Land, da rieb ich mir oftmals die Augen, aber wozu?, besser, ich akzeptierte, als dass ich rebellierte, es hätte sowieso nichts genützt, ich schickte mich also in mein Los, dabei bin ich gern Lehrer gewesen, selbst unter widrigen Umständen, zumal Lehrer in Kunst, ich bildete mir ein, meinen Schülern einiges beibringen zu können, nicht, dass ich sie alle zu großen Malern ausgebildet hätte, nein, aber dass ich (oder vielmehr die Kunst) sie sehen lehrte, und sei es nur, dass sie anfingen, ihren Augen zu trauen, denn eine scharfe Wahrnehmung schult den Blick für die Wahrheit im eigenen Kopf, sodass auch die Erkenntnis nicht weit ist, dass es eine allgemeine Wahrheit nicht gibt, dass die Wahrheitsprediger uns, solange wir nur scharf genug hinsehen, nichts vormachen können. Tust du einen Schritt nach links oder einen Schritt nach rechts, egal, wohin du dich begibst, so wird dir die Welt nicht nur anders erscheinen, sie ist in Wahrheit auch eine andere Welt.

1981 ging eine Liste von Hand zu Hand, und jeder grübelte darüber nach, ob es ratsam war zu unterschreiben oder nicht, ich jedenfalls zermarterte mir nicht den Kopf, ob ja, ob nein, ich unterschrieb auf der Stelle zugunsten der polnischen Solidarność, und damit war ich geliefert. Wie gesagt, plötzlich verkehrte sich alles, und alles stand gegen mich. Nie zuvor hatte ich so einen Druck verspürt, seitens der Schulleitung, seitens der Kollegen, sie forderten mich nachdrücklich auf, die Unterschrift zurückzuziehen, aber in diesem Fall hätte ich mich selbst verraten, überdies wider besseres Wissen, ich war mir im Klaren, dass ich solch einen Schritt nicht über mich brächte, und so weigerte ich mich unaufgeregt, aber standhaft, mit der Folge, dass ich kurz darauf gehen musste.

Aber es lief nicht schlecht für mich, auch wenn es, von außen betrachtet, so erscheinen mochte, ich wurde Dachdecker, sogar Meister in der Kunst des Dachdeckens, ich hatte das Glück, dass mich ein privater Betrieb gebrauchen konnte, privat, das war von Vorteil, weil meine Kaderakte nicht vonnöten war, sie hätte wohl jeden rechtschaffenen Bürger der DDR erschreckt und so auch von einer Anstellung zurückschrecken lassen, von Anfang an verdiente ich mehr, als ich als Lehrer je verdient hatte, ich war versucht, mir abermals die Augen zu reiben, aber wozu?, später beauftragte mich der FDGB, eine Truppe von Dachdeckern aufzubauen, klar doch, hab ich gemacht, es ging darum, nicht weniger als fünfzig Ferienheime in

Schuss zu halten, wir bekamen allerhand zu tun, und dann hagelte es Prämien für jede außergewöhnliche Leistung (die so außergewöhnlich nun auch wieder nicht war), jedenfalls heimsten wir sie ohne großes Aufhebens ein.

Leider kriselte es dann in meiner Ehe, na ja, das kommt vor, was soll ich viel dazu sagen?, vielleicht sage ich mal: das kommt in den besten Familien vor, aber das ist auch nur Geschwätz, dazu angetan, alle Fragen vom Tisch zu wischen. Ich bin romantisch veranlagt, und deshalb frage ich mich bis heute, ob die Liebe in das Gehäuse der Ehe passt, offen gesagt, eher nicht, weil die Liebe das Schweifen und die Sehnsucht braucht, und alles, was in der Regel aufgeboten wird, um sie einzuhegen, bringt sie am Ende um. Vom Wesen her ist das Ungestüm der Liebe nicht einzudämmen. Ja, es kann gut sein, dass sich die Gesten der Zuneigung allzu sehr eingeschliffen hatten in meiner Ehe, so sehr, dass sie als solche schon nicht mehr zu erkennen waren, tatsächlich rechneten wir nicht mehr mit größeren Überraschungen; in diesem trügerischen Gefühl von Sicherheit und Verlässlichkeit wird es der Liebe fad, und sie sucht, wenn sie noch lebt, durch die Ritzen im Verschlag zu entkommen, wohin, das spielt keine Rolle. Obwohl ich mich darüber lang und breit und notfalls auch in erlesener Manier auslassen kann, hat es mich kalt erwischt. Meine Frau verstrickte sich in eine Affäre mit einem Intellektuellen aus der Bezirksstadt, obendrein mit Doktortitel, und sie vergaß nie, wenn sie von ihm sprach, diesen Titel zu erwähnen, sie sprach von Doktor Horn, so lange, bis ich jedes Mal hämisch auflachte, und sie lachte mit. Dessen ungeachtet ließ sie keinen Zweifel daran, dass sie ihren Gefühlen auf den Grund gehen wollte, und damit meinte sie ihre Gefühle für Doktor Horn; wieder schickte ich mich in mein Los, was hätte ich auch anderes tun sollen?, wir lebten weiter zusammen, aber in gebührendem Abstand, das heißt, ab und an schliefen wir noch miteinander, und wenn ich heute daran denke, dann war es der leidenschaftlichste Sex mit meiner Frau, seltsam auf der Kippe, als geschehe das alles zum letzten Mal. Längst ist sie wieder an meiner Seite, die Affäre entpuppte sich als Verirrung, der Doktor fickte sie eben gern, das kommt vor, aber er ließ keinerlei Ehrgeiz erkennen, sie für sich zu gewinnen, gar sein Leben mit ihr zu teilen, und davon zeigte sich meine Frau, die anderes gewohnt war, über die Maßen enttäuscht. Doch ich greife vor. Als meine Ehe nicht nur kriselte, sondern auch zu scheitern drohte, sah ich mich nach Arbeit um in Berlin, und früher als erhofft fand ich eine, zunächst in den Rathauspassagen; ich fuhr nur noch dann und wann nach Hause, vielleicht jedes zweite Wochenende, ich bedrängte meine Frau so wenig wie möglich – sollte sie sehen, wohin alles führte.

Emsig darauf aus, meine Kenntnisse anzureichern, wurde ich in Berlin zum Industriemeister befördert. In den Jahren '88 und '89 durfte ich mich sogar Bauleitender Meister nennen, und zwar in Hinsicht auf das Wirtschaftsgebäude des Schauspielhauses, so hieß das Konzerthaus damals noch. Damit brach eine neue Zeit für mich an. Ich sah Leonard Bernstein das Orchester dirigieren, ich ging ins Berliner Ensemble, in die Distel, schloss Bekanntschaft mit Studenten und geriet in den Dunstkreis der Umweltbibliothek, dort hielt ich mich zunehmend auf, schrieb meine ersten Texte, Nachdenken über Sozialismus zum Beispiel, durchaus ernst gemeint; zeitweilig erfüllte mich das Schreiben in hohem Maße, das Malen hingegen gab ich mehr oder minder auf, da meine Hand schwer und ungelenk geworden war von der Arbeit auf dem Bau. Unverhofft sah ich mich in die Lage versetzt, ein Publikum anzusprechen, Leser, die Lust hatten zu diskutieren, zwar war der Kreis überschaubar, aber mithilfe des Vervielfältigungsgeräts in der Umweltbibliothek im Wachsen begriffen. Einmal, reiner Zufall, lernte ich in einem Café einen Professor aus Leipzig kennen, und er überschlug sich fast vor Begeisterung, Bauarbeiter und Dichter in einer Person, na so was.

Im Lauf des Jahres '89 spitzten sich die Dinge zu, auch wir auf dem Bau gerieten in den Sog der Ereignisse, schon allein deshalb, weil uns junge Arbeiter abhanden kamen, von einem Tag auf den anderen, erst stänkerten sie bloß an allem und jedem herum, dann, eines Tages, waren sie weg, ohne Gruß zum Abschied. Wir verloren zehn bis zwölf Kräfte, die nach Prag und dort in die Botschaft der Bundesrepublik flüchteten, später reisten sie, eingepfercht in einem Zug, in den Westen aus. Ich verstand ihren Unmut, den ganzen Frust, die Jungen sagten sich, lasst uns gehen, hier wird sich so schnell nichts verbessern für uns, während die Älteren, also auch ich, immerfort zögerten, sie brachten diesen Mut nicht auf, da längst, und sei es widerwillig, eingebunden in die DDR, sie hatten Familie, sie hatten ein Häuschen, und sie hatten Arbeit, sie verfügten über Rentenansprüche, und sie hatten eine Bestellung laufen für einen fabrikneuen Trabi. Die Älteren hielten sich zurück, übten sich in scheuer Sympathie, vielleicht sogar in Ermunterung, aber von der Bewegung wurden sie nicht erfasst, jedenfalls nicht vor Oktober.

Ihr da, stellt sofort das Radio ab, habt ihr nicht gehört?

Diese Stimme hab ich noch gut im Ohr, scharf und unduldsam, im Ton eines Kommandeurs; sie gehörte dem Oberbauleiter, der in Stiefeln herbeistapfte.

Da ist wieder RIAS eingestellt, Propaganda, alles Lüge.

Sag mal, tickst du noch richtig?, fuhr ich ihn an, hier reißt du das Maul auf, und zu Hause glotzt du dann, bei Bier und Bratkartoffeln, Westfernsehen, damit du weißt, was los ist in der Welt.

Vor dem Parteisekretär rechtfertigte ich mich gar nicht erst, ich hätte es niemandem verboten, dass er Radio hörte, egal welchen Sender.

Das ist Ihr Fehler, Herr Töthke, Sie nehmen alles auf die leichte Schulter, das geht nicht lange gut.

Na, hören Sie mal, hier laufen in Scharen die Leute davon, ich weiß nicht mehr ein noch aus, weil es mir an Arbeitern mangelt, und Sie wollen mir beibringen, wann ich das Radio ein- und wann ich es auszuschalten habe.

Ihre Haltung ist eines sozialistischen Meisters absolut unwürdig.

Pah!, in welchem Film spielen Sie denn?

Es war Anfang Oktober, und ich traf die Entscheidung, den Bettel hinzuschmeißen, ich hatte die Schnauze voll und nahm den nächsten Zug nach Hause. Eins griff ins andere, geradeso, als hätte sich ein seit Langem rastlos und für sich selbst kreisendes Rädchen plötzlich eingehakt zwischen die Zähne eines zweiten Rädchens und so den Mechanismus in Gang gesetzt. Anderntags begegnete ich dem Pastor auf der Straße, und wir tauschten uns rasch über das Nötigste aus, wir spürten, dass die Zeit des Wartens vorbei war – dass wir handeln mussten. Ein paar Tage darauf gründeten wir in S. das Neue Forum.

Januar 1975. Als Carola, vom Einkaufen zurück, das Haus betrat, war Friedrich schon da; er lümmelte ausdrücklich lässig auf dem Sofa und blätterte in einer Frauenzeitschrift (er täuscht diese Lässigkeit nur vor, argwöhnte sie, meine Sibylle hat ihn noch nie interessiert, das Blättchen verrät ihn), er nuschelte irgendwas, ohne ihr einen Blick zu schenken (dass er so früh da ist, verheißt nichts Gutes), sie setzte den Beutel ab und fing an, die Waren im Schrank zu verstauen, die Kinder, rief sie, sind alle ausgeflogen, sie hielt inne und lauschte, dann spähte sie vorsichtig um die Ecke: keiner da außer uns beiden. Friedrich brummte mürrisch; anstatt zu antworten, schleuderte er die Zeitschrift auf den Tisch (jetzt geht es gleich los, bangte sie, sich an den morgendlichen Streit erinnernd, er war wutschnaubend hinausgestürzt), hast du schon etwas gegessen? Er schüttelte unwillig den Kopf. Es dämmerte, ein ganzer Tag war verstrichen, der Streit hätte sich, wäre es nach ihr gegangen, gerne in Luft auflösen können, aber das zu hoffen, wagte sie nicht einmal still für sich, es wäre vermessen, denn wenn sie ehrlich war, hatte sie das Gezanke nicht weniger zerrüttet als ihn, so sehr, dass sie in Gedanken nach verstreuten Fetzen griff, um sie, obgleich vergeblich, zusammenzufügen. Natürlich hatte sie mit Friedrichs Aufbrausen gerechnet, dazu brauchte sie keine Hellseherin zu sein, doch für gewöhnlich legte sich sein jäher Zorn ohne langes Fackeln. (Hätte er nicht allen Grund, mir etwas nachzusehen, das ihm nachzusehen ich unzählige Male, unentwegt mich selbst verleugnend, fertigbrachte?)

Sie sagte: Werner lässt dich grüßen.

Friedrich brummte wieder, schroff und kantig.

Es beunruhigte sie, dass er sich keine Zigarette ansteckte (er ist wüst entschlossen, sich nicht zu besänftigen), der Aschenbecher glänzte wie geleckt.

Also, ich hätte Lust auf Wildsuppe, stieß Carola, vorgeschützt vergnügt, hervor; sie wusste, wie sehr ihm Wildsuppe schmeckte.

Er sagte: ich habe ihm einen Brief geschrieben.

Wem denn? (Carola stellte sich naiv.)

Ich habe ihm drei Seiten mit der Hand geschrieben und –

Das hast du nicht!

Und meine Sekretärin hat sie abgetippt. Der Brief ist schon weg mit der Post.

Bist du noch bei Verstand?

Der Kerl wird dich nie wieder belästigen.

Sag mal, hast du sie noch alle? Wie kommst du dazu, ihm einen Brief zu schreiben? Bist du mein Vormund? Hast du ihm gedroht, ihn eingeschüchtert? Was bist du nur für ein Scheusal! Und dann lässt du diesen Brief von deiner Vorzimmerglucke abtippen, das ist wirklich der Gipfel!

Dieser Brief wird deinen feurigen Bulgaren zur Vernunft bringen.

Sie fächelte sich Luft zu mit der Hand, und dass sie nicht sogleich aus der Haut fuhr, lag einzig und allein daran, dass die Erwähnung des Bulgaren Eindrücke aufblitzen ließ, die sie kurzzeitig versöhnlich stimmten (Spaziergänge am Strand, dieser schöne, elegante Mann, der erste scheue Kuss, Hotel, Hitze, Schweiß, Liebe am Nachmittag).

Friedrich sagte: du bist meine Frau, und ich dulde es nicht, dass du dich in die Arme eines x-beliebigen Stechers wirfst.

Ich schlafe, mit wem ich will!

Darauf versetzte er ihr eine schallende Ohrfeige, und er stieß sie mit Gewalt in die Küche, sodass sie gegen die Anrichte taumelte und, beim Versuch, sich abzustützen, die Milchflasche vom Tisch fegte, sodass diese auf dem Boden zersplitterte, der sich im Nu mit einer weißen Lache überzog. Grob fuhr ihr Friedrich mit der Hand in den Nacken und drückte sie auf die Knie, leck das auf!, zischte er, leck die Milch auf, mein Kätzchen.

Nein! Nein! Ich will nicht!

Leck das auf!

Er presste ihr sein Knie in den Rücken.

Lass mich los, ich krieg keine Luft!

Schön auflecken, wiederholte er ruhig, doch ehe er von ihr abließ, stieß er ihr das Gesicht in die Milchpfütze, dass sie aufheulte. Friedrich wankte zurück und besah sich, was er angerichtet hatte. Es tut mir leid. Er sah, wie Carola wimmernd auf dem Boden kauerte und sich weigerte, ihr Gesicht zu heben. Verzeih mir. Bitte steh jetzt auf. Er machte Anstalten, ihr aufzuhelfen.

Fass mich nicht an!

Langsam, sehr langsam rappelte sie sich auf, ohne ihn anzusehen, sie musterte den Boden zu ihren Füßen, dann flog ihr Blick aufs Fenster, nichts, alles dunkel, wo bleiben die Kinder?, sie wischte sich übers Gesicht, wischte sich die feuchten Hände, ihre Wange brannte (du hast mich geschlagen), dann aber ballte sie eine Faust, drehte sich um und schlug Friedrich mitten ins Gesicht. Er schrie vor Schmerz, aber seine Hand war schnell genug, um ihr noch eine Ohrfeige zu verpassen.

Du Scheusal!

Sie stürzte sich auf ihn, schlagend, tretend, kratzend, sie biss ihm in die Hand, und er zog sie an den Haaren, um sie kurz darauf, mit aller Kraft, gegen den Kühlschrank zu schleudern. Im Inneren des Gehäuses schepperten die Gläser, dann war es still, allein das Keuchen von ihr, das Keuchen von ihm. So, zwei Armlängen voneinander entfernt, harrten sie aus. Friedrich blutete aus der Nase, und obwohl er sich sogleich ein Handtuch nahm, um sich damit das Gesicht abzutupfen, konnte Carola beobachten, wie immer wieder Blut in die weiße Lache tropfte und, Schlieren ziehend, zerlief, sie starrte gebannt auf die rot besprenkelte Milchpfütze.

Sieht schön aus.

Ja. Stimmt.

1989. Im Hinterhof befand sich die Wohnung, in der sie sich trafen. Eine Batterie Mülltonnen, Fahrräder, das Treppenhaus, im Erdgeschoss ein Kinderwagen, links die Tür. Unablässig drängten Leute herein, und Armin Töthke zügelte mit Vorbedacht seine Neugier, jeden Einzelnen zu fragen, wie er von der Versammlung erfahren habe, letztlich unerheblich, hatten doch alle davon gehört und sich auf den Weg gemacht; es waren kaum Stühle vorhanden, viele hockten auf dem Boden, einige lehnten gegen die Wand oder stützten sich auf ein Möbel; im Kamin knackte Holz, das Feuer loderte feierlich, aber die Stimmen gaben sich gedämpft, scheu und murmelnd, obzwar ein Lachen da und dort, sie boten einander Zigaretten an und pafften, dass es qualmte.

Ja, ja, ja, lästerte jemand, darauf aus, die Rede des Pastors zu verballhornen, ja, ja, ja oder das kann ja heiter werden, der Pastor überging den Zwischenruf und fuhr fort, die Dringlichkeit eines Neuen Forums für S. anzumahnen, er habe sich der Unterstützung in der Region versichert, zumal der Rostocker Pastor trete für rasches Handeln ein. Nun, da sich der Pastor offen politisch geäußert hatte, fasste sich auch der eine oder andere ein Herz und beklagte die Lähmung des ganzen Landes, ach was, grinste der Lästerer, alles putzmunter, aber niemand beachtete ihn, sie überboten sich darin, Missstände anzuprangern, zunächst persönlicher Natur, taube Ohren, wohin sie sich wandten, dann aufs Große bezogen, Wahlen, Presse, Privilegien. Morgen, Kinder, wirds was geben, kicherte der Lästerer grimmig, worauf eine ältere Frau das Wort an sich riss, sie könne diese Bilder nicht länger ertragen, Abend für Abend im Fernsehen, das Land blute aus, die Jugend laufe davon, wir vergreisen.

Ach Gottchen.

Es reicht!, schimpfte Töthke, jeder hier hat kapiert, dass Sie ein lustiger Kerl sind, aber, glauben Sie mir, die Menschen sind genug genarrt worden, auch von der Staatssicherheit.

Oho, was Sie mir nicht alles unterstellen.

Gehen Sie nach draußen, ein bisschen auf und ab, das wird Ihnen guttun.

Bemerkenswert, höhnte der Lästerer, Sie fangen bereits an, Leute, die anderer Meinung sind, auszusperren. Ich dachte, hier kann jeder sagen, was er will, was ihm gleichsam auf dem Herzen liegt. Was eigentlich verstehen Sie unter Basisdemokratie?

Liegt Ihnen, wenn ich fragen darf, etwas auf dem Herzen?, mischte sich der Pastor vorsichtig ein.

Nein, mir nicht.

Ach Gottchen. – Und weil die Floskel diesmal dem Mund des Pastors entschlüpfte, johlte manch einer beifällig auf.

Gelöst erwogen sie die nächsten Schritte, tags darauf sollte in der Kirche das Neue Forum ins Leben gerufen werden, wer kommen kann, kommt, wen ihr mitbringen wollt, bringt mit, wir sind ein offenes Haus. Töthke bot sich an, seine Wohnung für Treffen im kleineren Kreis zur Verfügung zu stellen, ebenso wie Annette Fellen, eine Ärztin, sie sagte: wann immer.

Ja, ja, ja, solange nicht Herr Doktor Voss im Hause weilt, dann nämlich hat Frau Doktor Fellen andere Pflichten zu erfüllen.

Das geht Sie nichts an, schnaubte die Ärztin.

Ja, natürlich nicht, das Kindchen aber ist wohlauf, oder?

In diesem Moment stand Dolores ruckartig auf: halten Sie den Mund, Sie jämmerlicher Miesmacher, ich warne Sie, noch so ne doofe Bemerkung und ich knall Ihnen eine, das können Sie schriftlich haben.

Hört, hört! Haben Sie das in Ihrer Friedensgruppe gelernt? Für eine Christin allemal verblüffend.

Töthke hielt Dolores am Arm zurück, während der Pastor versuchte, die allgemeine Erregung zu beschwichtigen; der Lästerer zog den Kopf ein und fixierte seine Schuhe.

Bei alldem blieb der Pastor, entsprechend der landläufigen Vorstellung, die Ruhe selbst, unbeirrbar verzahnte er seine Ausführungen mit Absichten des Neuen Forums, und am Ende ersuchte er Töthke, den allgemeinen Aufruf zu verlesen, Aufbruch '89, dieser Aufruf würde am morgigen Tag auch in der Kirche zu hören sein. Töthke, als Lehrer darin geübt, vor der Menge zu sprechen, las bedächtig, aber nicht unbeteiligt, und er spürte, wie sehr sie an seinen Lippen hingen, wenigstens so lange, bis der Lästerer einen Schluckauf vortäuschte, er hickste und hickste, vor allem dann, wenn eine pathetische Vokabel fiel, also häufig, ohne verhindern zu können, dass die Versammelten ergriffen applaudierten.

Schritt für Schritt, sagte sich Töthke, in dem Augenblick, da er seiner Hast gewahr wurde, er nötigte sich zu schlendern, einen Schritt nach dem anderen in Richtung Volkspolizei, es eilt nicht, es eilt, sie scheinen zu dulden, was bei uns abläuft, sie greifen nicht ein, jedenfalls noch nicht, in der Kirche verlief alles ohne Zwischenfälle, es gibt jetzt ein Neues Forum in S., seltsam genug, zumal die Zeitungen schreiben, dass wir Staatsfeinde sind, willkommen, Armin, in der Illegalität, aber gib auf dich acht, mein Lieber, sonst schlagen sie dir das Strafgesetzbuch um die Ohren, ja, das könnte böse enden, sind wir nichts als ein Haufen Naiver, die mit großen Augen ins Verderben rennen?, bei deren rührendem Anblick jeder besonnene Mensch Schluckauf bekommt?, hicks!, hicks!, sollte ich dem Spötter dankbar sein?, tja, Herr Töthke, Sie sind wohl mit Blindheit geschlagen, Hetze, Zusammenrottung, Widerstand, Landesverrat, soll ich es Ihnen buchstabieren?, es gibt kein Zurück, und wir sind viele, jeden Tag mehr, das Fernsehen schickt die Bilder um die Welt, Westfernsehen, alle schauen zu, ich aber trotte allein zur Volkspolizei, anstatt dass ich mir einen Zeugen besorgt hätte, besser umkehren?, nein, schon gut, was wird mich erwarten?, gut, dass Sie da sind, Herr Töthke, Ihre Zelle ist bezugsfertig, bin ich bei Trost?, werden sie auf uns anlegen?, schießen?, ruhig Blut, mein Lieber, alles halb so wild, hätten sie nicht längst unser Bündnis gesprengt, sie wissen über alles bestens Bescheid, denn sie haben ja ihre Spitzel, so sind sie mitten unter uns, bestens platziert auf Kirchenbänken, um mit den Füßen zu scharren oder zu stänkern oder zu spotten, hicks!, vergesst nicht, dass ihr unter Beobachtung steht, oder verhält sich alles ganz anders, und ich fühle mich wahnhaft verfolgt, bilde ich mir das Auge der Späher bloß ein?

Setzen Sie sich, ein Tässchen Kaffee?

Nein, danke.

Ich hab sowieso mit Ihnen gerechnet, also nicht mit Ihnen persönlich, aber doch mit einem von Ihnen, die Dinge sind in Bewegung gekommen.

Sehe ich auch so.

Damit wir uns nicht missverstehen: Ordner müssen gekennzeichnet sein, strengstes Alkoholverbot, keine Gewalt, alles schön in Reih und Glied. Hier bitte unterschreiben.

Ich soll unterschreiben?

Ja, dass Sie die Verantwortung übernehmen. Ist doch Ihre Demo.

Verstehe.

Würde mich wundern, wenn nicht. Sonst noch etwas?

Ja, wir bitten darum, dass die Volkspolizei mit einem Wagen vornewegfährt.

Machen wir glatt.

Viel zu wenige, durchfuhr es Töthke, wir bräuchten dreimal so viele Ordner; in Sorge besah er sich den vor dem Bahnhof stockenden Auflauf, in Scharen, zu Hunderten, waren sie herbeigeströmt, und Töthke atmete tief durch, er beschloss, die Sorgen in den Wind zu schlagen, denn in dieser Stunde setzte S. ein überwältigendes Zeichen, endlich, ja endlich, da ja in anderen Städten die Menschen seit Wochen auf die Straße gingen. Unter dem grauen Novemberhimmel ergriff der Pastor das Wort, festlich, mit einem Anflug von Lyrik, doch Töthke stieß sich nicht daran, denn auch ihm war feierlich zumute, tags zuvor hatte er die Lautsprecher einer Musikkapelle abgeschwatzt, ohne Lautsprecher wäre nichts auszurichten, nach dem Pastor trat Töthke selbst ans Mikrofon und mimte ungelenk den Oberordner, der die einzuschlagende Route bekannt gab, kein Alkohol, keine Gewalt, da setzte sich der Zug in Bewegung, an der Spitze ein Transparent, Bürgermeister, reih dich ein, sonst wirst du der Letzte sein, ja genau, so ist es, stimmte Töthke in einem ersten Gedanken zu, frei nach Gorbatschow, wer zu spät kommt, den bestraft das Leben, wie überhaupt sähen wir aus ohne Gorbatschow und die Sowjets, schlecht sähen wir aus ohne Referenzen, und wahrscheinlich gäbe es diesen Aufzug dann nicht, oder höchstens so lange, bis sie ihre Knüppel aus dem Sack zögen. In einem zweiten Gedanken aber geriet er ins Zweifeln, warum, bitte schön, soll sich der Bürgermeister einreihen, warum die anderen Schranzen, alle versammelt in einem Zug, das ist ja ein schöner Aufstand, wer demonstriert gegen wen, alle gegen alles, echt umwerfend. Töthke, eine weiße Binde am Oberarm, schritt am Rand des Zuges dahin und hielt es für ratsam, sich nicht in Gedanken zu verheddern, eine Schwäche, der er seit je allzu leicht nachgab, er ermunterte sich, das Glück der Stunde zu empfinden, und er empfand es in erheblichem Maß, einer rief, der

Berliner Alex ist voll mit Volk, einige riefen, wir sind das Volk. In einem dritten Gedanken über das Transparent stopfte er alles Widersprüchliche in die Büchse politischer Taktik, ja genau, so ist es, der Pastor hat recht, dank solcher Sprüche wiegt sich die Staatsmacht im Glauben, dass gegen sie nichts, mit ihr aber alles versucht wird, um die Krise zu bewältigen, war ich nicht selbst bei der Volkspolizei, in der Absicht, mich ihres Beistands zu versichern, nur so können wir, ohne dass Blut vergossen wird, auf Umwälzungen hoffen, Armin, träumst du?, fragte Werner Umbach und strahlte ihn an, ja, nein, doch Töthke zögerte eine Sekunde, ehe er sich der Aufschrift widmete auf dem Schild, das sein Zahnarzt mit sich trug, Freie Wahlen – jetzt!, er stellte fest, damit wären wir sie los, und Umbach besann sich: ich hab so ein Gefühl, dass ich bald zu meinem Sohn Hannes kann.

Bist du dabei?, fragte Töthke neulich, aber Carola zierte sich, sie sagte: Friedrich würde es nicht verstehen.

Dich hab ich gefragt.

Nein, Armin, obgleich ich mir bewusst bin, dass die Dinge auf Messers Schneide stehen. Kürzlich war der Dicke wieder bei uns, ein hoher Funktionär, aber inzwischen hat Friedrich nichts mehr dagegen, wenn ich dabeisitze, müdes Geplapper, geschenkt, dann, nach einem Schluck Wodka, gestand er uns ein: es geht nur noch um die Macht.

Und was soll das heißen?

Jedenfalls geht es nicht um dich oder mich oder sonst jemanden da draußen.

Vor dem Rathaus weitete sich der Zug zu einer Blase erregter Menschen, im Gesicht die auf den Stufen postierten Redner, im Rücken, hinter dem Dünenwäldchen, das Meer; die alte

Garde verhaspelte sich in Floskeln und altbekannten Losungen, sodass die Menge protestierte, während sie dem Gestammel, dann schärfer und sicherer Formulierten der Herausforderer geduldig lauschte und Beifall zollte. Sichtlich überfordert eierte der Bürgermeister vor seiner Gemeinde herum, es würde eng für ihn werden, sehr eng, zumal da er sich, wie ein Gerücht die Runde machte, von Kampfschwimmern der Armee schützen ließ, er stritt das Gerücht, unverhohlen darauf angesprochen, vor aller Augen ab, aber Töthke ließ nicht locker, eingedenk einer Äußerung, die ihm ein Angehöriger der Einheit zugeflüstert hatte, so wagte er sich kühn aus der Deckung: das ist eine Lüge, und der Chor schrie: Wir sind das Volk!, wir sind – (so lange, bis der Pastor mit weit ausholenden Gesten die wütenden Rufe dämpfte).

Beim Friedensgebet in der Kirche lenkte der Pastor die Rede auf seinen siebenjährigen Sohn.

Vati, wozu all die Kerzen?

Ich verstehe sie als Zeichen der Hoffnung.

Dann haben sie eure Hoffnung weggefegt, ich hab es mit eigenen Augen gesehen.

Das hat mir sehr zu denken gegeben, bekannte der Pastor, liebe Genossen der SED-Kreisleitung, bitte fegt unsere Hoffnung nicht weg!

Ohne dass er es hätte verhindern können, befiel Töthke ein mulmiges Gefühl, alles auf Messers Schneide, ja, Carola, du sagst es, und deine Worte sind, so gern ich es täte, nicht zu widerlegen, er sah um sich, als suchte er sich zu bestärken, und die Masse von Menschen hätte ihn, zumindest für den Augenblick, beruhigen können, aber das Mulmige verflog nicht, im Gegenteil, er rang mit seinem ewigen Vorbehalt vor jeglicher Menschenmenge, führ sie dahin, führ sie dorthin, Hauptsache, du führst sie, allein das Wort von der Masse kam ihm verdächtig vor, außerdem unzutreffend und, genau genommen, respektlos, von der Masse will ich mich nicht tragen lassen, es wäre vergeblich, und dennoch lief er dieser Tage in die Kirchen wie nie zuvor in seinem Leben, nicht nur in S., sondern auch ins Münster der Kreisstadt oder in die Kirchen von Rostock, er fühlte sich verpflichtet dazu und wie aufgerufen, und er wollte, gestand er sich ein, um Himmels willen nicht allein sein – ich habe Angst. In Rostock stieß er auf Kathrin, Carolas Tochter, und auf ihren Mann Ulrich, sie sahen aus, als hätten sie Drogen geschluckt, jung und schön, mit einem Leuchten in den Augen, das nichts als die Hoffnung, liebe Genossen von der SED-Kreisleitung, entzündet hatte, ja, ja, ja, die Hoffnung, der Mensch hofft so lange, bis er über Informationen verfügt, die seine Hoffnung als Hoffnung entlarven und somit vernichten, nein, ich will nicht zynisch sein, vielleicht haben wir Glück. Wo eigentlich stecken die Jungs von Carola, jetzt, da in S. der Erdboden wankt, Martin lebt längst in Berlin und wird dort auf die Straße gehen, und Hermann?, ich will mir nicht ausmalen, dass er mit dem Traktor über den Acker fährt, er, der sich politisch immer einen Reim zu machen wusste, am schönsten waren seine unreinen Reime, aber das haben sie ihn büßen lassen, warum ist Hermann nicht hier?, sie alle waren meine Schüler, und –

Aufgeschreckt durch den Nachbarn, der ihm das Körbchen für die Kollekte in die Hand drückte, kramte Töthke ein paar Münzen hervor, er warf sie hinein, doch dann stutzte er, das Mulmige schoss ihm in den Magen, stärker als eben noch, ein leichtes Zittern auslösend, denn im Körbchen lag, nur zum Teil verdeckt, eine Sicherheitsnadel, und eine unbekannte Stimme murmelte ihm ins Ohr: von wem mag die wohl stammen?, und dann kicherte sie hämisch, Töthke zuckte zusammen, ich verlier den Verstand, jäh entsetzt, schob er das Körbchen weiter, Sekunden später indes besann er sich eines Besseren und riss das Körbchen, mit einem entschuldigenden Lächeln, wieder an sich, er griff nach der Sicherheitsnadel und steckte sie weg.

Alarmiert fuhren sie in die Kreisstadt, der Pastor, Hausmann und Töthke, es hieß, die Stasi verbrenne dort Akten, Hausmann sagte: ich habe es geahnt, es war vorherzusehen, Hausmann war Tierarzt, und er betonte ein ums andere Mal, dass er die Stasi für den eigentlichen Staatsfeind hielt, verantwortlich für das Scheitern der sozialistischen Idee, die Stasi ist Gift für die Gesellschaft, ein Gift, das jede natürliche Regung lähmt, ein Angstgift, in jeder Dosis erhältlich, dieses Gift wirkt, das ist das Perfide daran, selbst dort, wo es gar nicht vorhanden ist, es wirkt schon allein durch den Verdacht, es handele sich um eine angstgiftige Begegnung, dabei ist die Begegnung nicht selten unschuldig, ein Gespräch zwischen dir und mir, aber, wie gesagt, der Verdacht reicht aus, das Gift zu versprühen, du ein Spitzel?, ich ein Spitzel?, wir misstrauen einander. So redete sich Hausmann auf dem Rücksitz in Rage, und weder Töthke noch der Pastor unterbrachen ihn mit einer Silbe, denn sie stimmten ihm zu im Großen und Ganzen, auch Hausmanns Rage verstörte sie nicht im Geringsten, da er, wie sie wussten, das Angstgift am eigenen Leib verspürt hatte, wochenlang im Knast der Stasi.

Und jetzt, empörte sich Hausmann, geht alles in Rauch auf, sie sind in ihrem Element, sie verpesten die Luft.

Das versuchen wir ja gerade zu verhindern.

Gewiss doch, aber wahrscheinlich zu spät.

Als sie ausgestiegen waren, erschnupperten sie Brandgeruch. Im Hof, vor dem Eingang, vertraten sich vier Männer die

Beine, Mitstreiter des Neuen Forums. Danke für eure Geduld, sagte der Pastor, nichts zu danken, sagte einer der Männer, die Tür ist verriegelt, wir warten auf den Staatsanwalt und die Volkspolizei. Unterdessen spähte Töthke in die Mülltonnen, mehr als zehn Behälter, gefüllt mit heißer Papierasche, Büroklammern, Aktendeckeln.

Im Bund mit dem Staatsanwalt und der Volkspolizei besetzten sie das Gebäude.

Holzvertäfelte Zimmer, hier und da eine Parole an der Wand, Wir sind die Avantgarde, sechs verschüchterte Gestalten, blass und offenbar übertölpelt, zumal beim Anblick des Staatsanwalts, der ihre obrigkeitshörige Neigung verwirrend stimulierte.

Wo ist der Chef?

Der Chef ist nicht da.

Einer der sechs, fiel Töthke auf, saß einst bei mir in der Klasse, auch ihm habe ich von der Kunst erzählt, vom Sehen der Welt in Perspektiven, von der Wahrheit, die sich, je nach Standpunkt, für einen Augenblick zu erkennen gibt.

Im Bewusstsein, dass sie, die Eindringlinge, sich ohne Hilfe nicht zurechtfänden, war Töthke darauf aus, die starre Gespanntheit in den Mienen zu lösen, er sagte: lassen Sie alles stehen und liegen, wie es ist, denn Sie müssen in der Lage sein zu beweisen, dass Sie auf Befehl von oben gehandelt haben, hüten Sie sich also davor, Ihre Logistik zu zerstören, damit festgestellt werden kann, wer tatsächlich Schuld trägt.

Es hatte den Anschein, als atmeten sie auf.

Ich muss Sie daran erinnern, bemerkte der Staatsanwalt, dass es offiziell verboten worden ist, Akten zu verbrennen.

(Sie schwiegen.)

Der Pastor sah sich genötigt, klarzustellen, dass die Stasi kein Staat im Staate sei.

Amt für Nationale Sicherheit, verbesserte ihn ein hagerer Funktionär, der, gestützt auf die Brüstung, vor dem Fenster lehnte und sich, nach Lage der Dinge, ein unverschämtes Grinsen leistete, es heißt jetzt, übrigens genauso offiziell, Amt für Nationale Sicherheit.

Da rastete Hausmann aus, er stürzte sich auf den Hageren und schlug ihm die Stiefelspitze gegen das Schienbein, sodass dieser ächzend einknickte. Unverzüglich hechteten Töthke und der Pastor herbei, um Hausmann an den Armen zu packen.

Was habt ihr denn?, wehrte sich Hausmann, so sprangen die damals auch mit mir um.

Der Staatsanwalt rettete sich und die anderen mit einem geschäftsmäßigen, gleichwohl beharrenden Ton aus der überreizten Angelegenheit, er redete von Inspektion, von Inventurmachen, Listen und Verzeichnissen. Alles sollte eingetütet und verpackt, tags darauf nach Waldeck verfrachtet werden.

Jede Menge Ordner zogen sie aus den Regalen, zwar waren sie beschriftet, aber ohne Inhalt, allenfalls eine Reihe von Heftern stellten sie sicher, persönliche Notizbücher, Büromaterial, ferner Nachrichtentechnik zum Abhören des öffentlichen Telefonnetzes. Im Keller lagerten Sandsäcke, Handgranaten, Maschinenpistolen – (bestens gerüstet für den Straßenkampf, erschauderte Töthke). Dem Pastor fiel die Aufgabe zu, die Waffen zu registrieren, und als er sich einmal vertat mit den Typen, schlicht überfordert ins Stocken geriet, grinste der ihn begleitende Stasi-Leutnant ebenso unverschämt wie zuvor der hagere Funktionär.

Dieses Mal war es Töthke, der sich erzürnte: es steht Ihnen nicht zu, den Pastor zu belächeln.

Ach so, schwankte der Stasi-Leutnant, bitte höflichst um Entschuldigung, aber etwas Anrührendes hat es sehr wohl, wenn sich ein Gottesmann in der Waffenkammer verliert.

Die Waffe des Pastors ist das Wort.

(Habe ich diesen Satz tatsächlich gesagt?, fragte sich Töthke, draußen auf dem Flur, ja, habe ich, warum auch nicht, es ist ein schöner Satz, vor allem schön, aber ist es auch ein guter Satz?, jedenfalls kühn in die Finsternis gesprochen, ein Satz, der, kaum über die Lippen gekrochen, merklich stöhnt unter der ihm aufgebürdeten Hoffnung, ein Satz, den mir die Gischt der Zeit ins Gesicht gesprüht hat, dessen ungeachtet wird sich der Leutnant nicht scheuen, meine Worte bei jeder sich bietenden Gelegenheit auszuplaudern, und sie alle werden sich krümmen vor Lachen.)

Am Ende des Tages wurden sämtliche Türen verplombt und mit Siegel versehen. Vor dem Gebäude postierten sich, jeweils für drei Stunden, zwei Volkspolizisten sowie zwei Männer des Neuen Forums. Morgen würde ein Lastwagen vorfahren und beladen mit Säcken weiterfahren zum Depot. Den Schlüssel für die Zentrale erhielt so lange Armin Töthke.

Er stopfte sich ihn unters Kopfkissen, und noch während er dies tat, entspannte er sich: es war die Nacht, da er auf dem Schlüssel der Stasi-Zentrale schlief.

Im Jahr 2008. Nachdem Hermann, entschlossen, die Einladung zu ignorieren, weder zu- noch abgesagt hatte, empfand er sich nun selbst als die allergrößte Überraschung, die allergrößte Zumutung und die allergrößte Provokation, alles in einem, da stand er, Hermann Voss, den sie einst einstimmig verstoßen hatten, Inbegriff der Anklage – aber er irrte sich, und er kam aus dem Staunen nicht heraus, so locker und unbeschwert ging es zu, geradeso, als sei sein Erscheinen völlig normal, nicht im Mindesten heikel oder gar anstößig, nicht die Spur einer

Verstörung, sie begrüßten ihn ausnahmslos überschwänglich, so wie sie jeden anderen auch empfingen mit ihrem Getöse, dreißig Jahre Abitur, es ist zum Kotzen. Hermann nahm es Maria übel, dass sie ihn in diese Lage gebracht hatte, denn sie hatte ihn so lange getriezt, bis er klein beigab und versprach, auf die Feier zu gehen, zu seinem Verdruss ohne sie, wegen der Kinder, das war auch der Grund, weshalb er, seine letzte Chance witternd, das Zugeständnis in letzter Minute widerrief, worauf Maria (die so gut wie nie laut wurde) ihn anschrie und, in Begleitung seines Ziehsohnes Steffen, vor die Tür setzte. In der Tat aber tröstete ihn Steffen über das Schlimmste hinweg, weil er allerlei Geschichten hören wollte, über den da und die da, über all die verknautschten Existenzen einer untergegangenen Zeit, Hermann erzählte stets das Niederträchtigste, was ihm in den Sinn kam, sodass sie, teils mit dem Finger auf Personen zeigend, unverhohlen feixten, er ahnte, dass es ihm an Fairness mangelte, indes ohne sich zu mäßigen, allein der Spott machte den Anblick erträglich.

Wer ist der Alte im Rollstuhl?

Ach der da, seufzte Hermann, den schiebe ich ab und zu durch die Gegend, damit er ein bisschen Luft schnappt.

War er dein Lehrer?

(Nein, wollte Hermann sagen, um Steffens Frage zu ersticken.)

Ja, sagte Hermann.

Er scheint sich zu amüsieren, stellte Steffen fest, stets umringt von lustigen Leuten, aber er hat ein schielendes Auge, ich finde, er schielt herüber zu uns.

Ist mir auch aufgefallen, er wartet darauf, dass wir ihn grüßen.

Da hob Steffen die Hand und winkte, Hermann rührte nicht einen Finger.

Ist er sauber?, witzelte Steffen.

Vergiss es.

Ist er also nicht.

Kurzzeitig mit sich ringend, gab Hermann Steffens Neugier nach und tischte, in allen Einzelheiten, jene Episode auf, die ihm zum Verhängnis geworden war.

Warum hast du mir nie davon erzählt?

(Darauf wusste Hermann keine Antwort.)

Gebannt starrte Steffen den Alten an, als verfolge er jede Regung, aber sein verschlossenes Gesicht sprach nicht dafür, dass er das, was sich abspielte vor seinen Augen, bewusst wahrnahm, vielmehr wirkte seine Konzentration wie nach innen gekehrt, eingesunken in Gedanken; unverhofft, doch erst nach einer Weile, tauchte er wieder auf, die Züge erhellten sich, der Blick lebte auf, bis er, ebenso unverhofft, aufstand: ich muss tanzen.

In der Ecke, wohin sie sich verzogen hatten, blieb Hermann allein sitzen, mutterseelenallein, sagte er sich und schnaubte verächtlich, weil er diesen Ausdruck für verkorkst und jämmerlich hielt, was ging ihn dieses Jubiläum an?, nichts, überhaupt nichts, widerwillig beäugte er die Tanzfläche, und mittendrin erspähte er Steffen, der sich, einer kessen, schnutigen Göre gegenüber, ekstatisch schüttelte; Hermann blickte durchs Fenster nach draußen, die Dunkelheit hatte den Tag verschluckt, gut so, in der Ferne das Meer, eher zu erahnen als zu erkennen, er wollte, und zwar auf der Stelle, das Meer sehen, es hören und riechen, er wollte am Strand entlangstapfen, das Meer war, obzwar in ständiger Aufruhr und Verwandlung, verlässlich, es lag jenseits der Dinge.

Unter Jubel betrat ein verspäteter Gast den Saal, ohne dass Hermann aufgemerkt hätte, unverändert verlor er sich in die Dunkelheit, aber nicht halb so lange, wie er erhofft hatte, denn bald spürte er, dass sich ihm jemand näherte, unaufhaltsam, und es half ihm nichts, es nicht wahrhaben zu wollen (ich habe mit diesem Trottel geplaudert und mit jenem, und ich habe während des Essens, Interesse heuchelnd, belanglose Fragen gestellt, was wollt ihr von mir?, ich habe mich nach Kräften verstellt, mein Soll ist erfüllt).

Hermann, wie ich mich freue, dich zu sehen.

Hermann fuhr herum, dann sprang er auf und umarmte den Neuankömmling, toll, dass du da bist.

Armin Töthke zog sich einen Stuhl heran und setzte sich.

Steffen hat sich einen hübschen Käfer geschnappt, sagte er, ich bin erstaunt über all die Jugend, da ich eingestellt war auf ein eher geriatrisches Treffen, aber sie haben ihre schönen Töchter mitgebracht und ihre Söhne.

Galt dir soeben die Begeisterung?

Na klar, das gehört sich auch so, wenn der Schuldirektor einläuft.

(Sie lachten vergnügt.)

Ziemlich was los hier, sie sind, scheints, alle gekommen.

Ich vermisse keinen, sagte Hermann.

Jedenfalls eine illustre Gesellschaft, findest du nicht?, am Eingang stand der Dingsbums, du weißt schon, der, den ich bei der Stasi aufgegabelt habe, dabei war er kein Dummkopf in der Schule, er hat die vertracktesten Kunstwerke gedeutet, und nicht mal schlecht, aber gut, er hat ja nach der Wende gezeigt, was in ihm steckt, und ordentlich Reibach gemacht mit Immobilien.

Weißt du, Armin, das will ich gar nicht wissen.

Doch, doch, man muss zur Kenntnis nehmen, wie die Dinge laufen, auch wenn sie einem nicht passen.

Ich weiß, wie die Dinge laufen.

Du weißt nur, dass du nichts weißt, Sokrates, mein Lieber.

Kann sein, ich weiß nichts, und ich weiß auch nichts zu berichten, erst recht nichts über mein gescheitertes Dasein, stattdessen habe ich vorhin von Maria erzählt und von den Kindern, und sie haben gestrahlt, vor allem die Frauen, gestrahlt übers ganze Gesicht.

Darauf kannst du auch stolz sein, auf deine Familie.

Ja natürlich.

Als die Musik verebbte, kündigte der DJ eine Pause an; sogleich steuerte Steffen, den Arm lässig um die Schultern seines Mädchens geschwungen, die verschworene Ecke an, Paps, das ist Lisa, Lisa, das ist Paps, Hermann schüttelte ihr die Hand, verwundert, dass sie ohne Unterlass ihre Kussschnute zog, als sei sie ihr ins Gesicht modelliert, er war versucht, ihr wenigstens einen Keks in den Mund zu stecken, damit sie etwas zu kauen hatte, aber er wollte sie nicht brüskieren, ebenso wenig wie Steffen, und außerdem wurde er abgelenkt von einer blonden Frau, die sich zu den beiden gesellte, zweifellos Sabine Witt, geborene Ahrends, wider Willen beeindruckte sie ihn, schlank und in eleganten, jugendlich wirkenden Klamotten; drückte er ein Auge zu, sie könnte als Lisas ältere Schwester durchgehen, dann jedoch rief er sich zur Besinnung, es ist ihre Biegsamkeit, die sie jung hält.

Sie lächelte: ist Steffen dein Sohn?

Ja, sozusagen.

Meine Tochter Lisa und dein Sohn Steffen.

Was meinst du damit?

Töthke sprang für sie ein: dass sich da zwei gefunden haben.

Alles, was ich gesehen habe, ist, dass da zwei miteinander getanzt haben, versetzte Hermann.

(Steffen küsste Lisa flüchtig auf den Mund.)

Ich fass es nicht, begeisterte sich Sabine.

(Darauf entwischte das Pärchen eilends in einen Winkel.)

Sabine wandte sich an Töthke: und?, was macht die Kunst?

Genervt stöhnte Hermann auf, während sich Töthke nichts machte aus der Phrase, er entgegnete, dass er kaum noch Zeit finde, um zu malen, zu viel Stress in der Schule.

Der DJ läutete die nächste Tanzrunde ein, in der Tat mit Geklingel, das in einer Diskonummer aufging; Töthke nickte im Takt, Hermann linste nach Steffen, und Sabine stand immer noch da.

Willst du mit mir tanzen?

Ich tanze nicht, sagte Hermann.

Hab ich mir gedacht. Jetzt war es Sabine, die eine Schnute zog, und Hermann lachte sie aus.

Na komm schon, ermutigte ihn Töthke, versauern werden wir sowieso, das Leben ist kurz.

Nein!, ermahnte sich Hermann, aber als Sabine nach seiner Hand griff, ließ er sich vom Stuhl ziehen.

So einfach ist das also, bedachte er, gerade noch feindselig gestimmt, schon lässt du zu, dass sie sich in deinen Armen wiegt, Sabine Witt, geborene Ahrends, Mutter einer süßen Göre, die dabei ist, Steffen den Kopf zu verdrehen, aber was kümmert es mich, ich weiß tatsächlich nicht, wie die Dinge laufen, ich weiß nur, dass diese Frau, die sich im Moment ein wenig an mich schmiegt, vor mehr als dreißig Jahren die Klasse gegen mich aufstachelte, sie half tüchtig mit, mir alles zu verbauen, eine Jugendsünde?, den Umständen geschuldet?, ich weiß nicht, nein, ich weiß nicht, ich weiß nur, dass diese Frau verdammt gut riecht, und ich habe es im Gespür, dass sie meinen Blick sucht bei jeder Drehung, aber so nah und ungeschützt will ich ihr nicht in die Augen schauen, was würde Maria dazu sagen, wenn sie mich so sähe, wäre sie zufrieden mit dem, was sie erblickt, einen faulen Akt der Versöhnung, ein lügenhaftes Wange-an-Wange?

Jäh riss die Musik ab, sodass der DJ plapperte, bis er neue Musik spielen konnte. Sabine trat einen Schritt auf ihn zu, worauf Hermann, ihren Vorstoß verneinend, zurückwich.

Immer noch böse?

Er ließ sie stehen.

Zeit, dass ich gehe, sagte er sich, ich muss gehen, wenn es am Schönsten ist. So ausgelassen tanzten sie alle, dass der Gipfel der Feier erreicht schien, leider gefehlt, denn erst als die alten Lieder erklangen, überschlugen sie sich vor erhaschtem Glück und Nostalgie, sie grölten, dass die Ohren dröhnten, mit Ausnahme der Jungen, die sich unverwandt anstarrten und verblüfft die Köpfe schüttelten über die Alten, genauso wie Hermann, der sich indes dabei ertappte, dass er ins Murmeln verfiel, Wort für Wort und ganze Zeilen, alles sorgfältig gespeichert, als hätte er erst gestern, beim FDJ-Sommerfest, die Saiten seiner Gitarre angeschlagen.

Nun, Herr Hermann, wollen wir uns das wirklich antun?

Klammheimlich, so kam es Hermann vor, war Kraudzun an seine Seite gerollt. Der alte Lehrer blickte fragend, ein verhuschtes Lächeln im Gesicht, zu ihm auf. Hermann erwiderte nichts.

Es ist schon spät für einen alten Herrn wie mich, ich werde schneller müde, als mir lieb ist, und ich laufe Gefahr, einzunicken, ungeachtet der fröhlichen Feier. Ich finde es durchaus bewegend, höchst erfreulich, die Klasse von damals versammelt zu sehen, sie haben ihren Weg gemacht, es ist aus allen etwas geworden, nicht wahr, leicht war es bestimmt nicht, bei all den Brüchen, denen sie sich stellen mussten, ich bin versucht, ein Buch darüber zu schreiben, woher sie kamen, wohin sie gingen, aber für heute reichts, und wissen Sie was, Herr Hermann, dieses sentimentale Gesülze ist selbst mir zu viel, wir sollten unsere Irrtümer ohne Weh begraben.

Ein Begräbnis erster Güte, grummelte Hermann.

Ja, wenn Sie es sagen. Was spricht die Uhr? Nun, es ist Zeit. Würden Sie mich nach Hause bringen? Ich wäre Ihnen dankbar.

Unfähig, sich loszureißen, blickte Hermann auf Kraudzun hinunter, dieser hielt der Betrachtung stand, wobei die Mundwinkel wiederholt aufzuckten zu einem Lächeln, so als gehorchten sie einem nervösen Tick.

Gut, pfeifen wir auf die Feier.

Kaum auf der Straße, belebte sie die Seeluft, Hermann fiel, gestützt auf die Griffe des Rollstuhls, in einen zackigen Schritt, leicht vornübergebeugt und unwillkürlich angezogen von einem Täschchen, das Kraudzun im Schoß umklammert hielt mit dürren, fleckigen Händen. Unter seiner Nase wehte ein Geruch von altem Mann, am Ende riechen sie alle gleich, etwas modrig bereits, das Fleisch ist welk und nicht mehr zu erfrischen, Hermann hatte Lust zu rennen, und schließlich rannte er los, Kraudzun krähte hui.

Hermann rief: ich will das Meer sehen!

Aber man sieht doch gar nichts im Dunkeln.

Kraudzun, ich zeige es Ihnen.

Bringen Sie mich nach Hause.

Ans Meer! Ans Meer!

Ich bin erschöpft, ach je.

Einmal in Fahrt, war Hermann nicht mehr zu bremsen, er lief, und er keuchte, hui, hui, schrie er und lachte, ohne dass Kraudzun, wie eben noch, seinen Elan geteilt hätte, Hermanns Absätze knallten durch die Nacht, die Straßen waren verwaist, kein Licht in den Fenstern, er stürmte vorwärts, und während er stürmte, schloss er für Momente die Augen, weiter und weiter, auf seinen Lidern tanzten Leuchtkugeln, grün und rot und gelb, und dann, welch eine Pracht, explodierten sie wie Feuerwerkskörper und zerliefen auf seinen Augen, er riss sie auf und erkannte, dass er am Fuß der Seebrücke angelangt war, ich kann das Meer sehen!, stieß Kraudzun, Anteilnahme heuchelnd, hervor, schön, wahrlich sehr schön, es hat sich gelohnt, er schnaufte tief in die Lungen, nun aber genug, drehen wir um, der alte Mann muss ins Bett; so aber, als hätte er taube Ohren (und in gewisser Weise erwiesen sie sich auch als taub, außer dass sie das Meer rauschen hörten, und wie), schob Hermann den Rollstuhl auf die Planken des Steges und fing erneut an zu rennen, sodass es Kraudzun durchschüttelte, ach je, ach nein, Herr Hermann, was für ein Unsinn, Hermann jedoch ließ sich, erst mal auf der Seebrücke, nicht mehr zügeln, er lachte kehlig auf, und zwar immer wieder, zumal dann, wenn er die am Geländer aufgereihten Ballonlampen passierte, an deren Pfählen Sabine Witt lehnte, wieder und wieder Sabine Witt, geborene Ahrends, und jede Sabine, an der er vorbeiraste, benebelte ihn kurz mit ihrem Duft und gab ihm ein Wort mit auf die Strecke, Hermann, ich bin enttäuscht von dir, sagte die eine, Hermann, es ist unser Sommerfest, sagte die andere, Hermann, für einen Voss gilt kein Sondergesetz, die dritte, Hermann, was macht die Kunst?, die vierte, Hermann, willst du mit mir tanzen?, die fünfte, Hermann, immer noch böse?, die sechste, und die siebte sagte: Hermann, für fünfzig Ostmark darfst du mich ficken – Hermann, Hermann, Hermann, doch schon war er am Kopf des Steges, und er war sich gewiss, dass Sabine und Sabine, eine nach der anderen, in seinem Rücken zu Lichtstaub zerfielen, und dann folgte, geradezu zwangsläufig, eins nach dem anderen, hier, wo die Schiffe anlegten, stoppte er in letzter Sekunde seinen Lauf und kippte den Rollstuhl hoch, dass Kraudzun kläglich aufheulte, noch dazu, weil ihm das Täschchen vom Schoß rutschte und ins Wasser platschte, aber dann, wie vom Blitz getroffen (oder vom Strahlen einer Leuchtkugel geblendet), schreckte Hermann vor dem Letzten zurück. Er setzte den Rollstuhl wieder ab auf die vier Räder, wich zur Seite und besah sich das Meer.

Ich habe, Herr Hermann, nichts verbrochen, jammerte Kraudzun, ich habe mir nichts vorzuwerfen, schon gar nicht Ihnen gegenüber –

(Hermann besah sich das Meer.)

Alles ein Missverständnis, Sie sitzen einem Irrglauben auf, und deshalb hassen Sie mich, dabei bin ich damals zum Direktor gegangen und habe Sie verteidigt –

(Hermann besah sich das Meer.)

Ich habe Sie immer geschätzt, Sie sind mein bester Schüler gewesen, und das mit Abstand, wie hätte ich –

(Hermann kehrte um und ging, Schritt für Schritt auf die Planken setzend, an Land.)

Ab 2001 nach Carola Voss. Als er die Hecke schnitt beim Nachbarn, sah ich ihn zum ersten Mal, ein schöner, großer, schwarzer Mann, der geschickt, nahezu graziös die Schere handhabte, ja, so habe ich ihn kennengelernt, beim Heckenschneiden oder, besser gesagt, bei einer Tasse Tee diesseits und jenseits der Hecke, denn nachdem ich ihn eine Zeit lang durchs Fenster beobachtet hatte, ging ich zu ihm hinaus und fragte, ob er nicht Durst habe, ob es ihn nicht verlange nach einem kühlen Bier, meinetwegen auch Saft oder Mineralwasser (es war Sommer, ein heißer Tag), er schien erst nicht zu begreifen, worauf ich hinauswollte, zumal er damals kaum Deutsch sprach und ebenso wenig verstand, aber nach einigem Hin und Her einigten wir uns auf Tee, eine Tasse für ihn und eine Tasse für mich, er legte die Schere ins Gras und stellte sich vor, indem er mit den Fingerknöcheln auf seine Brust klopfte, er heiße Tarell, worauf ich sagte, ich hieße Carola, radebrechend verständigten wir uns über das Nötigste, wobei er immerzu lächelte mit strahlenden Zähnen, er überragte mich immens, Beine schlank wie Säulen, muskulöser Oberkörper, ein afrikanischer Hüne, wenn auch mit gekrümmtem Nacken und hängenden Schultern, das störte mich ein bisschen, weil es nicht meiner Vorstellung entsprach, aber es hatte auch sein Gutes, denn diese krumme Haltung riss mich aus den vorgefertigten Träumen, kurz darauf verzog ich mich ins Haus. Am Abend, es dämmerte bereits, brachte ich Tarell eine Flasche Bier, doch er lehnte, sich vielmals entschuldigend, ab, er trinke nicht, keinen Alkohol, und zwar nie (was sich bestätigen sollte im Lauf der Jahre). Tags darauf nahm er seine Arbeit erneut in Angriff, und ich stand nicht an, ihm Tee anzubieten, wiederum zeigte er sich dermaßen erfreut, dass er mich ansteckte mit seiner Laune, lachend trennte ich mich von ihm, und hätte er nicht um sechs an meine Tür gepocht, ich hätte ihn womöglich nie wieder gesehen, er stammelte, er wolle sich von mir verabschieden, vielen Dank für den Tee, er pries meine Freundlichkeit, die deutsche Freundlichkeit, wie er betonte, und er pries meine Schönheit (aber das war arg geschmeichelt). Dann kritzelte er seine Adresse auf einen Zettel, das Heim, in dem er untergekommen war, und er ermunterte mich, ihn zu besuchen. Anstatt dass ich ihn hereingebeten hätte, naheliegend zwar, aber, nach meinem Empfinden, zu überstürzt, folgte ich ein paar Tage später seiner Einladung.

Morgens beim Frühstück wanderten meine Augen nach draußen und betrachteten die akkurat geschnittene Hecke, seiner Hände Arbeit, ein Job, mehr nicht, weiß der Kuckuck, wie die Nachbarn auf ihn gestoßen waren, auf einen, der sich nicht scheute, für wenig Geld den Gartenpfleger zu spielen; diese

Nachbarn waren neu, sie setzten mir ihre neuen Häuser vor, eins neben das andere, zwei Häuser auf jenem Grund, der einstmals zu unserem Haus gehörte, aber eben nur vermeintlich, gleich nach der Wende nämlich meldeten sich die ehemaligen Eigentümer, und schon war der Boden weg, dann die Aussicht und alles, auch mein Haus gehört mir nicht mehr, obwohl es von Friedrich rechtmäßig erworben worden war und daher von den ehemaligen Eigentümern nicht zurückgefordert werden konnte, nein, ich entschloss mich dazu, es zu verkaufen, natürlich schweren Herzens, denn in der Zukunft werden meine Kinder nichts erben, obwohl sie eine Erbschaft, vor allem Hermann und Martin, bitter nötig hätten bei all ihren Sorgen; alles, was ich mir vom Käufer erbat, war, hier in diesem Haus zu wohnen, bis ich tot umfalle, dieses Haus ist mein Leben, ich kann mir nicht vorstellen, eines Tages auszuziehen, noch weniger, auf der Straße zu sitzen, die Zeiten sind rau, und keiner weiß, was passiert, so habe ich also vorgesorgt für mich, wenigstens, was das Haus betrifft, und ich sage klipp und klar, mit wildem Trotz, dass ich mir vornehme, steinalt zu werden.

Im Heim für Asylbewerber hauste Tarell unter so ärmlichen Umständen, dass ich mich wunderte, wie er es fertigbrachte, den perfekten Gastgeber für mich zu spielen, er kochte Tee, er hörte mir zu, und mit der Zeit verlor sich die Beklemmung, die uns unmerklich auf der Brust gelegen hatte, ich sah ihn an, und von Mal zu Mal erschien er mir gelöster, unbeschwert und, das gebe ich gerne zu, begehrenswert. Kurz darauf unternahmen wir einen Ausflug ans Meer, ich zeigte ihm einen Strand, der mir seit Langem bekannt war, an diesem Strand trafen wir uns mit Freunden (wenn ich wir sage, meine ich Friedrich und mich, Friedrich, meinen früheren Mann), es war herrlich damals, und herrlich war es auch in den Stunden, da

Tarell und ich, zumeist mit den Füßen im Wasser, spazieren gingen, mir fiel auf, dass er sich beim Gehen aufrichtete, nichts mehr von krumm und demütig, er führte mich stolz am Strand entlang.

Ich liebe ihn, so ist es, und er liebt mich, gleichgültig, was andere davon halten, was sie bemängeln oder bespötteln mögen, sie wissen nicht im Entferntesten Bescheid, weil sie es, gekettet an das tägliche Einerlei, längst aufgegeben haben, das Äußerste zu ersehnen. Es übersteigt ihre Vorstellungskraft, dass sich ein mehr als dreißig Jahre jüngerer Afrikaner mit einer alten deutschen Frau verbindet, ich weiß, wie sie darüber denken, für sie bin ich ein mannstolles Weib, das sich einen Not leidenden Schwarzen geangelt hat, mit einem Wort: ich bin isoliert, denn sie sehen mich nicht mehr an als ihresgleichen, das ganze Kaff steht Kopf, ja, meine Liebe zu Tarell hat mich noch weiter von ihnen entfernt als Friedrichs Schuss aus dem Jagdgewehr und hinterher das ätzende Geschwätz. In ihrer Sicht gelte ich als Aussätzige, gut, dann ist es eben so.

Was für Schikanen musste Tarell über sich ergehen lassen, schließlich drohten die Behörden, ihn abzuschieben.

So heiratete ich ihn.

Es war eine stille Hochzeit, Tarell hatte sich einen Anzug geborgt, er sah prächtig aus, und auch ich kleidete mich mit dem Besten, was ich aufzutreiben vermochte (Kathrin gab mir den entscheidenden Hinweis), ich gefiele ihm sehr, schwärmte Tarell, ich sähe zwanzig Jahre jünger aus (dieser Schmeichler). Auf dem Standesamt schenkten wir uns das Ja-Wort, alles war im Nu geschehen, in der Woche darauf traf ich die Frau, welche die Trauung durchgeführt hatte, zufällig in der Stadt, und sie erweckte den Eindruck, als läse sie Zweifel in meinem Gesicht, ob es gutgehen würde oder nicht, sie sagte, Ehen glücken, und Ehen scheitern, es lässt sich nicht im Mindesten vorhersagen, am wenigsten von Außenstehenden, ich wünsche Ihnen beiden viel Glück.

Unter der Woche bin ich, seit Tarell Arbeit gefunden hat, allein zu Hause, ich rauche zu viel, aber ich bin zufrieden, hier in meinem Haus fühle ich mich aufgehoben, es hat sich über die Jahre nicht viel verändert, da der Flügel (auf dem keiner mehr spielt), dort die Sitzgarnitur, an den Wänden die verblichenen Fotos von Friedrich, mal auf der Jagd, mal im OP, Tarell stößt sich nicht daran, doch ich nehme mir vor, endlich auch ein Foto von ihm aufzuhängen. Manchmal, wenn der Tag ins Trudeln gerät, stelle ich mir vor, wie es wäre, wenn Friedrich und Tarell einander begegneten, der stolze weiße Boss und der stolze schwarze Arbeiter, der Untersetzte und der Hüne, einmal und nie wieder, Friedrich schriebe ihm einen geharnischten Brief, in dem er ihm, verhalten drohend, jede Annäherung an meine Person aufs Schärfste untersagte, etwa so, wie er damals meinen leidenschaftlichen Bulgaren, übrigens aus bester Familie, in die Schranken wies, dieser, der mich eben noch mitsamt den Kindern in sein Land zu locken versucht hatte, streckte die Waffen, mit der abfälligen Bemerkung, der Brief offenbare die berüchtigte Selbstherrlichkeit eines deutschen Arztes; auch Tarell würde sich die Haare raufen, was für ein maßlos arroganter Kerl. Ach ja, Friedrich.

Hoch und heilig hat Tarell versprochen, für mich zu sorgen, ja, und er tut es, er fährt nach Hamburg jeden Montagmorgen und schuftet dort im Hafen, und am Wochenende behandele ich die Schwielen auf seinen Händen, er arbeitet hart, und er leidet unter der Trennung ebenso sehr wie ich, jeden Abend ruft er an und erkundigt sich nach meinem Befinden; falls ich mich niedergeschlagen fühle, heitert er mich auf mit einem seiner Späße, die mich seit je zum Lachen bringen, schon allein dadurch, wie er sie erzählt. Ist er zu Hause, umsorgt er mich wie eine Mutter, in der Küche darf ich keinen Finger krümmen, er führt einen sparsamen Haushalt, anders ginge es auch gar nicht; die Preise vergleichend, ziehen wir durch die Märkte, und wir wetteifern darin, billige Angebote herauszupicken. Mit der Hochzeit habe ich meine Rente verloren, ohne die Hochzeit hätte ich ihn verloren.

Sommer 1990. Die Lieferung ist da, brachte Werner Umbach erleichtert hervor, worauf zwei Männer aus dem VW-Kombi sprangen und die Heckklappe aufzogen, dann liefen sie mehrmals hin und her, vom Wagen zum Garten hinterm Haus und wieder zum Wagen, mit Kisten in den Händen, mit Schalen und Tabletts, Getränke, Krabbensalat, mancherlei Schnitten, in Kürze war das Buffet aufgestellt, wie im Märchen, sagte Karen mit feinem dänischem Akzent, das Tischlein deckt sich, Sören nahm sich ein Bier aus dem Kasten und öffnete es sogleich, ebenso wie Kurt, der seine Flasche weitergab an Maggie, auch Gläser und Teller wurden gebracht, unter Alufolie lag ein Haufen Schaschlik-Spieße, nach kurzem Gruß stiegen die Männer in den Kombi und rauschten wieder ab, das Essen ist da, rief Werner und winkte seine Gäste an den Tisch, während Carola bereits Reis und Spieße auf die Teller verteilte, allein Hannes ließ sich davon nicht beirren, er saß abseits unterm Baum und las mit sichtlich angestrengter Miene in einem Buch.

Wieso heuerst du dir einen Partyservice an?, fragte Friedrich.

Offen gesagt, weil es bequem ist, gestand Werner, und weil es seit Kurzem einen solchen Service gibt, ich unterstütze das Kleingewerbe in der Stadt.

Und dabei waren sie nicht mal pünktlich, eine geschlagene Stunde haben sie uns warten lassen, schöner Service.

Ja, mir wurde schon bange, denn ich hätte nichts zu Hause gehabt, was für ein Gartenfest wäre das geworden ohne zu essen und zu trinken. Hannes, komm doch, so spannend, dass du vergisst, deinen Appetit zu stillen, kann ein Buch gar nicht sein.

Sören sagte: früher haben wir selbst gegrillt.

Es ist nicht spannend, entgegnete Hannes ohne aufzublicken, aber das Buch hat es in sich.

Wir grillen immer noch selbst.

Sei froh, Sören, dass du nicht um die Glut tanzen musst.

Wenn Friedrich etwas schießt, dann wird gegrillt.

Ich versteh dich nicht, Hannes.

Das-Buch-hat-es-in-sich.

Ja, ja, das Buch, aber jetzt wird gegessen.

Es ist auch Wein da.

Bulgarischer?

Französischer, lachte Werner, französischer Rotwein, bestimmt nicht aus dem Intershop.

Mir käme so ein Partyservice nicht ins Haus.

Schmeckt es dir nicht?

Ist doch für alles bestens gesorgt, sagte Karen, und frisch zubereitet.

Das glaubst auch nur du.

(Unterdessen turtelten Maggie und Kurt miteinander, als hätten sie sich kürzlich erst kennengelernt, zwei, drei Küsse auf den vollen Mund, dann kauten sie weiter; Hannes blätterte eine Seite um.)

Morgen wollen wir an den Strand.

Diesen Sommer, beklagte Carola, ist Friedrich noch kein einziges Mal im Wasser gewesen.

Warum nicht?

(Hannes klappte das Buch zu und beäugte die Gesellschaft, dann suchte er nach der Stelle, wo er aufgehört hatte, und las weiter.)

Na ja, ich weiß nicht, sagte Friedrich, zu viel Unruhe.

Ach Hannes!

Was Hannes? (Hannes zog eine säuerliche Miene.)

Demnächst schenk ich dir ein Benimmbuch.

Das Meer entspannt, behauptete Karen.

Sören sagte: dein Sohn, Werner, ist alt genug, dass er weiß, was er tut, übrigens mag ich Leute, die lesen, wer sich nicht stören lässt, der stört auch niemand anderen.

Liebste, darf ich dir mit einem Spießchen kommen? (Kurt piekste Maggie in den nackten Oberarm, worauf sie gekünstelt aufkiekste – auf pieksen folgt kieksen, stellte er befriedigt fest.)

Was vermeldet das dänische Königshaus?

Land des Lichts, Land des Nichts, es tut sich nicht viel, wenn du Kopenhagen außer acht lässt.

Ganz Dänemark redet von Deutschland.

Auch das noch, unkte Friedrich.

(In diesem Augenblick oder auch einen Augenblick davor setzte sich Hannes das aufgeschlagene Buch auf den Kopf, und es sah aus, als würde er sich das Dach am liebsten herunterziehen bis über beide Ohren, er schloss die Augen.)

Hast du Dolores nicht eingeladen?

Und ob, sagte Werner, aber ihr Mann, der macht jetzt Politik, und sie haben nicht mehr so viel Zeit.

Wer sich heutzutage alles in der Politik tummelt, da verliert man glatt die Übersicht.

Erst als sich der Kreis, da gesättigt fürs Erste und mit Schnaps besänftigt, lichtete, wagte sich Hannes an den Tisch und stibitzte dies und das, er zog sich mit dem Teller unter den

Baum zurück und nahm, ab und an einen Bissen verzehrend, seine Lektüre wieder auf. Auf der Hollywoodschaukel lungerten Werner und Friedrich, jeder eine Flasche Bier in der Hand, ohne die Beine zu bewegen, die Schaukel stand still.

Du hast dich wählen lassen, fing Friedrich äußerst schleppend an, in diese Vereinigung da von Zahnärzten, ja, du stehst an der Spitze, dein Wort hat Gewicht, ich meine, was eigentlich habt ihr vor?

Kurz gesagt, sagte Werner, aber dann zögerte er plötzlich, als ließen sich die Ziele nicht ohne Weiteres zusammenfassen (oder als scheue er sich, diese Ziele gegenüber Friedrich schlicht beim Namen zu nennen), es ist klar, dass sich der Westen hier breit macht und dass nichts bleibt von einem Gesundheitssystem, wie wir es kennen, im Gegenteil, dieses System wird ausradiert, und daran, Friedrich, daran wollen wir mitwirken, ich habe, allein schon durch Hannes, die Vorzüge der freiheitlichen Gesellschaft schätzen gelernt, und nun will ich erreichen, dass, vereinfacht gesagt, Zahnärzte über Zahnärzte befinden, anstatt dass sich Politiker einmischen oder Allgemeinmediziner, kurz, ich helfe mit, all das zu beseitigen, was nach sozialistischer Bevormundung stinkt.

Verärgert fuhr Friedrich hoch: dann bist du also dazu angetreten, auch mein Lebenswerk zu vernichten.

Ja, in der Konsequenz magst du es so sehen.

Bah!, dann hab ich mich total getäuscht in dir, nie im Leben hätte ich gedacht, dass ausgerechnet du dich als elender Wendehals entpuppst.

Ich bin davon überzeugt, dass der Sozialismus auf der ganzen Strecke versagt hat.

Bah!

Es hätte wenig gefehlt, und Friedrich hätte ausgespuckt, aber er flüchtete sich zu den anderen, während Werner in Betrübnis verfiel, indes in der Auffassung, dass die Wahrheit einem Freund zuzumuten sei, er beobachtete Friedrich, wie er sich in ein Gespräch drängte, es an sich riss und lauter lachte als nötig, er beobachtete ihn zehn, fünfzehn Minuten lang, ehe er bemerkte, dass sich Friedrich zwei Gläser Sekt besorgte und damit zu ihm zurückkehrte; Friedrich sank in die Polster. Sie ließen sich wiegen.

Selbst wenn alles zum Teufel geht, Werner, lass uns trotzdem Freunde bleiben.

(Sie nippten am Sekt.)

Hinterher bekannte Friedrich: ich rechne, nicht weniger als du, damit, dass sich der Westen stark einmischt, zweifellos wird eins nach dem anderen umgestülpt, aber wir stellen uns der Herausforderung, auch ich habe vor, die neue Zeit durchaus zu nutzen, für das Krankenhaus und für mich.

Dass sie tuschelten, war nicht ungewöhnlich, fortwährend steckten sie die Köpfe zusammen und tauschten sich leise untereinander aus, in einem Krankenhaus ist das Getuschel ein schwer verzichtbares Grundgeräusch, unabhängig davon, ob es sich um Tratsch handelt oder um professionelles Bedenken. Im Zuge der politischen Aufgeregtheit aber enthielt das Getuschel eine beunruhigende Note, so als rängen sie, angesichts durchlöcherter Gewissheiten, um die neue Richtung (oder würde sich letztlich die alte bewähren?), jedermann trachtete danach, sich vorteilhaft in Stellung zu bringen, zaghaft und tastend, um sich keinen Schiefer einzuziehen; nicht ausgeschlossen, dass sie sich insgeheim anschickten, Allianzen zu schmieden, wofür, wogegen stand dahin, sicher war nur eins, sie durften sich jetzt keine Fehler erlauben.

Vertraut mit Getuschel, maß Voss ihm zunächst keine Bedeutung bei, er ignorierte es schlichtweg (worin er als Chef seit

Langem geübt war). Doch es blieb auch ihm nicht verborgen, dass das lässliche Grundgeräusch zu einem vernehmlichen Rauschen anschwoll; dass das Gespräch auf dem Korridor verstummte, sobald er sich zeigte, und dass das Grüppchen, nicht selten übereilt, auseinandersprengte. Ist da eine Verschwörung im Gange? Zetteln sie etwas an gegen mich? Aber Friedrich Voss wäre nicht Friedrich Voss, hätte er mehr Gedanken als nötig daran verschwendet, alles lief weiter wie bisher, das heißt, so ganz dann auch wieder nicht, denn bei festlichen Anlässen entfiel mit einem Mal jedes Lob (aber auch jede Lobhudelei) auf seine Person, anders als früher bekam er keinen Blumenstrauß überreicht, und er kehrte, zu Carolas Überraschung, frühzeitig heim.

Dessen ungeachtet verabschiedete er sich sorglos in den Urlaub, er unternahm eine Schiffsreise, fast vier Wochen auf See. Als er, mittags auf der Treppe zum Krankenhaus, Dolores begegnete, trug er eine Uniform und blinzelte ihr herrschaftlich zu.

Oh, dir scheint es ja gut zu gehen.

Ja, alles bestens, ich hätte nie geahnt, wie sehr mir die Luft auf See bekommt, du lernst, die Dinge von einer anderen Warte zu betrachten, dieses ständige Klein-Klein, den ganzen Kram, völlig unnötig, weißt du was, Dolores, einmal werde ich um die ganze Welt fahren.

Nimmst du mich mit?

Wohin immer du willst.

Auf die Philippinen.

Wenns weiter nichts ist.

(Sie lachten.)

Voss sagte: du siehst unverschämt gut aus.

Dolores wandte sich dem Meer zu, dann blinzelte sie ihm ins Gesicht: es liegt an der Seeluft.

Sag ich doch.

(Sie lachten.)

In der Woche darauf versammelten sich die Ärzte zur morgendlichen Besprechung, heiter gestimmt durch das sonnige Wetter, sie neckten einander, und höchstens Einzelne schielten dann und wann auf die Tür, durch die sogleich der Chef eintreten würde, um Order zu erteilen; auch Kathrin und Ulrich, seit Kurzem ans Krankenhaus gebunden, saßen in der Runde, allerdings nicht nebeneinander, wollen wir anschließend schwimmen gehen?, rief sie ihm zu, und er rief zurück, ich bin dabei, ein dritter schloss sich an, gute Idee, wo treffen wir uns? Keinem fiel auf, dass sich Peter Wald, außerdem ein früherer Kollege, nunmehr in der Kreisverwaltung angestellt, nicht im Geringsten an der Ausgelassenheit beteiligten, vielmehr schwiegen sie und horchten mit gefrorenen Zügen. (Erst im Nachhinein erinnerten sich alle daran, so als hätte sich der Eindruck unbewusst eingeschlichen.) Wald blätterte in Papieren, statt dass er gestichelt hätte mit seinem trockenen Witz; der frühere Kollege lehnte apathisch im Stuhl, gleichwohl mit flatternden Augen.

Da kam Voss herein und verlangte, noch ehe er sich setzte, nach dem Bericht über die vergangene Nacht.

Moment!, fuhr Wald dazwischen und richtete, jetzt wach und mit bewegtem Ausdruck, seinen Oberkörper auf, das alles hat Zeit, ich muss Sie um Ihre Aufmerksamkeit bitten, denn es liegt eine Mitteilung vor, der Sie Ihr Gehör zu schenken haben.

Bass erstaunt starrten ihn die Übrigen an. Bloß Voss machte eine ungehaltene Grimasse, wie drauf und dran, seinen Zögling Wald herunterzuputzen.

Wald erhob sich, Auge in Auge mit Voss.

Herr Doktor Voss, ich habe die Pflicht, Sie davon in Kenntnis zu setzen, dass Ihre Dienste nicht länger benötigt werden,

Ihre Dienste am Patienten sind hier nicht mehr erwünscht, in einem Wort, Sie sind entlassen.

Die Übrigen hielten die Luft an, es wurde so still, dass keiner aufzumucken wagte. Voss sank auf einen Stuhl.

Der frühere Kollege sekundierte: Sie, Herr Doktor Voss, sind nach Auffassung des Kreises eine Gefahr für die Volksgesundheit.

Entschuldigen Sie, meine Herren, sagte Voss, ist es möglich, dass ich mich verhört habe?

Bedauere, Sie haben sehr wohl verstanden, Sie sind aufgefordert, das Krankenhaus zu verlassen, und zwar auf der Stelle, sofern Sie sich weigern sollten, dem Beschluss zu folgen, sehen wir uns leider gezwungen, die Polizei zu rufen.

Hilflos ergeben ließen die Versammelten die Worte auf sich niederprasseln, bloß Kathrin schluchzte bestürzt auf: schämen Sie sich, Sie wissen, dass Sie Unsinn reden, also schämen Sie sich.

So ist es, sprang ihr Ulrich bei, Sie erdreisten sich, den besten Arzt unseres Kreises zu verleumden, schämen Sie sich.

Schämen Sie sich, stieß Kathrin nach.

Es tut mir leid, beteuerte Wald, aber es ist nicht an uns, uns zu schämen, Herr Doktor Voss sollte sich schämen, weil er als Handlanger gedient hat in einem verbrecherischen System.

(Stille.)

Herr Doktor Voss, ich muss Sie bitten zu gehen.

In diesem Moment schlugen die Worte über Voss zusammen, er saß wie zerschmettert auf seinem Stuhl, einige Sekunden, unendlich lange, aber dann raffte er sich unverhofft auf und fragte mit gefasster Stimme: darf ich mich wenigstens von meinen Patienten verabschieden?

Wald und der frühere Kollege wechselten einen Blick, einer von beiden sagte: es sei Ihnen gestattet.

Die Hand auf der Klinke, zögerte Voss, da unschlüssig, ob er die Tür zuziehen oder zuschlagen solle, in diesem Zögern drohte er zu versteinern, ein Zustand, der ihm fremd war, er musste sich buchstäblich zu einer Entscheidung durchringen, er entschied sich für den Knall. Im Korridor griff er nach dem Ellbogen von Dolores und bat sie, ihn zu begleiten.

Was?, Visite?, um diese Zeit?

Ja, das schadet nicht.

In fünfzehn Minuten muss ich im OP sein.

Letzte Runde. Es dauert nicht lang.

Dolores runzelte die Stirn, er kam ihr blass und verstört vor, und so schlug sie ihm die Bitte nicht ab. Erst als er am Bett eines Patienten stand, verlor sich der verwirrende Eindruck, den er auf sie gemacht hatte, zumindest bis auf eine Spur, die sie umso mehr verunsicherte, aufmerksam stellte er seine Fragen, erkundigte sich nach Schmerzen und Gebrechen, ab und an auch nach Privatem; wenn er etwas Auffälliges erfuhr oder ertastete, hielt er Dolores an, es zu vermerken (einmal, angesichts eines Patienten, der viel Blut verloren hatte, erinnerte sie sich der Notfallspende vor Jahren, die sich Friedrich, weil über dieselbe ausgefallene Blutgruppe verfügend, kurzerhand selbst abzapfen ließ, um eine Patientin zu retten), Voss nahm sich Zeit, während Dolores mit dem Daumen ihre Fingerkuppen rieb. Nach jedem Gespräch schüttelte Voss seinem Patienten die Hand, was Dolores nicht weniger verwunderte als die zeitige Visite mit ihr an seiner Seite, der OP-Schwester.

Jeweils auf dem Korridor, bevor sie ins nächste Zimmer traten, bedrängte sie ihn, sich zu erklären, etwas in seiner Art beunruhige sie, du wirkst so benommen, was ist vorgefallen? Dazu aber gab Voss keine Auskunft.

Am Ende des Korridors indes hielt er inne: danke, Dolores, es tat mir gut, dich in meiner Nähe zu wissen.

Verdammt noch mal, was ist bloß los mit dir?

Sie haben mich gefeuert.

Kaum dass er sich offenbart hatte, entzog er sich, den Korridor entlang, ins Treppenhaus, Stufe um Stufe hinunter, dann durch die Tür hinaus, er verließ das Krankenhaus, ohne sich noch einmal umzudrehen.

In Verantwortung zur Durchsetzung der Verordnung über die Besetzung leitender Stellen in Gesundheitseinrichtungen vom 4. Juli 1990, auf Beschluss des Kreisausschusses vom 10. Juli 1990, nach Ablehnung eines Vorschlages zur gütlichen Einigung und zur Aufrechterhaltung eines geordneten Krankenhausbetriebes ist es zwingend erforderlich, den bisherigen Stelleninhaber mit sofortiger Wirkung von seinen Funktionen im Kreiskrankenhaus S. freizustellen.

Das Papier auf dem Schoß, kauerte Friedrich auf dem Gartenstuhl, während Carola in einem fort zeterte, sie ging, wie eine Verwirrte, auf der Terrasse im Kreis, im Gespräch mit sich selbst oder mit dem Stadtwald, dann und wann Friedrich zugekehrt, in Wahrheit aber, und zwar ohne Unterlass, die Übeltäter ins Visier nehmend, sich entrüstend, Flüche schleudernd, Fäuste ballend, Fäuste schwingend, Rotz ausspuckend, plärrend, kreischend, kalt taxierend, lästernd, böse schimpfend, die Augen verdrehend, sich auf die Stirn schlagend, Verrat geißelnd, Rache schwörend, verächtlich schnaubend, Fratzen schneidend, teuflisch höhnend, das Leben verklagend, Unrecht anprangernd, einschnaufend, ausschnaufend, finster grollend, keuchend, die Hände ringend und sie in die Hüften stemmend – ehe sie sich, jäh verstummend, auf der Bank niederließ. Geradeso als hätte ihn Carolas ungestümer Wortschwall vor der Erschütterung bewahrt, brach Friedrich, kaum dass der Schutzschirm eingezogen war, in Tränen aus, ein stilles Weinen, ohne zu jammern oder zu schluchzen.

Friedrich, du musst kämpfen für dein Recht.

Ja. Ja. Aber ich hab keine Kraft.

Du weißt, dass du im Recht bist, also musst du kämpfen. Hier, nimm (ein Taschentuch), putz dir erst mal die Nase.

Er schnäuzte sich.

Hast du nicht gehört, was der Anwalt gesagt hat? Er wird für dich jeden Prozess gewinnen.

Ich habe die gütliche Einigung ausgeschlagen.

Jeder an deiner Stelle hätte es getan.

Ich bin nicht der Mensch, der sich ins Büro setzt und Gutachten verfasst, ich könnte es einfach nicht, nach allem –

Verlangt ja keiner. Du musst vor Gericht ziehen.

Es – ich –

Kopf hoch, wir schaffen das.

Sich vorbeugend, drückte ihm Carola ihre Hand aufs Knie, sie lächelte ihn an, warm und liebevoll, ohne dass er sich beruhigt hätte, es war, als duckte er sich unter ihrer Zuneigung hinweg, nicht nach dahin oder dorthin, sondern jäh zurückfahrend in die Verzweiflung.

Sie hassen mich.

Die Jahre nach der Wende (Hermann Voss). Manchmal überkommt es mich, und ich lache laut über mich selbst, mein Leben, ich lache und lache, weil alles so komisch gelaufen ist, es fällt mir schwer, mich zu fassen, Hermann!, rufe ich mich zur Vernunft, nimm dich zusammen, aber vergeblich, ich pruste, bis mir der Bauch wehtut und ich nach Luft ringen muss, ha, ha, ha, doch es ist, selbst wenn es sich teils so anhört, kein bitteres Lachen, kein Lachen, das mich im Innersten quälte, ebenso wenig wie ein befreiendes Lachen, denn mir geht es, nachdem dieses Lachen mich geschüttelt hat, nicht besser als vorher, das Lachen verröchelt, und es hat mir nichts gebracht, eine Aktion, die sich glucksend zersetzt, wozu also, wozu, da ja obendrein niemand da ist, der mir kopfschüttelnd zusähe und fragte, warum lachst du? Ich bin gescheitert, ich habe, trotz allen Bemühens, nichts zuwege gebracht, das ist die Wahrheit, und die Wahrheit ist meistens zum Lachen, und wenn nicht, dann ist sie zum Weinen. Dabei ließ es sich, kaum aus der Landwirtschaft entlassen, zunächst gut an, ich ergriff meine Chance, indem ich mich bei einer großen Brauerei bewarb, in Westdeutschland, ja klar, unsere eigenen Biere standen damals ratlos in den Regalen herum, und tatsächlich luden sie mich ein nach Dortmund, zum Vorstellungsgespräch, das Übliche und zum Schluss die Frage, warum ausgerechnet hier, wodurch ich allerdings nicht in Verlegenheit geriet, denn ich kannte ihren alten Spot, ich habe häufig Reklame gekuckt, Westfernsehen, so stand ich unverzüglich auf, ich schnippte mit den Fingern und klatschte in die Hände, und dann sang ich (weil ich mich aufs Singen verstehe), dab, dabdab, das hat sie schier überwältigt, und tags darauf sagten sie zu, ich bekam die Stelle, zuständig für Mecklenburg-Vorpommern, eine von fünf für die neuen Bundesländer, bei sage und schreibe siebenhundert Bewerbungen, ich schaffte das Bier aus Dortmund ins Land, palettenweise und, mangels Verkaufsmärkten, zunächst in Zelten angeboten, ich verdiente bestens in einer Zeit, da hier in S. der Großteil in die Arbeitslosigkeit stürzte, auch meine damalige Frau hatte Erfolg, mit einem Kiosk an der Strandpromenade, und so fassten wir allmählich Mut, so sehr, dass wir ein heruntergekommenes Gehöft erwarben, am Rand der Stadt mit Aussicht auf die See, jede freie Minute verwendeten wir darauf, es nach unseren Vorstellungen herzurichten, wir träumten von einem Ferienhof, am besten mit Anbau, aber ehe die ersten Gäste eintrafen, rückte uns mein schwer gebeutelter Bruder auf die Pelle, Martin mitsamt Familie, es war ein Fehler, ihn aufzunehmen, ebenso wie es ein Fehler war, ihn später wieder hinauszuwerfen, aber was hätte ich tun sollen, alle beknieten mich, also nahm ich ihn auf, keiner bezahlte Miete, also warf ich ihn hinaus, heute tut es mir leid, und ich bin froh, dass der Ärger verraucht ist, noch mal zehn Jahre so tun, als hättest du keinen Bruder, nein, ich hätte es nicht fertiggebracht, eine durch und durch beschämende Geschichte; von Zeit zu Zeit sehen wir uns, ohne über das Vergangene zu hadern, und hin und wieder spendiere ich ihm eine Schachtel Zigaretten, das Mindeste, ich glaube, er hat sich mittlerweile gefangen, aber was heißt das schon, es macht mich traurig zu sehen, wie sehr ihn das Leben geschlagen hat.

Bald logierten die ersten Feriengäste bei uns, und alle zeigten sich vollauf zufrieden, manche schwärmten geradezu und gelobten wiederzukommen, aber für eine Erweiterung des Gebäudes um einen Flügel mit zusätzlichen Wohnungen fehlte Kapital, und die Banken verweigerten jeglichen Kredit, ungeachtet unserer Beteuerungen und Kalkulationen, sie misstrauten uns, es war zum Verrücktwerden, und nicht nur in dieser Angelegenheit vermisste ich schmerzlich die Autorität meines Vaters, er wäre da reinmarschiert und hätte seine Faust auf den Tisch geknallt, jede Wette, und dann hätten sich die Probleme wie von selbst gelöst, stattdessen aber geriet unser Vorhaben ins Stocken, was dich hemmt, deprimiert dich, und just in dieser Phase lachte sich meine Frau einen anderen Mann an, Handelsvertreter, ich weiß nicht für was, sie suchte das Weite und ließ Steffen, ihren Sohn, zurück, nicht, weil sie ihn nicht mitnehmen, sondern weil Steffen nicht mitgehen wollte, Steffen blieb also bei mir, und nachdem der Hof verkauft war, machten wir halbe-halbe, ein sauberer Schnitt, sie war weg.

Gemeinsam mit Steffen bezog ich eine schöne große Wohnung in der Stadt, Altbau, Parkett und Stuck an der Decke, tipptopp renoviert, längst hatte ich meinen Job gewechselt, ich handelte nicht mehr mit Bier, sondern mit Dünger, nunmehr im Auftrag eines großen skandinavischen Konzerns, die Dortmunder hatten mich auf die Straße gesetzt, durchaus fragwürdig, warum?, ein Missverständnis, würde ich sagen, denn ich habe mir, genau betrachtet, nichts zuschulden kommen lassen, es hieß, ich hätte eigenmächtig gehandelt, es hieß, ich hätte den Geschäftsführer übergangen, gut, ich hätte mich mit ihm ins Benehmen setzen müssen, eine Frage der Abstimmung, aber dass ich abgelaufenes Bier, schal und somit keine Reklame für Dortmund, kurz entschlossen aus dem Verkehr ziehen ließ, und zwar in großen Mengen, das kann mir im Ernst keiner vorwerfen, es sei denn, sie hätten darauf gehofft, die Flaschen, obzwar hinüber, doch noch an den Mann zu bringen, überzeugt davon, dass der schluckende Ossi ohnehin nichts bemerkt, der Ossi schluckt alles, mögen sie sich gesagt haben, keinesfalls im Irrtum, denn alle Erfahrung gab ihnen Recht.

All das hat Paps nicht mehr erlebt, glücklicherweise, denn es hätte ihn um den Verstand gebracht, aber vielleicht komme ich allzu überstürzt zu dieser Einschätzung, vielleicht hätte er sich, gefestigt und wieder bei Kräften, energisch eingemischt, so wie er sich auch in der Vergangenheit nicht scheute, den Mund aufzumachen, wann und wo immer, er hätte, nach meinem Dafürhalten, das Zeug dazu gehabt, den furchtlosen Helden zu spielen in der Wildwestklamotte, die, kurz nach der Wende, über unser Land hereinbrach, einer, der sich nichts vorgaukeln lässt, einer, der jedem Halunken an den Kragen fährt, ein unbeugsamer Kerl, Zigarette im Mundwinkel, Stiefel auf dem

Tisch, aber er hat diese Rolle, kaum dass sich der Horizont verfärbte, nicht annehmen wollen, er hat sie, geblendet von Gegenlicht, nicht mal gesehen, New Hollywood hätte ihn bitter nötig gehabt, doch er verlor sich in dem Glauben, dass der neue Stil seiner Fähigkeiten nicht bedurfte, was für ein Trugschluss, er wäre einer der wenigen gewesen, die das Spiel von A bis Z beherrscht hätten. Alle hatten wir mit uns zu tun, alle. Und ich gestehe, dass ich in den entscheidenden Monaten, obgleich ansässig in S., weit weg war von meinem Elternhaus und dass ich Paps' Einkapselung nicht wirklich mitbekam, weil für mich schlicht undenkbar, hinzu kommt, dass ich mich bereits Jahre zuvor mehr und mehr von ihnen entfernt hatte, letztlich wegen meiner ersten Frau, die sie beide nicht akzeptierten an der Seite ihres Sprösslings, immerhin eines echten Voss, was dazu führte, dass ich sie, meine Eltern, nicht zur Hochzeit einlud, dadurch, so dachte ich, entginge ich der Heuchelei, ihrer und meiner, nichts, was ich mehr verabscheue als geheucheltes Getue, ich glaube, dass ich mich damals richtig verhalten habe, aber es schmerzt mich aufs Tiefste, dass ich Paps dann nicht helfen konnte, ja dass ich nicht mal erkannte, dass er Hilfe nötig hatte, besonders durch die Familie, also auch durch mich, seinen Sohn, ich werde mir mein Versagen nie verzeihen.

So fand ich mich aufgerufen, mich um meine Mutter zu kümmern, sie litt schwer unter dem Tod von Paps, und es sah in den ersten Jahren ganz danach aus, als meldete sich ihr unbändiges Temperament nie mehr zurück, ich schlug ihr vor, eine Agentur aufzusuchen, Partnervermittlung, genau, ich würde sie dorthin begleiten, doch sie lehnte entrüstet ab, welch ein Blödsinn, und weil ich nicht lockerließ, jagte sie mich eines Tages wütend aus dem Haus, sieh selbst, wo du bleibst, fauchte sie mir in den Rücken, lass du dich vermitteln, du hast es nötig; ich ließ sie in Frieden, und am Ende stellte sie uns vor vollendete Tatsachen, sie verschacherte das Haus, dann heiratete sie erneut, einen Schwarzen, der Gefahr lief, ausgewiesen zu werden, eine originelle Lösung, der ich, wenngleich düpiert, ein gewisses Maß an Anerkennung nicht versagen konnte, damit hat sie alle übertölpelt, am meisten aber sich selbst, ohne dass sie es sich je eingestehen würde. Im Übrigen behielt sie Recht, offenbar eine Folge ihres mütterlichen Instinkts, ich sollte in der Tat, anders als sie, angewiesen sein auf die Dienste einer Agentur, Suche warmherzige Frau aus Polen ohne hohe Ansprüche, natürlich war ich mir im Klaren darüber, dass ich mich dadurch, ungeachtet meiner lauteren Absichten, in den Dunst einer sexuellen Kontaktbörse begab, vielleicht erfüllte die Agentur sogar überwiegend derartige Zwecke, aber egal, ich habe nichts dagegen, wenn sich Menschen zum Vögeln treffen, auch nicht, wenn Geld dabei im Spiel ist, und ich hätte mich selbst, wäre mir die Frau meines Lebens versagt geblieben, mit nichts als Vögeln über die Schlappe hinweggetröstet; unabhängig davon versäumte ich in meiner Anzeige zu vermerken, dass ich mir eine Polin vom Land wünschte, denn ich hätte mir denken können, dass eine Polin aus der Stadt durchaus ihre Ansprüche zu stellen wagte, ein Versäumnis, ein Fehler, so empfand ich es damals, kaum dass Maria dazu überging, dieses und jenes einzufordern, sie hielt mich unentwegt auf Trab, und das tut sie bis heute, da ich erkannt habe, dass ich, mangelte es mir an einem anspruchsvollen Gegenüber, vor Langeweile umkäme, es ist trügerisch, sich von der sanften Fügsamkeit einer Frau immerwährendes Glück zu erhoffen, dieses Glück stürzt über kurz oder lang in sich zusammen, übrigens auch das sexuelle Glück, sobald du gewahr wirst, dass du dir einen Sandsack ins Bett gelegt hast. Maria war und ist nicht billig, sie kennenzulernen, hat mich eine Stange Geld gekostet, ein paar Tausender plus Mehrwertsteuer, heutigentags könnte ich sie mir nicht mehr leisten, aber im Stillen bin ich stolz auf ihren Preis, denn sie war das beste Angebot, das mir jemals unterbreitet worden ist – versteht sich, dass ich zugriff.

Wie man so sagt, damals war ich flüssig, ich verfügte über Geld wie nie zuvor (und danach nicht wieder), zum einen hatte sich der Ferienhof gut verkaufen lassen, zum anderen erwies ich mich beim Handel mit Dünger als dermaßen geschickt, dass mich die Skandinavier entsprechend würdigten, einschließlich großzügiger Gratifikationen. Wahrscheinlich liegt mir das Verhandeln in den Genen, forsch nach vorn, mit dem Auge zwinkern, leicht nachgeben, damit sich die Partner, nunmehr besänftigt, in Sicherheit wiegen, aber letzten Endes, nach Unterzeichnung des Vertrags, überzeugt davon sein, dass man mehr als erwartet herausgeschlagen hat, zugunsten des eigenen Konzerns, es sind, zweifellos, die Gene meines Vaters, die mich zu solchen Leistungen befähigen, die Skandinavier wussten durchaus, was sie an mir hatten, ich kannte das Land, und ich kannte die Landwirtschaft, und was mir fehlte, brachte mir Herr Rinke bei, unvergesslich, wie er, Deutschland-Chef für Dünger, sich meiner annahm, wie er mich schulte und anspornte, ja, wie er mich emporzog, indem er mir sein Vertrauen schenkte.

Nun ja, schmunzelte er, wenn die Chemie stimmt, kann nicht mehr viel schiefgehen, wo wir doch in einem chemischen Unternehmen tätig sind.

Ein Mann von Welt, dieser Rinke, er hatte in den Vereinigten Staaten zu tun gehabt, dann in Argentinien, er hatte eine Niederlassung in Nigeria geleitet, ehe er sich in Norwegen für den Konzern verpflichten ließ; stets war er elegant gekleidet, nie trug er die steifen Anzüge der Wirtschaftsmenschen, genau betrachtet sah er aus wie ein hochrangiger Diplomat, stilvoll und zugewandt in den Gesten, gern mit Seidenschal, und so kam ich nicht umhin, ihn mir, zumal auf Reisen, mit Hut vorzustellen, wenngleich er sich nie einen aufsetzte. Manches von Rinke eignete ich mir an, weniger was die Erscheinung anging als den Stil seiner Verhandlungen, dieser zeugte, ich habe nur ein Wort dafür, von unglaublicher Entspanntheit.

Voss, sagte er, jetzt nehmen Sie sich mal ein bisschen zurück, all das Schneidige haben Sie gar nicht nötig, denken Sie jederzeit daran, dass Sie einen sehr großen Konzern repräsentieren.

Es fiel nicht schwer, ihm beizupflichten, ja, ich würde sogar behaupten, dass ich seinem Ideal von meiner Person nach und nach zu entsprechen suchte, Rinke schnitzte mich zurecht, er machte aus mir jenen Repräsentanten, der sich in aller Gelassenheit, dabei freundlich plaudernd, an den Tisch setzte. (Bei uns im Osten ging es meistens etwas ruppiger zu, ich glaube, andernfalls hätte ich gar nichts erreicht, die DDR galt nicht gerade als Paradies für feinnervige Seelen, und so stand mir das Ruppige später eine Zeit lang im Weg, immer dann, wenn ich mich in Rinkes Dünger-Diplomatie übte.)

Nicht selten gelangen uns die besten Geschäfte am Rande eines Essens, fast beiläufig, das Geheimnis bestand darin, dass nichts an diesem Beisammensein, und zwar so lange wie möglich, an ein Geschäftsessen erinnern sollte, gepflegte Unterhaltung, gedämpftes Lachen, sogar die schwarzen Koffer ließen wir für gewöhnlich im Auto, niemand erdreistete sich, irgendwelche Bücher aufzuschlagen, alles ganz zwanglos, vier Männer versammelt um einen Tisch, ein Deutscher (der mir bekannt war) und ein Chinese (über dessen Anwesenheit ich fortwährend rätselte, ehe ich mir überlegte, wie unendlich viele Bauern es in China geben mochte, wie unendlich viel Land, das zu düngen sich lohnen könnte), der Deutsche spielte den gut aufgelegten, zuweilen leicht polternden Bonvivant (bestimmt zu lärmend für Rinkes Ohren), während sich der Chinese, sobald er den Mund aufmachte, überschlug vor rasant purzelnden Vokabeln, sodass ich höchstens die Hälfte verstand, allerdings pausenlos lächelte und nickte wie ein Schuljunge. In dem Moment, da jeder sein Schnapsglas auf den Tisch stellte, fragte Rinke, ohne seinen jovialen Ton zu verändern, also, machen wir dreihundertfünfzig Tonnen?, worauf der Deutsche erwiderte, vierhundert Tonnen.

Abgemacht.

So lief es bei Rinke. Kurz darauf berichtete er, dass der Chinese die vierfache Menge abgenommen habe, und hätte ich geahnt, wohin dies führte, ich hätte mich nicht halb so begeistert gezeigt, denn ein halbes Jahr später teilte mir Rinke mit, dass er nach China gehen werde, um dort, wie er sagte, unermessliche Märkte zu erschließen, puh, das war ein Schlag, wie sehr er mich traf, sollte ich erst mit der Zeit zu spüren bekommen, es stellte sich nämlich heraus, dass meine Rolle im Konzern eng an Rinkes Rolle und Protektion geknüpft war, Umbesetzungen und Eifersüchteleien, teils auch üble Nachrede ließen mich plötzlich (ich habe es, ehrlich gesagt, noch immer nicht begriffen) als verzichtbar erscheinen, ich erhielt die Kündigung (sie haben mich reingelegt, ich sollte klagen vor dem Arbeitsgericht), wenn auch leidlich versüßt durch eine hohe Abfindung, sie stellten mir einen nagelneuen Mercedes vor die Tür (und ich verzichtete auf meine Klage).

In diesem Mercedes fuhr ich nach Polen, immer der Beschreibung nach, wie ich sie von der Agentur erhalten hatte, Stettin gefiel mir auf den ersten Blick, ich parkte vor dem verabredeten Treffpunkt, und Maria sah mich aus dem Wagen steigen.

Herbst 1990. Am Vormittag (oder am Nachmittag) lungerte Friedrich Voss in seinem Sessel und rauchte Zigaretten. Wenn er nicht rauchte, rutschte er auf dem Polster bald in die eine, bald in die andere Ecke, und kaum dass er bequem saß, ließ er seine Hände schlaff über die Armlehnen hängen. Er erweckte den Anschein nachzudenken, ohne dass er zu erkennen gegeben hätte, welche Schlüsse er zog. Es kam vor, dass er sich aufrappelte und ohne eine Erklärung hinausging, nie länger als eine Viertelstunde, denn er verließ das Haus nur, um sich zwei oder drei Schachteln zu besorgen, er rauchte ohne Unterlass. Dann und wann vor der Tür redete er auf seinen Jagdterrier ein, aber genauso gut hätte er die Worte an einen Strauch im Garten richten können, alle Versuche, den Hund anzulocken, misslangen kläglich, dieser stellte, angesichts der entkernten Töne seines Herrchens, nicht mal die Ohren auf, außer es gab Futter in den Napf. Friedrich zog sich in seinen Sessel zurück und zündete sich eine Zigarette an, danach blätterte er die Tageszeitung durch, legte sie weg, ergriff sie erneut, er überflog wenig mehr als die Überschriften, selten genug, dass er einen Artikel las, höchstens auf den Lokalseiten, falls sie von ihm bekannten Personen handelten, aber selbst diese Seiten riefen weder seinen Zuspruch hervor noch seinen Widerspruch; er ließ Text für Text mehr oder minder über sich ergehen. Hin und wieder fiel Asche aufs Blatt, die er, schwarze Spuren ziehend, wegwischte mit der Handkante. Die Zigarette zerdrückte er im Aschenbecher. Als das Telefon klingelte, steckte er sich eine neue an, er ließ es klingeln, in der Auffassung, nicht mehr gemeint zu sein.

Friedrich!, rief Carola, Kurt möchte dich sprechen.

(Er reagierte nicht.)

Da spähte sie um die Ecke und sah ihn fragend an. Es ist Kurt.

(Er senkte den Blick.)

Sie hielt sich den Hörer aufs Neue ans Ohr, Kurt, du, ich glaube, er ist spazieren gegangen, kann ich ihm etwas ausrichten? (Sie lauschte, dann drückte sie ihre Hand auf die Muschel.) Er fragt, ob du Lust hast mitzukommen, er will zum Oberförster heute Abend.

(Friedrich verzog das Gesicht, als quäle ihn allein die Vorstellung.)

Nein, leider nicht, sagte Carola, er hat bereits etwas vor.

So, und zwar, indem er sich in seinem Sessel verschanzte, ließ Friedrich jeden Anruf an sich abprallen, während Carola nicht müde wurde, ihm den Anrufer zu nennen und dessen Anliegen, eine Art Ritual, das sie beging in der Hoffnung, Friedrich würde es endlich brechen und ans Telefon gehen.

Entgegen jeder Erwartung rang Friedrich sich durch, zum Kongress nach Hamburg zu fahren, sodass Carola nicht umhinkonnte sich auszumalen, wie sich, aufgestachelt durch diese Entscheidung, Trotz regte bei ihm, zögerlich zunächst, dann zusehends stärker, bis er schließlich wieder ganz der alte sein würde, unerschrocken und seiner selbst sicher, er würde dem Unrecht, das ihm angetan worden war, die Stirn bieten, und er würde nicht eher ruhen, als bis er diese Schmach getilgt hätte. Der Einladung folgend, die Friedrich noch vor seiner Entlassung erhalten hatte, betraten sie das Tagungshotel. Während der Diskussion meldete er sich kein einziges Mal zu Wort, allenfalls, dass er Carola eine kurze und, wie sie fand, stichhaltige Einschätzung ins Ohr flüsterte. Auch beim Empfang im Rathaus, nur einen Tisch entfernt vom Bürgermeister, einem Mann der SPD, gab er sich wortkarg, bar jeden Interesses für die Bemerkungen der Kollegen. Aber auch hier suchte er Carolas Ohr.

Was, wenn ich ihm, dem Herrn Bürgermeister, meine Geschichte erzählen würde? Wie sie in S. mit mir umgesprungen sind. Würde er sie verstehen?

Natürlich wüsste er sie zu deuten. Was denkst du denn? Aber diese Geschichte passt wohl nicht hierher, sie käme dermaßen ungelegen, dass sich nichts daraus ergäbe.

Ja, du hast recht.

(Im Stillen ahnte sie, wonach es ihn verlangte, nach nichts anderem als einem Wort der Anerkennung, und sie wunderte sich auch nicht darüber, dass er sich dieses Wort aus dem Mund einer westdeutschen Persönlichkeit erhoffte, insofern hatte sich Friedrich der neuen Zeit gebeugt, er hatte die Zeichen erkannt, anstatt, stumpf gegen die Welt, nur dem Verflossenen nachzutrauern. Zu Hause, vor dem Fernseher, redeten sie zuweilen von Schmidt, dem Altkanzler der Bundesrepublik, Schmidt nämlich genoss in Friedrichs Augen eine an Verehrung grenzende Sympathie, und Tochter Kathrin schmeichelte ihrem Vater, als sie sagte, wenn ich Schmidt sehe, dann sehe ich dich, Paps, Ausdruck, Gesten, Zigarette. Tatsächlich liebäugelte Carola mit der Vorstellung, Schmidt anzurufen, er würde alles zum Besseren wenden, ein aufmunterndes Wort von Schmidt, und Friedrich wäre wieder obenauf, oder versteige ich mich bereits in absurde Illusionen, machen wir uns lächerlich?)

Jedes Mal, wenn Anwalt Herschel eintrat, erhob sich Friedrich aus seinem Sessel und schüttelte ihm, mit Bedacht auf Verbindlichkeit, die Hand, bevor er wieder niedersank und sich in Schweigen hüllte. Stets lief alles nach einem wie eingespielten Muster ab, zuerst richtete Herschel sein Wort an Friedrich, denn Friedrich war es, dem er zu gerichtlichem Erfolg verhelfen wollte, in Herschels Sicht stellte sich der Fall geradezu überdeutlich dar, sodass nicht einmal besondere Winkelzüge vonnöten wären, um ihn zu lösen, Unrecht war geschehen, und es ging nunmehr darum, dieses Unrecht rückgängig zu machen, und zwar mithilfe eines gerichtlichen Urteils; nach und nach aber, mangels einer Äußerung von Friedrich, schwenkte Herschel auf Carola über, sie beantwortete, die einschlägigen Stichworte liefernd, seine Fragen, sie spielte, vom einen zum anderen blickend, die Dolmetscherin, durchaus beflügelt von Herschels Zuversicht, während Friedrich der Unterredung mit äußerster Zurückhaltung folgte, ihr allenfalls dann und wann mit einem Nicken beipflichtete.

Herschel sagte: sie dürfen nicht verzagen, dazu besteht kein Grund.

Nein, nein, wir müssen kämpfen, glühte Carola.

(Friedrich reagierte nicht, schwer zu sagen, ob er überhaupt Notiz nahm von der in Aussicht stehenden Wendung der Dinge.)

Als Herschel aufstand, um sich zu verabschieden, fuhr Friedrich, aus seinem Dämmern aufgeschreckt, hoch und schüttelte dem Anwalt, wiederum nachdrücklich, die Hand.

Am Morgen tastete Carola nach Friedrichs Körper, er war schweißig, mehr noch, schweißgebadet, auch die Laken waren feucht, Friedrich, wach auf, sagte sie, wach auf!

Neujahr 1991. In der Silvesternacht ging Friedrich unentwegt auf und ab, selbst dann noch, als Carola sich empörte: du machst mich wahnsinnig!, er tat, als höre er sie nicht, und tigerte weiter umher, dann stieg er die Treppe empor, und Carola vernahm irgendwelches Klappern, so als zöge er Schubladen oder Schranktüren immerfort auf und zu, dann war es still, und sie atmete auf, im Fernsehen lief eine Hollywood-Komödie, die ihr ein meckerndes Lachen entlockte, so lachte sie sonst nie. Später kam Friedrich wieder herunter, er beugte sich über sie und drückte ihr, völlig überraschend, einen Kuss auf den Mund, er halte es nicht aus zu Hause, bitte, versteh mich, er wolle nach draußen, zum Oberförster, um mit ihm ein paar Schnäpse zu trinken.

Na dann, los!

Ehe er ging, sah er sie lange an.

Ist noch was?

Nein, Carola, es ist nichts, komm mir gut ins neue Jahr.

Sie blieb sitzen vor dem Fernseher, trank einen Schluck Wein und abermals einen Schluck, um Mitternacht hob sie ihr Glas und wünschte sich Glück, einen Haufen voll; gebannt verfolgte sie die Feiern, die ihr das Fernsehen bot, Bilder aus europäischen Hauptstädten, enthemmt und wie von Sinnen, sie lächelte, dann ging sie zu Bett.

Friedrich rüttelte sie wach, es war drei oder halb vier in der Nacht, er erschien ihr kalkweiß und hochgradig verstört, was ist denn?

Ein Unfall, ich brauche deine Hilfe, du musst meinen Wagen abschleppen, ich weiß, es ist – bitte, ich weiß –

Im Lada fuhren sie hügelan in den Wald, Friedrich lotste sie an die Stelle, wo sein Jagdtrabant gegen einen Stumpf geprallt war (und Carola dachte, der Stumpf hat ihn abgefangen, was für ein Glück, denn wäre er am Baum dahinter aufgeschlagen, Friedrich wäre nicht so leicht, mit nichts als ein paar Schrammen, davongekommen, aber dann beschlich sie eine dunkle Ahnung, die sie nur mit Mühe bezähmen konnte, was, wenn der Stumpf sein Vorhaben vereitelt hat?).

Der Versuch, den Trabant herauszuziehen, scheiterte in dem Moment, da der Motor des Lada erstarb und, trotz mehrmaligen Bemühens, nicht wieder ansprang. Entnervt beschlossen sie, den Weg zu Fuß zurückzulegen und, sobald es hell würde, beim Krankenhaus um Unterstützung nachzusuchen. Beim Gehen verfiel Friedrich ins Erzählen, Anekdoten aus einer anderen Zeit, er erzählte so viel, dass es Carola erstaunte, denn so pausenlos redend hatte sie ihn seit Wochen nicht mehr erlebt, dann aber schwiegen sie, und schweigend erreichten sie die Stadt, ihre Straße, das Haus. Erschöpft fielen sie, es war sieben Uhr morgens, ins Bett. Ehe sie in den Schlaf sanken, drehte sich Friedrich zu ihr hin: Carola, könntest du bitte sagen, dass du gefahren bist.

Sie stöhnte auf, ja, das werde ich sagen.

Früher als Friedrich war sie wieder auf den Beinen, sie begab sich zur Garderobe und wühlte, geführt von ihrer dunklen Ahnung, in Friedrichs Jacke, schließlich zog sie einen Zettel aus der Brusttasche und entfaltete ihn, zerknittert das Papier, krakelig die Schrift, aber es bestand kein Zweifel, sie hielt einen Abschiedsbrief in ihren Händen: verzeiht mir, aber ich kann nicht mehr.

1990/91 nach Herschel. Es gab, wenn ich mich recht entsinne, keinen besonderen Anlass, der meine Aufmerksamkeit geweckt hätte, aber im Lauf des Studiums fing ich plötzlich an, mich für die DDR zu interessieren, ich las alles, was die Zeitungen hier so schrieben, gelegentlich auch ein Sachbuch, eher leichte Kost, dann die Bücher von Uwe Johnson, das heißt, was Johnson betrifft, faszinierte mich nicht so sehr, was er erzählte, als vielmehr, wie er es tat. Trotzdem verging einige Zeit, ehe ich das erste Mal in die DDR reiste, nicht etwa, weil ich sie fürchtete, es fiel mir einfach nicht eher ein, mich dorthin zu begeben, dort Urlaub zu machen schon gar nicht, da lag mir Frankreich näher, selbst Spanien oder Italien, seltsam, denke ich heute, wo ich doch von Lübeck aus im Nu drüben gewesen wäre, aber gut, damals stand mir der Sinn nach anderem. Dass ich am Ende doch auf den Geschmack gekommen bin, hing mit meiner ersten Frau zusammen, ich heiratete sie, kaum dass ich, kurze Zeit nach dem Staatsexamen, in einer Kanzlei untergekommen war. Meine Frau hatte Verwandtschaft im Osten, in Magdeburg und in Greiz, und bald machten wir Pläne, diese Verwandten zu besuchen, gesagt, getan – fortan fuhren wir regelmäßig in die DDR, eigentlich jedes Jahr, es gehörte letztlich dazu, Geschenke aushändigen, Spaziergänge, ein klassisches Konzert, ich mochte die Menschen dort, es war, als lebten sie in einer anderen Geschwindigkeit, angenehm gedrosselt, ich meinte es selbst ihren Bewegungen anzusehen, aber das Gedächtnis mag trügen, jedenfalls wiegte ich mich in der Gewissheit von Zeit: Zeit schien in der Tat, im Gegensatz zu allem anderen, im Überfluss vorhanden zu sein, und das bekam mir ausnehmend gut, zumal ich als junger Anwalt unter übertriebenen Ambitionen litt, umgekehrt jedoch fehlte mir das Gespür für die bleierne Schwere sich stapelnder Stunden, ich nahm die gestauten Erwartungen nicht wahr (oder missdeutete sie). Bestrickt durch die Zuwendung der Gastgeber, begab ich mich in nächtelange Gespräche, empfing den Kuss meiner Frau, ehe sie sich schlafen legte, und griff den Faden, soeben fallen gelassen, wieder auf, um mich verständlich zu machen, so redeten wir und redeten wir, und so hörten wir einander zu, deutsch-deutsch, wie es seinerzeit hieß, als wäre hüben und drüben ein und dasselbe, mit einem Wort, deutsch, wohlfeile Idiotie für Sonntagsreden. Politisches streiften wir allenfalls zwischen zwei Schlucken Weinbrand (Wilthener, wie sie gerne betonten), vielleicht hätte ich nachhaken sollen, aber ich fürchtete insgeheim eine Verstimmung; die Gastgeber behaupteten, sie verabscheuten ihre Presse, die in sich kreisenden

Beschwörungen; statt dass sie Zeit an eine Zeitung vergeudeten, lasen sie Bücher, sie erwiesen sich als derart bewandert, dass ich mich schämte für meine unzureichenden Kenntnisse. Anderntags drehten wir eine Runde durch die Stadt, und wiederum sah ich mich betört von der Langsamkeit, mit der das Leben vor sich ging, überdies erschien mir das alte Greiz in einem romantischen Licht, ich sprach es aus, sie aber lachten nur.

Mit der Wende kam ich nach S., auch nach S., muss ich sagen, denn in dieser ungestümen Phase kreuzte ich unermüdlich umher in der vom Siechtum befallenen DDR, vor allem dann, als sich die Wiedervereinigung abzeichnete; erneut sprang mir ins Auge, dass das Leben dort einer anderen Geschwindigkeit folgte, allein, mit der Gemächlichkeit war es vorbei, jetzt überstürzten sich die Ereignisse, und es hatte den Anschein, als drehten sich die Menschen im Kreis, begierig nach jeder Gelegenheit, die ihnen Vorteile verschaffte für eine wie auch immer geartete Zukunft, das heißt, die einen drehten sich, die anderen stockten (und manche erstarrten), und doch herrschte das Rastlose vor, unterspült von Angst und Unsicherheit (während in Lübeck oder auch Hamburg alles weiterging wie bisher). Ich tat, was ich konnte, ich beriet wen immer, in rechtlichen, teils auch wirtschaftlichen Fragen, besonders Ärzte und Apotheker, die nach Selbstständigkeit strebten, und so führte mich die Gründung einer Zahnarztpraxis auch nach S., zu Dr. Umbach.

In dieser Phase (ungestüm, wie gesagt) eignete ich mir einen neuen Stil an, notgedrungen gewissermaßen, denn mit dem gepflegten Kanzleistil der Hansestadt Lübeck war im Osten nichts auszurichten. So weit allerdings wie die überwiegende Zahl meiner Kollegen ging ich nicht, sie übernachteten zumeist bei ihren Mandanten, sie schliefen, mangels Pensionen oder Hotels, in Datschen oder im Plattenbau, während ich angesichts der Not, wie das Sprichwort nahelegt, erfinderisch wurde, ich kaufte mir einen gebrauchten Kleinbus und stattete ihn mit dem Nötigsten aus, Bett, Waschbecken, sogar Heizung, damit kurvte ich durch die Gegend, von einem Mandanten zum anderen, ich erteilte Rechtsberatung, und manchmal blieb ich noch zum Essen, anschließend aber zog ich mich in meinen Kleinbus zurück, wie es sich gehört für einen mobilen Anwalt.

Eines Tages steuerte ich das Gefährt vor das Haus von Dr. Voss.

Gut, dass Sie da sind, begrüßte mich dessen Frau, unser Freund Werner hat Sie wärmstens empfohlen.

Im Wohnzimmer saß Dr. Voss, in einem Sessel vor dem Klavier; bedenke ich es recht, so saß er stets in diesem Sessel, doch sowie ich eintrat, stand er umgehend auf und begrüßte mich mit kräftigem Händedruck, dann setzte er sich wieder. Anfangs schilderte er mir lang und breit, was vorgefallen war, mein Optimismus spornte ihn an, obgleich ich anmerken muss, dass er sich von Mal zu Mal weniger am Gespräch beteiligte, am Ende, behaupte ich, so gut wie nicht mehr, weshalb seine Frau für ihn einsprang und anstelle von ihm Rede und Antwort stand. Offenbar brachte Dr. Voss nicht die nötige Geduld auf, welche die Dinge verlangten, er schien dem Trugschluss aufzusitzen, dass sich alles im Handumdrehen löste, aber recht haben und Recht bekommen sind zweierlei, dazwischen liegt eine Spanne Zeit, zum Teil nervenaufreibend, ihm fehlte das Verständnis für den rechtsstaatlichen Instanzenweg, langwierig und zäh, ich hatte den Eindruck, dass er enttäuscht war und zunehmend resignierte, da er mein Vorgehen nicht innerhalb kürzester Zeit von Erfolg gekrönt sah.

In der Kreisstadt suchte ich einen Richter auf, er hatte, aus der DDR stammend, eine leitende Funktion inne und stand bereits im Begriff, die prozessualen Regeln der Bundesrepublik zu übernehmen, dieser Richter zeigte sich erstaunt darüber, dass ich, ein Anwalt aus Lübeck, gewillt war, in S. Recht durchzusetzen, dann aber hörte er mir aufmerksam zu, ich sagte, dass die Kündigung des Dr. Voss selbst nach dem Gesetz der DDR widerrechtlich sei (so weit hatte ich mich längst kundig gemacht), ich verwies, obzwar die ungewöhnlichen Zeitumstände einräumend, auf die geltende Prozessordnung (und blätterte vor seinen Augen die Vorschriften durch), ich sagte, es gebe da einen Arbeitsvertrag, der vom Arbeitgeber verlange, dass er bestimmten Pflichten nachkomme.

Da haben Sie wohl recht, gestand der Richter ein, aber all diese Dinge wurden früher anders geregelt, niemand schlug in der Prozessordnung nach.

(Ich begriff, dass ich ihn mit einer neuen Erfahrung konfrontierte, wer ein Recht habe, könne es auch durchsetzen.)

Je länger ich in S. Erkundigungen einholte, desto stärker der Eindruck, dass Dr. Voss übel diffamiert werden sollte, sie warfen ihm Kontakte zum KGB vor, Tätigkeit für die Stasi, menschliche Unanständigkeit, aber jedes Mal, wenn ich nachbohrte, was können Sie mir konkret darüber berichten?, wurden sie kleinlaut, über Man hört, Man sagt kamen sie nie hinaus, im Gegenteil, plötzlich priesen sie ihn als vortrefflichen Arzt, als verlässlichen Menschen, als einen Mann mit hohem Ansehen. Dessen ungeachtet war sein Charakter hierarchisch geprägt, sodass er mit Treuebruch oder Verrat schlicht nicht umgehen konnte, es traf ihn im Innersten, insofern erwies er sich als Gefangener seiner eigenen Persönlichkeit, es ist bezeichnend, dass er über seine Verletzung nicht einmal zu sprechen wagte, er vergrub sie in Gedanken. Hinzu kam die Abneigung, die Dinge im Einzelnen darzulegen, höchstens nachdem er sich von seiner Frau hatte gut zureden lassen, lenkte er ein, obgleich nie ohne Vorbehalt. Wiederholt ging ich auf Menschen zu, die Vorwürfe gegen ihn hätten erheben können, aber es stellte sich heraus, dass diese Vorwürfe nicht existierten.

Überzeugt davon, den Prozess zu gewinnen, leierte ich eine Kündigungsschutzklage an, und zwar mit dem Ziel, dass Dr. Voss wiedereingesetzt werde in die Leitung des Krankenhauses. Inzwischen hatte das Landgericht Rostock einen Präsidenten bekommen, der mir von früher bekannt war, ein Richter aus Hamburg, bei dem ich mein Referendariat abgeleistet hatte, also plagten mich auch keine Sorgen über die Rechtmäßigkeit des Verfahrens. Allein der Zustand meines Mandanten erregte meine Bedenken, er wirkte teilnahmslos, geradeso als ginge ihn die Angelegenheit nichts an, und ich fragte mich, ob er nach wie vor damit einverstanden sei, dass ich mir für ihn den Kopf zerbräche, denn natürlich war ich angewiesen auf einen Mandanten, der den Willen erkennen ließ, sich durchzusetzen. Nach und nach hingegen verfestigte sich der Eindruck eines Dilemmas: einerseits zeigte sich Dr. Voss kaum mehr in der Lage, sich den Herausforderungen eines Ärztlichen Direktors erneut zu stellen, andererseits betrachtete er alles, was jenseits seiner bisherigen Position lag, als schmachvoll, als schändlich, kurz, als unzumutbar.

Folglich lehnte er ab, was ich für ihn ausgehandelt hatte, nämlich eine Stelle als Kreisgutachter, das heißt, Vertrauensarzt für den öffentlichen Dienst. Er sagte Nein und nochmals Nein, obwohl ich ihm, unterstützt von seiner Frau, ein ums andere Mal zuriet, ja ihm nachgerade ins Gewissen redete, denn es war absehbar, dass das Ehepaar Voss über kurz oder lang in finanzielle Nöte schlittern würde, wie auch immer, er verweigerte sich. Jedenfalls wäre der Kreis, sich seines fragwürdigen, juristisch anfechtbaren Vorgehens bewusst, zu diesem Zugeständnis bereit gewesen, was umgekehrt bedeutet hätte, dass Dr. Voss auf seine Ansprüche, die Leitung des Krankenhauses und den ärztlichen Dienst betreffend, verzichtet hätte. Dies aber brachte Dr. Voss nicht über sich, er hätte mit dieser Demütigung (denn als solche empfand er den Vorschlag) nicht leben können.

Am Abend schlenderte ich die Promenade entlang zu den Fischkuttern, wo ich meinen Kleinbus abgestellt hatte. Gerade als ich mich daran machte, einen Imbiss zu verzehren, klopfte es ans Fenster, ich zog die Tür auf und erblickte Carola Voss, mit einem mit Geschirrtüchern umwickelten Bündel in den Händen. Das ist für Sie, sagte sie und zwinkerte mit dem Auge, für alles, was Sie tun für meinen Mann, zurzeit sind wir ein bisschen klamm, aber ich hoffe, Sie können sich auch daran erfreuen.

In den Tüchern lag ein Fasan.

(Mir dämmerte, dass ich fortan mein Honorar, wenigstens zum Teil, in Naturalien erhalten würde, aber ich freute mich tatsächlich, über den Fasan und über ihren Besuch.)

Da haben Sie sich ja ein schönes Plätzchen ausgesucht.

Ja, bekräftigte ich, am Morgen fällt mein erster Blick aufs Meer.

Ich kochte Kaffee, später tranken wir Rotwein, es war, als wären wir ein Paar auf Campingurlaub, unterwegs mit einem Wohnmobil. Sie erwies sich als unterhaltsame Erzählerin, so unglaubliche Geschichten wusste sie zu berichten, dass ich mir schier die Augen rieb und mich fragte, inwieweit sie sie ausschmückte oder die eine oder andere Pointe hinzuflunkerte, ihr Temperament war unwiderstehlich, und ihr Lachen steckte mich zusehends an, sie war die lebendigste und charmanteste Frau, die mir im Osten je begegnet ist, sodass ich mich veranlasst sah, meine Eindrücke zu überdenken, jene von den gedämpften Gesten, der gestockten Vitalität, es kann gut sein, dass mein Bild bislang auf zufällig gesammelten Erfahrungen beruhte, die ich in Gedanken zu einem Ganzen aufgebläht hatte, aber ein Ganzes, ich hätte es mir denken können, gibt es nicht, es gibt nur die unendlich vielfältigen Antworten auf eine Existenz, sei sie nun mehr oder weniger gegängelt. Kurz nach Mitternacht verabschiedete sie sich mit einer Umarmung, die mich eine Sekunde in Verlegenheit brachte, dann jedoch erwiderte ich sie, indem ich, schlichtweg überwältigt, diese Frau an mich drückte.

Mein Mann hat sich erschossen. Diese Nachricht nahm mir den Atem, ich wollte sie mir nicht erklären, Erniedrigung, Verzweiflung, Ausweglosigkeit, das alles ließ ich nicht zu, fassungslos murmelte ich die Worte, die ich auf meinem Anrufbeantworter vernommen hatte, vor mich hin, und kurz darauf hörte ich sie mir abermals an, die von Tränen erstickte Stimme von Carola Voss, er ist tot. Eine so tragische Wendung im Schicksal eines Mandanten habe ich niemals vorher, niemals nachher erlebt, ich ließ meine Arbeit sein und ging nach Hause.

Im Jahr 2008. Ruckartig zog Hermann die alte Ilse aus dem Rollstuhl, bis sie, seine Hände umklammernd, wackelig zum Stehen kam, sie zitterte, und ihr Gesicht glühte vor Erregung; dann, als Hermann einen Schritt zurücksetzte, folgte sie ihm einen Schritt nach vorn, erst Hermann, dann sie, immer so fort, ab und an gleichzeitig in einem Satz, er zurück, sie nach vorn, wenngleich äußerst selten, da ihr die Beine alles andere als gehorchten, sie hatte nur einen Gedanken: ich gehe, und sie war entschlossen, ihn in die Tat umzusetzen, merklich angestrengt, der Körper in Anspannung, teils schlotternde Knie, Schritt für Schritt. So legten sie eine erhebliche Strecke zurück, ehe sie übereinkamen zu wenden, nun sie mit dem Gesicht in der Sonne, ohne dass sie Halt suchte auf der Balustrade, wer rastet, der rostet, kicherte sie und kämpfte verbissen weiter. Unfähig, die Übung einzuschätzen, erboten sich Passanten auf der Promenade, den Rollstuhl heranzuziehen, was die alte Ilse entrüstet ablehnte, dabei die Stimme triumphierend in der Höhe, das wäre ja gelacht, und als ein Fußgänger mit klappernden Stöcken links und rechts unversehens stockte und, was quälen Sie denn die alte Frau, Hermann anblaffte, schlug ihn die alte Ilse keifend in die Flucht.

Mit einem Seufzer sank sie in den Rollstuhl.

Herrlich, das erste Mal, dass ich selbst promeniert bin.

Ja, sagte Hermann, hin und zurück, alle Achtung.

Sonst torkeln Sie mit mir ja nur durch den Korridor.

Darauf hätten wir früher kommen sollen, die Sonne und das Meer, solange die Glotzaugen Sie nicht stören.

Ach, wieso denn? Sie sollen mich gehen sehen, so eine wie mich sehen sie nicht alle Tage, aber, Hermann, ich muss gestehen, dass ich vor lauter Strenge versäumt habe, das Meer zu betrachten, ich habe es keines Blickes gewürdigt, es lag mir verschämt in den Augenwinkeln, wie gar nicht vorhanden.

Das Meer liegt vor Ihnen.

Herrlich, schwärmte sie und verlor sich für Augenblicke, ehe ein Anflug von Schwermut ihre Züge verschattete. Als junge Frau, Hermann, lange vor Ihrer Zeit, da wankte ich bereits mit Pflegern durch den Korridor, damals hatte ich noch Hoffnung, ich würde eines fernen Tages wieder selbstständig gehen können, und so trainierte ich regelmäßig, einige Mal im Lauf der Jahre glitt ich meinem Helfer aus den Händen und stürzte zu Boden, aber egal, denn ich war überzeugt davon, ich würde es schaffen, leider vergeblich, Sie sehen es selbst, nichts hat sich verbessert, und darüber bin ich alt geworden.

Na ja, beruhigte sie Hermann, im Kopf sind Sie flink und jung geblieben, das können nicht viele von sich behaupten.

Alle Alten sehen sich so.

Er drückte ihre Hand, dann schob er den Rollstuhl, die Nase im Wind, langsam vorwärts.

Hören Sie, Hermann, Sie können nicht ewig und drei Tage die alten Knacker spazieren fahren, ein junger Mann wie Sie sollte etwas Anständiges tun – ach, verzeihen Sie, jetzt rede ich schon, als wäre ich Ihre Mutter, elendes Muttergeplapper, bäh.

Hermann lachte. Ich werde eine Firma gründen.

Tatsächlich? Welche Firma?

Mal sehen. Nicht zu klein anfangen.

Bravo! Welche Sparten kämen in Frage?

In der Ferne erspähte Hermann ein weiteres Gespann, Rollstuhlfahrer samt Betreuer, unaufhaltsam rückte es heran, nicht mehr lange, und es würde an ihrer Seite stehen. Instinktiv spürte er, dass er einer unliebsamen Begegnung harrte, er würde Kraudzun nicht entgehen, und er behielt recht.

Das Schicksal, Herr Hermann, hat mich in Ihre Hände gespielt.

Lassen wir das, sagte Hermann, noch nie habe ich das Schicksal spielen sehen, und wenn, dann erwies es sich als Spielverderber.

Sie sind ein schlechter Verlierer.

Verlierer?

Darauf schüttelte es Kraudzun so sehr vor Lachen, dass der Rollstuhl erzitterte. Er gab dem Betreuer ein Zeichen, die Fahrt fortzusetzen, und winkte Hermann, verwegen schmunzelnd, zum Abschied zu.

Schlechter Verlierer.

Woher dieses Echo? Hermann fasste sich ans Ohr, ehe er gewahr wurde, dass, nicht weit von ihm, ein schlaksiger junger Mann, auf die Balustrade gestützt, in ein Mobiltelefon sprach, nunmehr unverständlich, dabei die Augen auf den Strand gerichtet. Ach, der Glatzkopf, bemerkte Hermann, Lauschangriff, Wiederholungsmaschine.

Wiederholungsmaschine, raunte der Schlaksige ins Telefon, worauf er sich aufrichtete und im Vorbeigehen, Belanglosigkeiten verstreuend, weitertelefonierte.

He, du, rief ihn Hermann zurück, was soll das?

Da drehte sich der Schlaksige um, Moment, sagte er und murmelte eine Entschuldigung ins Telefon, meinen Sie mich?

Was soll diese Komödie? Du tust doch nur so, als würdest du telefonieren.

Da behauptet einer, spottete der Schlaksige, indem er sich das Telefon erneut ans Ohr drückte, ich spräche gar nicht mit dir, krass, oder?

Lass den Schwachsinn!

(Die alte Ilse öffnete ihren Mund und schloss ihn.)

Reg dich ab, Alter.

Anstatt zu weichen, trat der Schlaksige auf Hermann zu und wog das Telefon unschlüssig in der Hand.

Findest du das lustig?, dass du nach Worten greifst, die dir nicht gehören?, und sie dann verächtlich machst?, ich habe für deine Scherze nichts übrig.

Leider, grinste der Schlaksige und sprach, Hermann ins Auge nehmend, wieder ins Telefon: du, hör mal, der Alte ist sauer, er hat einfach nichts übrig, logisch, alles futsch, schlechter Verlierer, ich –

In diesem Moment schlug ihm die alte Ilse (die sich schlotternd auf die Beine gestellt hatte) das Telefon aus der Hand, dass es knackend aufschlug, dann kippte sie auf Hermann zu, erleichtert, dass er sie auffing und in den Rollstuhl zurückhievte.

Jetzt ist es kaputt, jammerte der Schlaksige, und während er sich bückte und das Gerät aufhob, setzte er sein Gespräch unbeirrt fort, du, sagte er, du kannst dir nicht vorstellen, was gerade passiert ist, die Uralte ist wie Lazarus aufgestanden und hat mir das Telefon kaputtgemacht, Mensch, so 'ne Scheiße, ich hab noch gesagt –

So, ununterbrochen redend, ging er davon.

Danke, Ilse.

Ach was, alles unwichtig, viel lieber hätte ich dem Kraudzun eine geknallt, aber da verweigerten sich noch meine Beine.

Kraudzun ist unverwüstlich, sagte Hermann, etwas an ihm imponiert mir.

Schwatzend zogen ein paar Senioren vorbei, mit klappernden Stöcken rechts und links, zwei oder drei grüßten herüber.

Die alte Ilse schnaufte durch: so!

Ramón, flüsterte Maria, bist du wach?, und dann schmiegte sie sich an ihn und fuhr mit der Hand über seinen nackten Körper, Schulter, Brust, Leiste, Knie, Ramón!, sie berührte sanft sein morgensteifes Glied – und nickte wieder ein. Im Halbschlaf hatte Hermann ihre Lippen an seinem Ohr gespürt, ihre Hand auf seiner Haut, unschlüssig, ob er erwachen und sich auf sie einlassen solle, morgens war Maria leicht erregbar. Margarita, flüsterte er, aber Maria, ihr Gesicht an seiner Schulter, war schon nicht mehr ansprechbar. In der Dämmerung betrachtete er ihre kindlichen Züge; wenn sie schlief, wirkte sie magisch verjüngt, Lolitalippen und zerstrudeltes Haar, ein Hauch von Urvertrauen, solange er ihren Schlaf bewachte, aber auch er döste wieder ein, untief versunken, ehe Lolita an seinem Ohr knabberte, Ramón, flüsterte Maria, Ramón, wach auf, und für Sekunden kam es ihm vor, als träumte er das soeben Geschehene verhangen nach, leider ein Trugbild, denn als Maria, ungeduldig geworden, in seinen Hals biss, schreckte er auf.

Sie sagte: Margarita will ausreiten.

Brummelnd suchte Hermann sie zu beschwichtigen, zu früh, zu müde, Maria, Margarita, mein Schatz, und während er sich zur Wand drehte, überlegte er, wie er ihr noch ein paar Minuten Ruhe abringen könnte: erzähl mir, wovon du geträumt hast.

(Er für seinen Teil träumte nie, zumindest konnte er sich nie eines Traums entsinnen, und wenn sie ihn löcherte mit Wissbegier, verwies er darauf, dass er die Nacht zum Schlafen brauche. Sie dagegen träumte, kaum dass sie eingeschlafen war, verlässlich wie eine Fabrik, und sie erinnerte sich in allen Einzelheiten daran, erotische Träume und exotische, Angstträume, Hol-mich-hier-raus-Träume, Fratzenträume, bespielt von grotesk entstellten Verwandten, Kindheitsträume, in denen sie, längst erwachsen, mit Kindern im Sand buddelte, Mutterträume, in denen sie, Woche für Woche, zweiundfünfzig Babys im Jahr gebar, trockene und feuchte Träume, bleiche und bunt gefärbte, Wirrsalträume mit durch und durch logischen Wendungen, Träume, in denen sie kein Polnisch verstand, Träume, in denen sie kein Deutsch verstand, Träume, in denen sie alle Sprachen der Welt beherrschte, Triumphträume, Hermannträume, Du-betrügst-mich-Träume, Komplizen- und Komplottträume, Ich-bin-eifersüchtig-Träume, Du-bist-eifersüchtig-Träume, Trauerträume, die sie tränennass erwachen ließen, Träume mit Toten, die sie geliebt oder gehasst hatte, Dufte-Typen-Träume, Konkurrenzträume, Krankheitsträume, Märchenträume, Sonnenaufgangsträume, Weltuntergangsträume,

Ich-weiß-nicht-wo-ich-bin-Träume, polnische Träume, Träume ohne Eingang, Träume ohne Ausgang, Heldinnenträume, stumme Träume, Träume von Licht und Wasser, Träume, in denen sie immer zu spät kam, Träume, in denen sie wartete und wartete, ohne zu wissen, worauf, und so weiter und so fort.)

Nichts, sagte sie, diese Nacht habe ich nichts geträumt.

Margarita?

Sí, Ramón.

(Sie küsste ihm mit kaum verhaltener Gier die Brust, mehrmals und aufschmatzend.)

Hol deinen Sombrero.

Murrend, aber folgsam wand sie sich aus dem Bett und stand auf, während sich Hermann das Kissen in den Nacken stopfte, um sich bequem an ihrer Nacktheit zu weiden. Sie nahm sich den Strohhut vom Schrank und zog ihn sich über den Kopf, Margarita, eindeutig mexikanisch, dabei ohne einen Fetzen am Leib.

Vergiss nie den Sombrero, wenn du aufs Pferd steigst.

Ramón, du bist ein Ekel.

Da riss sie ihm die Decke weg, stieg aufs Bett und grätschte die Beine, sodass er zwischen ihren Füßen lag, langsam schlurfte sie auf dem Laken voran, indem sie ihm ihre Fußknöchel wiederholt an die Beine schlug, an die Hüften, selbst an die Rippen, so lange, bis sie über seinem Gesicht stand und schief auf ihn hinunterblickte, unschuldig und stark, eingedenk der Macht, die ihr Geschlecht auf Hermann ausübte. Gleich würde sie aufsitzen – aber unversehens befiel sie die Laune, hier, wo sie stand, auf die Knie zu sinken, damit seine Zunge von ihrem Saft koste.

8. April 1991. Ihm liegt nichts daran zu feiern, sagte Carola am Telefon zu Friedrichs Schwester, nein, bloß keine Geschenke, er will nach Beckerwitz fahren, ein Ausflug, ja, immerhin, sonst geht er nicht mehr viel weg, eigentlich überhaupt nicht, außer dass er sich Zigaretten kauft.

(Anders als früher, sollte Friedrichs achtundfünfzigster Geburtstag so gut wie unbemerkt verlaufen; ginge es nach ihm, er fände nichts dabei, den Tag zu überspringen, im Bett zu bleiben und an die Decke zu starren, zu schlafen bis zum Morgen danach; in der Vergangenheit war dieser Geburtstag stets feierlich begangen worden, mit Gästen ohne Zahl, offiziellen und inoffiziellen, also Freunden, die einen von den anderen zumeist säuberlich getrennt, damals, in all den Jahren zuvor, war es der Geburtstag des Ärztlichen Direktors gewesen, der, wenn auch in Maßen, nach Ehrerbietung verlangt hatte, Friedrich ermahnte sich, darüber nicht nachzugrübeln, gleichwohl in Gefahr, sich in der Abwehr zu verheddern, er sehnte sich danach, diese Erinnerungen auszulöschen, selbst die Handgriffe Carolas, mit denen sie Jahr für Jahr die üppige Tafel zubereitet hatte.)

In Beckerwitz gingen sie, so wie Friedrich es wünschte, geradewegs auf das Gebäude zu, das als Jugendherberge diente, nach wie vor, stellte die Schwester entzückt fest, aber sie blieben, die Tür im Auge, draußen stehen, ohne Anstalten zu machen hineinzugehen, weder das eine Paar noch das andere, vielmehr schwiegen sie alle vier, genauer, Friedrich schwieg, und sein Schweigen umfing die Übrigen, so lange, bis Carola platzte: Friedrich, du bist uns wenigstens ein Souvenir schuldig, etwas aus Beckerwitz.

Mir fällt nichts ein, sagte er, aber Beckerwitz hat mich aufgefangen.

Das ist uns ja längst bekannt.

Er ist mit der Klasse hier untergekommen, sprudelte die Schwester hervor, nach der Flucht aus Litauen, immerzu die Truppen im Nacken, ich dagegen bin mit einem anderen Treck gezogen, es war schrecklich, tote Menschen, tote Tiere in den Gräben, und die Eltern verzehrten sich aus Sorge um Friedrich. Als sie ihn endlich aufgespürt hatten, hier in diesem Haus, weigerte sich der Lehrer, seinen Schüler herauszugeben, aber unser Vater ließ nicht eher locker, als bis er Friedrich in seine Arme nehmen konnte, ja, und wenig später, nach der Bodenreform, begannen die Eltern als Neubauern einen Hof zu bewirtschaften, harte Arbeit, auch für Friedrich und mich auf den Feldern, Zuckerrübenernte –

Fahren wir, unterbrach Friedrich, fahren wir ans Meer.

Der Schwager setzte sich hinters Steuer, und so fuhren sie, weil sie am Rand geparkt hatten, langsam durchs Dorf, vorbei an der Jugendherberge, ohne dass Friedrich ihr noch einen Blick geschenkt hätte, schließlich Richtung Küste. In den Dünen, auf Bänken und das Meer vor Augen, packte die Schwester ihren Picknickkorb aus, und der Schwager entkorkte eine Flasche Sekt.

Sie tranken aus geriffelten Bechern. Es war sonnig, aber zu kühl, um sich die Jacken auszuziehen.

Friedrich, was ist mit dir?, sorgte sich die Schwester, du wirkst so bedrückt.

(Friedrich sah aufs Meer hinaus.)

Dabei ist heute dein Geburtstag.

Hoch soll er leben, entfuhr es Carola, wobei sie den Becher hob, ebenso wie die Schwester.

(Friedrich sah aufs Meer hinaus.)

Lasst ihn doch mal in Ruhe, ließ sich der Schwager mit schwerer nordischer Zunge vernehmen, darauf drehte sich Friedrich zu ihm, und sie stießen vorsichtig an mit den Bechern.

Na ja, es wird schon werden, hoffte Carola, morgen fahren wir nach Rostock, zu Dr. Weppen, und dann sehen wir weiter.

Du lässt dich behandeln?, fragte die Schwester.

(Friedrich sagte nichts.)

Jedenfalls hat Dr. Weppen versichert, er würde ihm sofort ein Zimmer zur Verfügung stellen.

Friedrich?, äugte der Schwager herüber, möchtest du, dass wir heimfahren?

Ja.

Am Abend kroch Carola, ihr Kissen unterm Arm, zu ihm ins Bett; noch hatte er die Nachttischlampe nicht ausgeknipst.

Hast du gelesen?

Nein, sagte Friedrich, es fällt mir schwer, mich zu konzentrieren.

Soll ich dir den Rücken massieren?

Nein, lächelte er schmerzlich, der Rücken tut mir nicht weh.

Ach Friedrich, du darfst nicht verzagen, morgen kann schon alles ganz anders aussehen, ich glaube wirklich, dass Dr. Weppen genau der Richtige ist, um dir zu helfen, er hat einen sehr guten Ruf, und er schätzt dich, das weißt du.

Ermattet seufzte er: er schätzt mich.

(Eine Weile schwiegen sie.)

Vielleicht solltest du wieder Klavier spielen, überlegte sie, du hast die Musik immer geliebt, und du bist ja auch ein sehr guter Spieler, aber nicht einmal Hermann macht noch Musik, abgesehen von seinem Mexiko-Fimmel, Martin schon gar nicht, dabei waren sie hinreißend, wenn ich nur daran denke, wie sie mit ihrer Kapelle jedes Mädchen betörten, und dann der kleine Umbach, wie der mit seinem Bass fuhrwerkte, ihn trieb es stets an die Rampe, er wäre so gern wie Hermann gewesen.

Ja, erwiderte Friedrich, ich werde jetzt schlafen.

Gut, dann bist du mich los.

Im Nu war Carola wieder auf den Beinen, sie sagte: träum was Schönes.

Friedrich sagte: vergiss dein Kissen nicht.

12. April 1990. Einen Moment innehaltend, indes bemüht, dieses Bedenken nicht als Zögern darzustellen, willigte der Pastor ein: natürlich werde ich das Begräbnis übernehmen und, wenn Sie es wünschen, auch eine Ansprache halten.

Ich danke Ihnen, sagte Carola.

Es ist nur so, dass mich die Todesanzeige Ihrer Familie, gelinde gesagt, ein wenig erstaunt hat, wie habe ich sie aufzufassen? Die heute Opfer sind –

Werden morgen anklagen – ja, so stand es in der Zeitung.

Darf ich Sie fragen, ob Sie einer Vereinigung angehören?

Welcher Vereinigung?

Bitte verstehen Sie mich nicht falsch, aber diese Anzeige erweckt den Anschein, als sinne eine Gruppe von Menschen, und zwar angesichts des tragischen Todes von Dr. Voss, auf Rache.

Nein, bekannte Carola, einer solchen Vereinigung habe ich mich nicht angeschlossen, und ich weiß auch nicht, ob etwas in dieser Art überhaupt existiert, aus welchem Anlass auch immer, ich kann dazu nichts sagen.

Verzeihen Sie, liebe Frau Voss, aber finden Sie nicht auch, dass die Worte in der Anzeige nach einer Drohung klingen?

Eine Drohung? Ich will niemandem drohen, ich habe gar nicht die Kraft dazu. Spontan fassten wir in Worte, was wir empfanden, nicht mehr, nicht weniger, und wer weiß schon einzuschätzen, wie das Leben meines Mannes einst beurteilt wird, ob da nicht manches von dem, was im vergangenen Jahr geschehen ist, zu beklagen, vielleicht sogar anzuklagen wäre.

Nach meinem Dafürhalten sollten wir die Angelegenheit nicht unnötig verschärfen, zumal ich den Eindruck habe, dass unsere Stadt nichts dringender bedürfte als der Versöhnung – nach all der Aufgebrachtheit mit gegenseitigen Schuldzuweisungen, all den Verwerfungen. Wir müssen einander die Hand reichen, sonst sehe ich wahrlich nicht, wie wir in Zukunft miteinander auskommen wollen.

Da stimme ich Ihnen zu, selbstverständlich, sagte Carola, auch meinem Mann wäre eine solche Geste willkommen gewesen.

Ja, darin liegt das Tragische, gab der Pastor zu. Sein Blick verlor sich im Ungefähren, als ließe er seine Gedanken schweifen, dann fiel ihm eine Begebenheit ein, die er mit der Behauptung einleitete: Dr. Voss hat Gott herausgefordert. Der Pastor erzählte: vor Jahren fürchtete eine fromme Frau, sie ist mir seit Langem bekannt, einen schweren Eingriff, in ihrer Not suchte sie Trost im Gebet, lieber Gott, dein Wille geschehe, und weil Dr. Voss dieses Flehen gehört hatte, unterbrach er seine Patientin, und zwar mit den Worten, hier geschieht mein Wille.

Darauf lachte Carola kurz auf: so ist er gewesen.

Er hat sich überschätzt, bedachte der Pastor, auch das ist tragisch.

Gestern habe ich ihn noch einmal gesehen, der Kopf verbunden, eigentlich unkenntlich, mit Ausnahme der Hände, die gefaltet über seinem Bauch lagen, so habe ich mich also von seinen Händen verabschiedet, es tat – es tat mir sehr weh.

Respektvoll wartete der Pastor ab, ehe er Carola, sich über den Tisch beugend, ein Taschentuch gab.

Gehen Sie durch die Stadt, Frau Voss, und sie werden Menschen begegnen, vielen Menschen, die einst Patienten waren von Ihrem Mann, diese Menschen stehen nicht an zu beteuern, dass der Doktor goldene Hände hatte, mir selbst ist diese Äußerung wiederholt zu Ohren gekommen, sein Rang als Arzt steht außer Zweifel.

Am darauffolgenden Dienstag versammelte sich die Trauergemeinschaft vor dem offenen Grab. Die Jäger standen Spalier, das Jagdhorn ertönte. Es herrschte sonniges, wenn auch kühles Wetter, nicht viel anders als wenige Tage zuvor, da sie zu viert in Beckerwitz vor Friedrichs Jugendherberge innegehalten, dann an der Ostsee Geburtstagssekt getrunken hatten. Familie Voss, jedes Gesicht wächsern, wie gehärtet, um den Schmerz zu bannen, rang, bar jeden Begriffs, mit der hohlen Tatsache des Todes. In der Ferne pfiff die Dampflok (zur Wonne der Touristen); Hermann sagte sich: ein letzter Salut.

Sodann warf Carola Voss eine Schaufel voll Erde auf den Sarg, dass es dumpf widerhallte (Wir sind hier unter Gottes Wort, so der Pastor in der Kapelle, weil der Tod von Friedrich Voss Abgründe aufgerissen hat, die wir überwinden müssen, damit wir hier vor Ort miteinander leben können), Kathrin warf eine Schaufel voll Erde auf den Sarg (Was blieb also dem jungen Aufsteiger, der sich etwas zutraute und der etwas leisten wollte, im damaligen politischen System?), Hermann warf eine Schaufel voll Erde auf den Sarg (Dass er sich da auf eine gnadenlose Götterwelt eingelassen hatte, wurde ihm spätestens klar, als einer seiner Söhne wegen einer ideologischen Lappalie der Oberschule verwiesen wurde), Martin warf eine Schaufel voll Erde auf den Sarg, dann seine Frau Christa (Als Ärztlicher Direktor war er wie viele staatliche Leiter ein Gefangener. Er konnte von dort nicht mehr zurück, wollte er nicht seine Arbeit zerstören), Ulrich warf eine Schaufel voll Erde auf den

Sarg (Es gibt Menschen, die Friedrich Voss vorwerfen, dass er sein Können nicht als Schutzschild für andere eingesetzt hat), die Schwester warf eine Schaufel voll Erde auf den Sarg (Uns allen muss es am Herzen liegen, dass Schuld, Enttäuschung und Leid heute mit begraben werden), der Schwager warf eine Schaufel voll Erde auf den Sarg (Wenn wir aber uns selbst für das Maß aller Dinge halten, dann geraten wir unter Umständen auf einen sehr einsamen Weg), Werner, dann Hannes (Es mag sein, dass er sich selbst alle Türen verschlossen hat. Dennoch bleibt die Frage, ob wirklich keiner eine Tür hätte öffnen können), Maggie, dann Kurt (Was der Mensch und Arzt Friedrich Voss geleistet hat, werden wir alle im Gedächtnis bewahren), Dolores, dann deren Mann, Armin, dann dessen Frau (Und so wünschen wir Ihnen, liebe Angehörige, dass Ihre Trauer sich zu einem inneren Frieden verwandeln kann).

Danke, dass du gekommen bist.

Hannes sagte: das versteht sich von selbst.

Ich – nein, mir geht es nicht gut.

Lass uns ein paar Schritte laufen.

In den Straßen gingen Menschen ihren Besorgungen nach, zwei Fahrradfahrer kreuzten die Strecke, VW-Golf, Mercedes, Trabant, ein Hund, der an der Leine zerrte – Hermann nahm das Treiben wahr wie gestochen scharfe Fotografien, gestockte Eindrücke im Sekundentakt, als wollte er das Leben mit jedem Blick zu einer Atempause nötigen.

Hannes schwor: in unseren Gedanken wird Friedrich auf ewig fortexistieren.

Was man so sagt.

In unseren Gedanken werden wir ihn feiern.

Danach ist mir gerade nicht zumute.

Wir feiern den Toten, wie die Mexikaner es tun.

Ja? Das gefällt mir.

An der Kreuzung passierten sie die Eisdiele und trotteten weiter Richtung Seebrücke.

Meine Mutter hat Drohbriefe bekommen.

Das ist nicht dein Ernst.

Doch, doch, so verkommen ist hier alles, es heißt, sie solle sich zum Teufel scheren, samt der Kinder und Kindeskinder, wir alle sind in S. nicht mehr erwünscht, raus mit Voss!, falls nicht, so schärfen sie ihr ein, zünden sie das Haus an.

Sag mal, was ist denn hier los?

Du bist schon zu lange weg.

Unversehens blieb Hermann stehen, er wolle umdrehen, das Meer sei ihm heute zu pathetisch, außerdem erwarte ihn seine Mutter zu Hause.

Schweigend machten sie kehrt, und da sich jeder Wortwechsel erübrigte, hingen sie, verbunden durch Vertrautheit, je eigenen Gedanken nach.

(Friedrich Voss war in S. beerdigt worden; noch lange erhitzte sein Tod die Gemüter; in der Lokalzeitung erschien kein Nachruf.)

Sommer 1965. Sie ließen sich, leicht einsinkend, von Wellen die Füße umspülen, und als das Wasser mehrmals auf- und abgeflossen war, spannte Friedrich die Muskeln an und forderte Werner heraus: wer zuerst auf Fehmarn ist, auf die Plätze, fertig, los!

Sie stürzten sich in die Fluten und kraulten um die Wette, bis sie, etwa gleichauf, nicht mehr konnten und nach Luft schnappten und prusteten und lachten.

Gleichzeitig gestand jeder seine Niederlage ein: du hast gewonnen.

Bis Fehmarn sind es vierzig Kilometer, das schaffst du nicht einfach so in der Mittagspause.

Doch, sagte Friedrich, wenn wir eisern trainieren, dann durchaus.

Höchstens bis zur nächsten Patrouille, die fischen uns doch weit vor Fehmarn heraus.

Nicht, wenn wir tauchen.

Heiter gestimmt, schwammen sie einige Züge weiter hinaus, bevor sie sich, nunmehr rittlings und mit den Zehen nach oben, von den Wellen wiegen ließen. Eine Möwe segelte über ihnen dahin, stürzte herunter, drehte aber, geschockt von Erkenntnis, in letzter Sekunde ab.

Gibt es etwas Schöneres als dieses Leben?, schwärmte Friedrich, worauf Werner nichts erwidern wollte.

Auf dem Hof, zu Hause, stieß Friedrich, Wasser versprühend, hervor, da habe ich einmal ein Huhn geschlachtet.

Hört, hört! Wie kommst du, ausgerechnet jetzt, auf dieses dumme Huhn?

Weil ich es damals gewissenhaft zerlegte, geradezu sezierte, ich habe mir alles ganz genau angesehen.

Willst du dir eine Legende stricken? Das sieht dir ähnlich. Schwimmen wir lieber noch ein Stück.

Unschlüssig überflog Friedrich die Küste, die fernen Kollegen, die vor dem Dünenwäldchen im Sand lagerten, dahinter ragte der Giebel des Krankenhauses auf. Dann schloss er sich Werner, der bereits ein paar Züge voraus war, eilends an.

Jedenfalls hat mir das Huhn zu einer Entscheidung verholfen, ja, ich glaube, ich habe sie in seinen Eingeweiden gelesen.

Das wird ja immer schlimmer, zog ihn Werner auf, erst Handwerk, dann Magie, hoffentlich hat das Huhn nicht auch noch gesprochen.

Viel hätte nicht gefehlt, denn die Deutung, die sich zweifelsfrei ergab, ließ keine anderen Schlüsse zu. Meine Schwester hat in die Hände geklatscht.

Verlang bitte nicht von mir, dass ich das Ergebnis errate, ich werde nie im Leben darauf kommen.

Gut, versteh ich, das Huhn hat mir gesagt, ich solle Medizin studieren und Chirurg werden.

Also hat es doch gesprochen.

Übermütig bespritzte ihn Friedrich mit Wasser, und Werner spritzte zurück, ein paar Mal hin und her, dann griffen sie einander an und drückten sich wechselseitig die Köpfe unters Wasser, bis einer von beiden aufgab (es war Friedrich, wenn sie Werner Glauben schenken wollten; es war Werner, wenn sie Friedrich Glauben schenken wollten).

Hör mal, Werner, damals schwankte ich zwischen Musik und Medizin, wäre das Huhn nicht gewesen, so hätte mein Leben einen völlig anderen Lauf genommen. Ich wäre ein Künstler geworden, mit Konzerten da und dort, vielleicht sogar ein Virtuose.

Dir von einem Huhn die Musik ausreden zu lassen, ist eine Schwäche, die du zeitlebens bereust.

Doch nicht jetzt, da ich Chef werden soll (Friedrich fuhr herum und verwies auf das große Gebäude in der ersten Reihe), hier, an diesem wunderbaren Krankenhaus.

Am Strand streckte sich Dolores und fuchtelte mit den Armen, sie tippte auf ihr Handgelenk, genauer, auf ihre Uhr.

Es ist Zeit, sagte Friedrich, wir müssen zurück.

Dabei liegt Fehmarn zum Greifen nah.

Morgen, Werner, morgen kraulen wir hinüber.

Mit gespielter Enttäuschung tauchte Werner unter und kurz danach wieder auf, er ruckelte albern mit dem Kopf, bedacht darauf, dass Friedrich es mitbekam, und er gluckte: da lachen ja die Hühner.

Frühjahr 2009. Längst schlafen die Kinder, seit einer Stunde liegt auch Maria im Bett, in der Küche habe ich mir Espresso gekocht, das erste Kännchen, und jetzt schlürfe ich ihn aus der Teetasse, vorsichtig, damit ich mir nicht die Zunge verbrenne, ohne Espresso, rede ich mir ein, würde nichts laufen um diese Zeit, ebenso wenig wie ohne Zigaretten, ich rauche zu viel, aber nur nachtsüber, tagsüber hingegen kaum; da ich früh aufstehe mit Maria und den Kindern, brauche ich eben ein paar Hilfsmittel, um mich wach zu halten, später behelfe ich mir mit Alkohol, weil ich nicht vorhabe zu versauern vor lauter Disziplin, meistens Dosenbier von der Sorte, die ich selbst hier eingeführt habe, aber selten mehr als drei Dosen, weil sonst die Sätze ins Schlingern geraten. Es kommt nicht oft vor, dass ich mich vor Mitternacht an die Arbeit mache, ich warte ab, bis es ruhig geworden, mindestens so lange, bis Maria eingeschlafen ist, zwar ist sie die süßeste Ablenkung, die sich denken lässt, aber wenn ich schreibe, lasse ich mich ungern von ihr verwirren, am besten, sie schläft, dann habe ich nichts zu befürchten, hin und wieder gehe ich nachsehen, bei den Kindern und bei ihr, weil ich geschworen habe, ihren Schlaf zu bewachen, alles in Ordnung, keine besonderen Vorkommnisse. Es ist still jetzt im Haus und im Ort, nur das Meer rauscht von fern, ohne dass es mich stört, ich habe sogar das Fenster aufgezogen, und jede Brise von draußen tut mir gut, ich überlege, ob ich nicht gleich zum Bier greifen solle, um meine Vorbehalte zu zerstreuen, denn die Sätze fließen ausgesprochen zäh dahin, kein Vergleich zu gestern, da sie sich schier überschlugen, die Gedanken kleben noch an der Welt, und mit festklebenden Gedanken lässt sich keine Geschichte erzählen, all das ist banal; ich warte schlicht darauf, dass meine Unruhe gleichmäßig schwingt und also sich einschwingt auf mein Vorhaben, aber das kann dauern, mein Gott, wie lange noch.

Es wird diesen Roman über meine Familie nie geben. Lächerlich schon allein der Versuch. Ich sehe mich nicht in der Lage, Menschen, die mir so nahestehen, als Figuren zu erfassen, am wenigsten Friedrich, meinen Vater. Tatsächlich ist er das Gespenst unserer Sippe, unverändert steht sein Name im Telefonbuch, Dr. med. sc. Obermedizinalrat, er spukt in unseren Vorstellungen, doch je schärfer wir ihn in Augenschein nehmen, desto gründlicher droht er zu verblassen, ehe selbst sein Umriss zerrieselt. Wie konnte ich mich nur darauf versteifen, ihn mittels dieser Zeilen zu bannen, das ganze Unterfangen war zum Scheitern verurteilt, und zwar von Anfang an, die Figur meines Vaters entzieht sich der Gestaltung, unnütz das Bestreben, ihr Leben einzuhauchen. Dieser Roman existiert nicht, allenfalls existiert eine Ahnung davon, einschließlich der Figuren, die ihn bevölkern, mein Vater und die Familie Voss, damit muss ich mich zufriedengeben, das ist alles.

Ob ich diese Geschichte je veröffentlichen werde, ist fraglich, ich bin ja kein Schriftsteller, der seine eitlen Bedürfnisse zu stillen trachtet, Bücher spielen in meinem Leben keine große Rolle, zu Hause habe ich nichts, was der Erwähnung wert wäre, Geschichte, einige Biografien, Schullektüren, anders als Hannes, der sich der Literatur hingegeben hat von Kind auf, er würde auch dieses Buch unverzüglich in die Hand nehmen und es verschlingen in einer Nacht, um mich tags darauf anzurufen und daran herumzumäkeln, nein, danke.

In Wahrheit schreibe ich diesen Text für mich, erfüllt von der Hoffnung, schlussendlich klarzukommen mit allem, was passiert ist, vielleicht zu viel der Erwartung, denn ich kann nicht im Mindesten einschätzen, wie viel ich mir selbst bis heute vormache, was etwa, wenn Paps, um sein Gesicht zu wahren, daran beteiligt war, dass ich von der Schule flog und in der Landwirtschaft versauerte, wie später dann mein Bruder

Martin, ich würde ihn zu gerne danach fragen, was, wenn meine Mutter recht hatte, indem sie ihm vorwarf, er hätte allen Grund dazu, um sich zu weinen. Immerhin aber stelle ich fest, dass es mir nun, auf den letzten Metern, allmählich leichter wird, ich merke es daran, dass ich mich löse von den Vertracktheiten, die mich monatelang in Atem gehalten haben, insofern ein Erfolg, übermorgen bin ich durch.

Natürlich hätte ich einem Bericht den Vorzug geben und mich rein auf Aussagen und Dokumente stützen können, aber ich misstraue den sogenannten Fakten seit jeher, im Übrigen auch den Menschen, denen ich meine Inspiration verdanke. Es liegt an der verständlichen Neigung, die Widersprüche abzuschleifen und das Erlebte vor den eigenen Augen zu runden, sodass sich die Vergangenheit unerschütterlich darstellt. Aber leider erweist sich die Rekonstruktion in der Regel als brüchig, wenn man sie nur lange genug in den Augen anderer spiegelt. Das Vorgefallene lässt sich nicht runden, und die Erzählung bleibt der Erschütterung ausgesetzt durch andere Erzählungen.

Folglich entschied ich mich für einen romanhaften, nicht allzu weitschweifigen Abriss. Ich nahm mir die Freiheit, das klapprige Gerüst mit meiner Vorstellungskraft zu füllen, dabei insgeheim darauf aus, die Kanten der Geschichte hervorzukehren. Ich gebe gerne zu, dass ich ganze Episoden erfunden und diesen Roman, den es nicht gibt, mit den üblichen Tricks der Dramatisierung angereichert habe, mal war ich zu mutig, mal zu feige, und so stehe ich unschlüssig vor meinem Werk: bin ich zu weit gegangen oder nicht weit genug? Aber darauf kommt es nicht an.

Ich sehe, wie schön Maria ist, wenn sie schläft, ich betrachte ihr kindliches Gesicht, morgen wird sie mich tadeln, dass ich erneut eine Nacht vergeudet haben werde, für nichts und wieder nichts. Für meinen Roman.

Ich zieh den Kühlschrank auf und hol mir ein Bier heraus, im Stehen öffne ich die Dose und nehme einen tiefen Schluck. Ich setz mich wieder an den Tisch, leise summt der Computer.

Jetzt, an dieser Stelle, schnürt es mir die Kehle zu, ich fühle mich wie betäubt und muss meinen Fingern befehlen, Buchstabe für Buchstabe einzutippen. Ich bin so weit, dass ich am Ziel bin. Jäh erhellt sich der schattige Kern meines Textes, den ich (ich habe gelogen) nicht für mich schreibe, sondern für ihn, meinen Vater, alles Vorherige dient allein dazu, ihm eine Stimme zu geben, es dient als Resonanzkörper für seine letzten Worte, die mein ganzer Schmerz sind (und der Schmerz der Familie), ich gebe sie pur und schnörkellos wieder, alles Blendwerk (das mir bisher als nötig erschien) ächzt und zerbröckelt angesichts dieses an meine Mutter gerichteten Abschiedsbriefs. Es existiert dieser Zettel, sonst existiert nichts.

Liebste Mutt!
Die seelischen Qualen sind unerträglich. Ich bin kein tragbarer Mensch in der Gesellschaft und auch an Deiner Seite nicht würdig. Ich muß diesen verbrecherischen Schritt tun, ich kann nicht anders, mir kann keiner helfen. Trauere nicht um mich, ich habe es nicht verdient. Auch ohne Testament gehört das Haus Dir. Andere »Reichtümer« habe ich nicht. Die Kinder u. Enkel grüße vom »unwürdigen Alten«.
Ich wünsche Dir alles Gute. Mache keine Beerdigung, verbuddele die Leiche und vergesse mich bald. Für Dich empfinde ich jetzt viel, es ist aber zu spät. Meine Fehler kann ich nicht mehr korrigieren.
Tschüß, Dein unwürdiger Paps
9.4.91 8.20
PS: Papiere im Koffer u. in der Brieftasche

Am nächsten Tag ist mir klar, dass ich mich in der Nacht nicht mehr zum Schreiben hinsetzen werde, es ist, als hätte ich auf einen Schlag Gewicht verloren, einige Pfund, etwas fehlt mir, aber ich sehe keinen Grund, es zu vermissen. In der Dämmerung steige ich in die Kellerkneipe hinunter, dorthin, wo es mich mit Maria (oder mit Hannes) gerne verschlägt. Direkt an der Bar erklimme ich einen Hocker und bitte die Wirtin, mir ein Bier zu zapfen, einheimische Marke. Unter dem Fischernetz, das von der Decke hängt, regiert bereits allerbeste Laune, und es bleibt nicht aus, dass ein Gast den Wirt zu einer Darbietung drängt, ihn buchstäblich dazu aufruft, bis dieser, im Stillen geschmeichelt, zähneknirschend einwilligt. Überraschend greift der Wirt zu einem Klassiker von drüben, Otto Waalkes, er legt die CD ein und setzt seine Lippen, kaum dass der Komiker rasant und hektisch aufdreht, stumm in Bewegung, belustigt starren ihn die Gäste an und schütteln vor Vergnügen die Köpfe, dann bricht abrupt der Ton ab, ohne dass sich der Wirt, der seine Sketche auswendig beherrscht, beirren ließe, und auch die Gäste stützen ihn durch gebannte Aufmerksamkeit, kein Mucks ist zu hören, während der Wirt, teils verhalten flüsternd, von Pointe zu Pointe hechelt und wie ein Entfesselter grimassiert. So, denke ich mir, könnte es unentwegt weitergehen.